清晨的日光

覃瑞清——編著

介言

　　創造天地萬物的神，從祂把人—宇宙的中心—造好之後，就喜歡和他們互動、互通，有來、有往；而最平常、自然的方式，就是透過說話、交談。祂實在是一位說話的神。即使後來人墮落，離棄了祂，祂還是主動的、一再的向人顯現，對人說話；憑藉的就是人的語言和文字。

　　從聖經的歷史記載乃至人類文明的發展，我們知道，在人的語言和文字中，最為細緻、深邃，也最豐富、美善的形式，莫過於詩辭歌賦了；其中往往表達了引人入勝的思緒，同時流露出內在真實的情感。

　　年幼時，因母親的關係，我信了耶穌；在中學時期，就喜愛讀聖經；上了大學，更是分外認真的閱讀、追求神的話，並熱愛唱詩、頌讚。畢業之後，有幸到了臺灣福音書房（教會文字出版機構），學習事奉並受成全、裝備。自始，閒暇之餘便樂於詩辭的欣賞和寫作，純粹是興趣使然。漸漸的，聽、看、欣賞、吟唱並創作詩歌，成了我生活中最主要而不可或缺的嗜好，直到今日。就這樣持續了三十多年，只要心中受了感動或生發靈感，多半是在聚會中，或閱讀信息時，自然就會將其編寫成詩，再請人譜曲或自己試著配上曲調，供人歌唱，給教會各樣聚集之用。

當過了甲子之年，神把我放在一個十分特別的環境中，使我有更多的時間與適切的心境，能專一的閱讀、寫作；就這樣，一首首詩歌因應而生。有一天，心中浮現一個確實的意念，要我好好將手中的詩辭編寫成書，並且要有三百六十五首，像每日靈糧一般，一天一首。於是，擺上許多心力，費了一番工夫，經過兩年多孜孜不倦、樂此不疲的創作、整理；編寫過程，不僅有詩辭，並且配上了曲調。感謝神，終於順利完成了祂在隱密處交付我的美好事工。

這一本詩集，是從四百多首個人或與聖徒們共同創作的詩辭中（其中有少數是翻譯或修改），經過選編並排序，同時兼顧三方面完備的著作，可說是一部聖詩文辭選輯，也是一部基督信仰記要，同時是一部靈命歷程筆錄。

聖詩文辭選輯

既是詩辭，就需要具備詩的形式和格律，押韻、對仗、節奏是基本的；又因為是聖詩，用以讚美神、述說主的所是和所作，引人進入靈的交通，就必須符合真理的要件並內含屬靈的觸動，有顯著的主題（動機）和清新的發表。若能加上意境和精意，那就更好了。這些是我在學習創作之初，就已經受到的提示和導引。

基督信仰記要

　　說到我們共有的基督信仰，基督徒所相信的內容，是極其豐富而精彩的。它涵蓋了整本新舊約聖經，神在其中所明示、啟示並宣示的重大內容。當然，最基要的莫過於三一神父子靈，父神在子裏的揀選、創造、救贖，並藉著聖靈在信的人身上所施行的重生、稱義、更新、變化、成聖並得榮而構成的完整救恩，以致產生教會─神的國，作三一神的團體見證和彰顯。

靈命歷程筆錄

　　我是在高二下學期蒙主恩眷，開始過教會生活。後來考上大學，畢業之後，像一般人一樣，繼續服事，成家、帶職、養育兒女。每個階段、每種境遇，都有主的帶領和保守，看見神的憐憫和大愛，數不盡的恩典伴隨每個成長的歲月。這一路，好些靈命的歷程，很難用言語表達，也不易作系統的敘述；其中，有些在我生命裏重大的人事，或別具意義的事故，四十年來，我將它們以詩辭歌賦分別一一記錄了下來，珍藏於心。

包含十二個主題

　　為使這本書更完整而美好的呈現，期能更有意義和價值，我刻意將選定的詩辭，歸納、整理在十二個主題之內，分配於一年

的十二個月份當中。為這緣故，我儘量按照聖言的啟示，神對人的心意，以及靈命的歷程，依序編排。

其中主要的大項有：

（一）三一神：我們所信的神；耶穌基督—神經綸的中心；
　　　聖靈的運作，為著團體的見證。

（二）神的救恩：福音喜信；蒙恩見證；受苦得益／苦難中
　　　的安慰；前行—追求並長進。

（三）神永遠的目的：教會生活／肢體關係；情深細語／獻
　　　與願。

（四）信望愛：相信—接受神的救贖供備；聖愛與蒙恩者之
　　　歌；命定—榮耀的盼望。

如此，勾勒出一幅美好的圖畫，證實神全備的福音及完整的救恩，俾使本書更具可讀性、參考性和分享性。

用詩章、頌辭、靈歌，彼此對說，

從心中向主歌唱、頌詠。

—以弗所書五章十九節

目錄

1 月　我們所信的神

2月　耶穌基督——神經綸的中心

3月 福音喜信

4月　蒙恩見證

5月　相信──接受神的救贖供備

6月　聖愛與蒙恩者之歌

7月　受苦得益／苦難中的安慰

8月 前行—追求並長進

9月 教會生活／肢體關係

10月　聖靈的運作為著團體的見證

11月　情深細語／獻與願

12月　命定—榮耀的盼望

我們所信的神

1月 January

我們所信的神是一位有旨意、有計畫、有目的的三一神。祂創造萬有並行作萬事，耶和華─我是（自有永有）是祂的名，愛光聖義是祂的屬性。祂給人自由意志並與人立約，是守約施慈愛、行義好憐憫的神。祂心中的美意是要賜給人兒子的名分。

祂渴望在基督裏得著許多兒子，並且建造成為今天在地上的眾教會─神的國，那日顯在新天新地的聖城新耶路撒冷，作神的帳幕─神永遠的居所，與祂自己永遠同住，彰顯祂到極致。

01 神聖的三一

一、三一之神，聖父聖子聖靈，同時存在彼此內住涵蓋，
　　從亙古到永久都在運行，互相尊榮，始終相依相愛；
　　可見，神就是愛，樂於付出，不斷傾倒愛而戀慕彼此，
　　以相互榮耀而得著滿足，顯明愛就是神生命本質。

二、神造萬有，並以大能維繫，將這世界交託世人管理，
　　以救贖成就祂永世心意，將人帶進與祂愛的關係；
　　如此產生全新、愛的群體，在不朽之中相愛並相屬，
　　個個尋求他人好處、利益，好聯結成神終極的顯出。

（副）
　　神，我讚美你神聖的三一，召我們來看你美妙、希奇，
　　願我生活以你為中心，我的生命轉變且更新；
　　將我模成耶穌的形像，得以返照祂榮耀之光，
　　一生充滿你捨己的愛，憑以服事並歡然敬拜。

（尾聲）
　　在那無止境的喜樂之中，我們成為神完美的擴充，
　　永遠融化在神聖的三一，永遠與祂完全合一。

我不再在世上，他們卻在世上，我往你那裏去。聖父阿，求你在你的名，
就是你所賜給我的名裏，保守他們，使他們成為一，像我們一樣。
你所賜給我的榮耀，我已賜給他們，使他們成為一，正如我們是一一樣。
　　　　　　　　　　　　　　　　　　　　　　　　——約十七11，22

(02) 你是說話的神

一、你說有就有，命立就立，當你一說話，就在作工，
　　從亙古以來你顯能力，今仍舊說話，仍舊運行；
　　我的神乃是說話的神，帶給我信心，規正指引，
　　當我親近你，你就親近，深願能與你更親、更深。

二、主阿，你是神永活的道，信實且有能，永遠長存，
　　你藉著聖書給我聽到，餧養我的靈，滋潤我心；
　　我是你的羊，你是牧人，與我的生命密不可分，
　　你所說恩言可靠可信，我認得你的微小聲音。

（副）
　　主阿，我心渴望能與你，有一親密、情深的關係，
　　藉你話語在你前侍立，賜我與你交通的能力；
　　當你的光照耀在我心，我得聽見你慈愛聲音，
　　使我倍覺甜美與溫馨，作我一生上好的福分。

（尾聲）
　　哦，恩主，你是說話的神，願你的話語在我心珍藏，
　　你賜的平安支配我心，享受你同在，勝所有獎賞。

因為他說有，就有；命立，就立。
神既在古時，藉著眾申言者，多分多方向列祖說話，就在這末後的日子，
在子裏向我們說話。

——詩三三9，來一1~2上

03 神給人自由意志

一、神造人給人自由意志，人可以隨意而行，
　　祂知道他們一旦如此，會使惡成為可能；
　　但也惟有這樣的自由，能生發真正的愛和喜樂，
　　這種幸福纔值得擁有，在極度喜悅中與祂聯合。

二、人果真背離造他的神，身陷在撒但的罪，
　　想獨立，作自己的主人，將自我放在首位；
　　人生是一悲苦的故事，隔絕於神聖的福樂以外，
　　但神因愛差來祂兒子，為失喪的罪人受苦、受害。

（副）
　　我罪觸犯了神的律法，深深傷了祂的情愛，
　　但耶穌為我替死、受罰，清償我的所有罪債；
　　交出自己意志和性命，使我蒙恩，心生悔改，
　　就願放棄自負和虛榮，向主降服，與祂合拍。

（尾聲）
　　我與神已經和好、一致，揀選祂作我生命的主，
　　享有這美好自由意志，愛著祂，我真幸福、滿足。

耶和華神吩咐那人說，園中各樣樹上的果子，你可以隨意喫，只是善惡知
識樹上的果子，你不可喫，因為你喫的日子必定死。

我今日呼喚天地向你們作證；我將生命與死亡，祝福與咒詛，陳明在你面
前，所以你要揀選生命，使你和你的後裔都得存活。

——創二16-17，申三十19

04 一切都是神的恩賜

一、神創造天地和萬物，陽光空氣水都充足，
　　人只要感謝著領受，用不著勞苦或畫籌；
　　在這恩惠的世界裏，無一是人們所設計，
　　當認識神美好願望，在其中探索並鑑賞。

二、神一切全備的恩賜，顯在祂心愛的兒子，
　　祂所有神性的豐滿，都居住在基督裏面；
　　這世上蒙福的人生，是享有真實的生命，
　　人的一生最美祝福，就是能認識主耶穌。

（副）
　　所有各樣美善的賜與，都來自上頭眾光之父，
　　所以無需懷疑或憂慮，每當你面對艱難、困苦；
　　憑信放下自己的主宰，寄望那厚賜百物的神，
　　知道恩典是處處都在，作一個蒙福、喜樂的人。

（尾聲）
　　神既不吝惜捨去愛子，豈不也將萬有白白賜下，
　　哦，一切都是神的恩賜，榮耀、感謝都當歸給祂。

你要囑咐那些今世富足的人，不要心思高傲，也不要寄望於無定的錢財，
只要寄望於那將百物豐富的供給我們享受的神。
神既不吝惜自己的兒子，為我們眾人捨了，豈不也把萬有和祂一同白白的
賜給我們麼？

　　　　　　　　　　　　　　　　　　　──提前六17，羅八32

05 一位這樣的神

一、我所信的神，不像別神，祂亙古常在，又活、又真，
　　我們成為祂被贖子民，祂一路牽引，眷顧、施恩；
　　祂的信實廣大無邊，堅定不渝，像祂寶座，
　　祂的公義彰顯於天，親手建立永遠的國。

（副）
　　神阿，我的心感謝、稱祝，我竟成為你恩愛對象，
　　我每次呼吸你都眷顧，使我的一生富足、安詳；
　　我全人天天因你歡欣，頌讚你的話洋溢我心，
　　那永在者的慈愛、憐憫，如同其王權永遠長存。

二、祂有一目的，要得眾子，成為祂的家顯在永世，
　　祂的心是愛，深切、真摯，與人立盟約，追求不置；
　　祂是能力，永遠「我是」，天下人間祂在掌權，
　　祂是智慧，奇妙、策士，凡祂所願都要實現。（接副歌）

（尾聲）
　　我既得到一位這樣的神，怎不投奔於你，跟隨緊緊。

凡投奔於你的，願他們喜樂，永遠歡呼；願你覆庇他們；又願那愛你名的
人，都因你歡欣。

——詩五11

⑥ 守約施慈愛的神

一、翻開了神與人的歷史，人的不順從與不信，
　　絲毫未改變神的信實，苦心的警戒且恆忍；
　　直等人向祂回心轉意，只因祂與人立了約，
　　人若來投順，求祂覆庇，祂總是接納而喜悅。

二、神是愛，祂按公義行事，使祂的產業得救贖，
　　祂向人應許甚且起誓，甘心的受約的拘束；
　　深願你留心聽我懇求，憑信實、公義應允我，
　　我的心敬畏，向你舉手，因你愛，我全然交託。

（結）
　　神阿，願你親密的指教我，好使我得知你立的約，
　　你的應許從不會空說，保守我遠離我的罪孽；
　　儘管受了責罰也不生怨，因你愛恩仍與我同在，
　　我要全心行在你面前，你必向我守約施慈愛。

所以你要知道，耶和華你的神是神，是信實的神，向愛祂、守祂誡命的人
守約並施慈愛，直到千代。
耶和華親密的指教敬畏祂的人；祂必使他們得知祂的約。

——申七9，詩二五14

07 行義好憐憫的神

一、你是有憐憫有恩典的神，不輕易發怒，且滿有慈愛，
　　救恩必歸與敬畏你的人，你的信實長存直到萬代；
　　你斷不以有罪的為無罪，你喜愛公義，恨惡不法，
　　雖也管教卻不長久責備，為世人豫定救贖計畫。

二、若沒有流血，就沒有赦罪，你為此而來，替罪人受死，
　　顯明神永遠之愛的光輝，神要的是憐憫，不是祭祀；
　　神的公義要求你全滿足，你受的讚美直到地極，
　　求你憐憫不要向我止住，我的心全然投奔於你。

（副）
　　每當我凝視十架光輝，熱淚已不禁盈溢雙眼，
　　憐憫和公義在此交會，赦免和審判今已兩全；
　　即使光陰浮現出皺褶，它的光芒也不曾減損，
　　我心歡樂，要一同唱和：你是行義好憐憫的神。

但主阿，你是有憐恤有恩典的神，不輕易發怒，並有豐盛的慈愛和真實。
你們去研究，「我要的是憐憫，不是祭祀，」是甚麼意思；我來本不是召
義人，乃是召罪人。
按著律法，凡物差不多都是用血潔淨的，沒有流血，就沒有赦罪。
　　　　　　　　　　　　　　　　　——詩八六15，太九13，來九22

(08) 除祂以外再沒有神

一、祂從起初指明末後的事，從古時言明未成的事，
　　祂的籌算必立定而存留，凡祂所喜悅都必成就；
　　從祂設立古時的民，誰能像祂這樣宣告：
　　「除我以外，再沒有神，」誰可與祂對比、相較。

二、祂教訓你作有益的事情，引導你行走正直途徑，
　　願你就來聽從祂的命令，一心尊崇祂獨一的名；
　　你的平安就如河水，你的公義必如海浪，
　　不再蒙羞也不抱愧，得享救恩並要傳揚。

（副）
　　祂是首先也是末後，智慧、能力、救贖都在於祂，
　　公義、正直，自有永有，祂的名是萬軍之耶和華；
　　萬民必到祂這裏來，得稱為義，憑祂誇口，
　　萬膝也必向祂跪拜，仰望祂的都必得救。

（尾聲）
　　從日出之地到日落之處，人人都知道惟獨祂是神。

耶和華以色列的王，以色列的救贖主萬軍之耶和華如此說，我是首先的，
我是末後的，除我以外再沒有神。
惟有以色列已蒙耶和華的拯救，得永遠的救恩；你們必不蒙羞，也不抱
愧，直到永永遠遠。

——賽四四6，四五17

(09) 神永遠的計畫

一、遠在亙古時，萬有未造出，永遠的神無人與祂相處；
　　祂有一計畫為你我定下，心頭的願望卻未能表達。
　　當我們認識神你這心愛美意，真是驚奇又讚美洋溢；
　　創世前你選我們，豫定、呼召我們來得兒子名分。

二、神聖的目的，神聖的經營，我們有你形像，有你生命；
　　成為你新造─你團體大器，滿足你心意，彰顯你自己。
　　不久我們要顯在永遠榮耀中，基督神愛子同眾弟兄；
　　同心齊讚美、敬拜，唱出所有的愛，永遠與你同在。

就如祂在創立世界以前，在基督裏揀選了我們，使我們在愛裏，在祂面
前，成為聖別、沒有瑕疵；按著祂意願所喜悅的，豫定了我們，藉著耶穌
基督得兒子的名分，歸於祂自己。

　　　　　　　　　　　　　　　　　　　　　　　　　　　──弗一4-5

⑩ 神永遠的目的

一、為何地球懸在大氣之中，為何耶穌在十架受死，
　　神的創造和祂救贖大工，都是為著神的目的所致；
　　神從創世以來就已定規，為祂愛子來得著眾子，
　　從舊造中產生新的族類，為此，至今祂仍在作事。

二、神的計畫有一心愛目標，使祂在弟兄中作長子，
　　帶領許多兒子進入榮耀，同著基督在愛裏作子嗣；
　　一粒麥子結出許多子粒，就都有分神生命、性情，
　　共同有一位父，都出於一，那日，一同返照主榮形。

（結）
　　願主十架在我身工作，為著產生新造的結果，
　　漸漸脫去舊造的模樣，逐日模成神兒子形像；
　　喪失魂並棄絕個人主義，與眾聖徒成為一個活祭，
　　我們同來建造基督身體，一心完成神永遠的目的。

因為神所豫知的人，祂也豫定他們模成神兒子的形像，使祂兒子在許多弟
兄中作長子。祂所豫定的人，又召他們來；所召來的人，又稱他們為義；
所稱為義的人，又叫他們得榮耀。

———羅八29-30

⑪ 你是靈是愛是光

一、神阿，你是靈是愛是光，滿帶能力、喜樂和盼望，
　　藉著愛子化身為人，來到地上，
　　拯救我們不再虛空、迷惘。

（副）
　　哦，神你是靈賜我生命，
　　你也是愛滿足我鍾情，
　　神你又是光照我路程，我要稱頌無終。

二、神阿，你是靈是愛是光，神聖豐富有誰能測量，
　　但你心意所喜所愛，時刻巴望，
　　將你自己給人接受、分享。

三、讚美那是靈愛光的神，賜給我們豐滿的福分：
　　靈是何親，愛是何深，光是何真，
　　要將我們全然浸透、滋潤。

神是靈；敬拜祂的，必須在靈和真實裏敬拜。

神在我們身上的愛，我們也知道也信。神就是愛，住在愛裏面的，就住在
神裏面，神也住在他裏面。

神就是光，在祂裏面毫無黑暗；這是我們從祂所聽見，現在又報給你們的
信息。

——約四24，四16，約壹一5

12 祂是「我是」的神

一、我信的神是偉大的「我是」，祂是自有永有，不曾改變，
　　一日如千年，千年如一日，不受限制，超越時間、空間；
　　祂是活著，永遠都是現在，從永遠到永遠，始終都是一樣，
　　沒有過去，無須等到將來，祂是現在的神，真實無量。

（副）
　　神是現在的神，今天的神，祂現在是且一直都是，
　　當你這樣領受，簡單相信，你就會對祂真有認識；
　　來，與現在就是的神接觸，你需要甚麼，祂就是甚麼，
　　你全人必定會喜樂歡呼：祂是「我是」的神，竟然被我得著。

二、凡祂成就都是現在的事，滿有生命實際，都是活的，
　　祂所有事實，不僅是歷史，今藉聖靈，人能與祂聯合；
　　罪得赦免，與主同釘同死，禱告所需信心，豫嘗來世權能，
　　到神面前，必須信神就是，並且為你，在此都已作成。

神對摩西說，我是那我是；又說，你要對以色列人這樣說，那我是差我到
你們這裏來。
所以耶穌對他們說，你們舉起人子以後，必知道我是，並且知道我不從自
己作甚麼；我說這些話，乃是照著父所教訓我的。
——出三14，約八28

13 神尋找人

一、世上的人如羊走迷偏行路，沒有義的、善的，一個都缺如，
　　「人阿，你在那裏？」主在聲聲呼喚，祂心全然是愛，要賜你平安；
　　因此，祂來是要叫人得生命，（神的生命）並且得的更豐盛，
　　支搭帳幕親身住在我們中間，豐豐滿滿帶來實際與恩典。

二、去到海邊呼召彼得和約翰，行至稅關，尋得馬太作同伴，
　　前往井旁靜候心靈乾渴的人，來到池邊醫治多年癱弱心；
　　以馬忤斯一路分享並陪同，來向門徒顯現，賜平安、得勝，
　　心中惦記多馬，特地向他開啟，海邊重逢，留下祂愛的激勵。

（副）
　　神已差出祂心愛兒子，要將我們從罪中救贖出來，
　　此情此意何美何善何真摯，祂的心今天仍在找尋，期待；
　　哦，神是這樣愛了世人，甚至將祂獨生子賜給我們，
　　我們因信，與祂和好並親近，齊心發出感謝讚美的聲音。

及至時候滿足，神就差出他的兒子，由女子所生，且生在律法以下，要把律法以下的人贖出來，好叫我們得著兒子的名分。

——加四4-5

⑭ 神兒子的名分

一、遠在過去創世之前，神就已經豫定了我們，
　　按著祂心中所喜悅，來得神兒子的名分；
　　一直等到時候滿足，神就差出祂兒子，
　　由一位女子所生，為救我們竟受死，
　　並且父神又為我們，因愛差出祂兒子的靈，
　　帶來了生命和救恩，已經進入我們的心。

二、神阿，我心滿被恩感，為著神聖兒子的名分，
　　使我們一生都蒙福，有分神永遠的經綸；
　　我們既是神的兒子，也就都是祂後嗣，
　　同承受父的基業，一直享受到永世，
　　同來讚美親愛父神，因祂賜下這生命福分，
　　哦，願這生命的關係，從此更近、更親、更深。

（尾聲）
　　何等甘美，何等親密，「阿爸父！」在我心，
　　如此享受真甜蜜，哦！神兒子的名分。

按著祂意願所喜悅的，豫定了我們，藉著耶穌基督得兒子的名分，歸於祂
自己。

要把律法以下的人贖出來，好叫我們得著兒子的名分。而且因你們是兒
子，神就差出祂兒子的靈，進入我們的心，呼叫：阿爸，父！這樣，你不
再是奴僕，乃是兒子了；既是兒子，也就藉著神為後嗣。

　　　　　　　　　　　　　　　　　　　　　　──弗一5，加四5-7

15 立約的神

一、從起初，創造萬有的神，心中就有一美好計畫，
　　祂渴望與祂所造的人，共同組成一團體的家；
　　使他們成為祂的後嗣，共享父在子裏的一切，
　　為此，祂指著自己起誓，多次與人立定了盟約。

二、在洪水之後，神且立約，應許挪亞和他的後裔，
　　全地要存留，不再滅絕，四季更替並以虹為記；
　　後來，神呼召亞伯拉罕，應許賜他後裔和地土，
　　使神的拯救延續無限，地上萬國必因祂得福。

三、神藉著摩西頒佈律法，要人按此過聖潔生活，
　　在應許之地聽神的話，免受咒詛而蒙福、增多；
　　神又向大衛立了誓言，從他後裔興起一位王，
　　大衛的子孫必要掌權，永遠坐在祂的寶座上。

（結）
　　末了，神與以色列家立定新約（不像已往），
　　在他們裏面放置律法，將其寫在他們心上；
　　祂且要作他們的神，他們要作祂的子民，
　　他們從最小的到至大，都必認識祂—耶和華。

（尾聲）
　　我們發出讚歎的聲音，你是守約施慈愛的神。

正如祂從時間起首，藉著聖申言者的口所說的。
就是祂對我們祖宗亞伯拉罕所起的誓。

——路一70、73

16 神創造新人

一、祂進入時間穿上人性，經死復活生為神兒子，
　　祂乃是模型，藉著聖靈，要繁衍出許多的子嗣；
　　末後的亞當，第二個人，是出於天，新造的起首，
　　我們是其中的一部分，像祂完全、榮美與不朽。

二、在耶穌身上我們看見，神所創造獨一的新人，
　　滿有義和聖、慈愛、良善，祂的生命我們今有分；
　　讚美父神的永世計畫：神的造物成為神兒子，
　　經過必需的更新、變化，至終全然與祂一樣式。

（副）
　　我今安居在基督裏，同死同活，穿上神的新人，
　　我願向祂獻上自己，照著神的形像漸漸更新；
　　捨棄了屬人、天然生命，我的舊人被祂頂替、破碎，
　　哦，神的基督滿我內衷，祂是一切，又在一切之內。

而在你們心思的靈裏得以更新，並且穿上了新人，這新人是照著神，在那
實際的義和聖中所創造的。

——弗四23-24

(17) 祂是我的神

一、我看見祂信實常存，從清晨到日落，
　　祂憐憫臨及罪人，竟也臨及我。我知道，我明瞭；
　　明亮勝於最亮日光，憂和懼全失喪，
　　甘甜勝過最甘甜者，祂話在我住著；我知道，我明瞭。

（副）
　　我神今日是如何為我，明日也必照樣為我，
　　祂顧念我軟弱與悲苦，祂將這些一一解脫，
　　並無一個危難祂不能背負，也無一個風暴祂不能消沒；
　　祂是我的神，祂是我的神。

二、一日日祂恩典更親，祂愛征服了我，
　　祂不曾離開、消沉，祂的靈時常漫過我，多又多；
　　超越高過最高諸天，抬舉我得看見，
　　聖城撒冷正從天降，祂新婦愛顯彰；到永遠，到完全。

耶和華阿，我仍舊信靠你；我說，你是我的神。

——詩三一14

18　我的神我的父

一、我的神永是我的父，我一生是何等蒙福，
　　祂待我如草場的羊，費心力來將我牧養；
　　祂知我的乖僻、頑固，施憐憫，不輕易發怒，
　　雖有時也責備、管教，祂的杖時規正、引導。

二、我的神是眾光之父，帶領我在光中行路，
　　祂一向守約施慈愛，為救我能完全脫害；
　　但願我能與你合拍，事奉你，討你的喜愛，
　　愛慕你顯現的應許，一生作你蒙愛兒女。

（副）
　　你永不撇下我為孤兒，因你是信實的大能者，
　　我是你極為珍愛的人，保護我如眼中的瞳人；
　　你的話永堅定、不曲折，在你並無轉動的影兒，
　　一路上你對我時嘉勉，以恩典為年歲的冠冕。

（尾聲）
　　我的神，我的父，我真愛你，這一生真有福，能認識你。

一切美善的賜與、和各樣完備的恩賜，都是從上頭，從眾光之父降下來
的，在祂並沒有變動，或轉動的影兒。
你以你的恩惠為年歲的冠冕，你的路徑都滴下脂油。

　　　　　　　　　　　　　　　　　　　　——雅一17，詩六五11

⑲ 親愛父神，我的阿爸

一、親愛父神，我的阿爸，你是我心永恆的家，
　　所有勞苦，重擔和受壓，在你座前都可卸下；
　　只想在你胸懷靠一靠阿，如同浪人尋得臥榻，
　　你的能手比萬有都大，日夜保守我，直到全備不差。

（副）
　　阿爸父！你真愛我們阿！付出所有的愛和代價，
　　捨棄你至愛，將我們接納，作一生牧者，我不至缺乏；
　　阿爸父！我們真愛你阿！因你愛太大，我無以報答，
　　想到那更美家鄉的榮華，我們的讚美還要更增加。

二、親愛父神，我的阿爸，你的憐憫是我所誇，
　　定準我的年日和生涯，全都照你永世計畫；
　　你已數過我的每根頭髮，非你許可，不會落下，
　　你的恩手時引領牽掛，歸入你愛子，直到完全像祂。

（副）
　　阿爸父！你真愛我們阿！付出所有的愛和代價，
　　捨棄你至愛，將我們接納，作一生牧者，我不至缺乏；
　　阿爸父！我們真愛你阿！因你愛太大，我無以報答，
　　惟願與眾聖建造成神家，同你得滿足，讚美更增加。

主阿，你世世代代作我們的居所。

你們看，父賜給我們的是何等的愛，使我們得稱為神的兒女，我們也真是祂的兒女。世人所以不認識我們，是因未曾認識祂。親愛的，我們現在是神的兒女，將來如何，還未顯明；但我們曉得祂若顯現，我們必要像祂；因為我們必要看見祂，正如祂所是的。

——詩九十1，約壹三1-2

⑳ 神阿我感謝你

一、主宰的神阿，我要感謝你，在你所造的萬物中，
　　將我擺放在人的身位裏，何其高貴，何其尊榮；
　　能有心思來認識你，能有情感來愛慕你，
　　還能有意志來揀選你，更能有靈來接受你自己。

二、憐憫的神阿，我要感謝你，在這億萬的人群中，
　　使我生長在美好家庭裏，何其蒙恩，何其受寵；
　　賜我熱愛主的親人，得享歡樂、餧養、滋潤，
　　並且有聖徒圍繞著我，如今過著蒙祝福的生活。

三、平安的神阿，我要感謝你，在全人類的歷史中，
　　將我安排在恩典時代裏，何期享受，何其豐盛；
　　雖未見你，親手摸你，卻在靈中享你實際，
　　無須受律法轄制、看管，凡事有你來恩眷並成全。

四、榮耀的神阿，我要感謝你，在你所定的計畫中，
　　使我置身在末了的世紀，何其神聖，何其榮幸；
　　但願早日見你丰采，作你新婦，成你心愛，
　　主阿，你是我生命、力量，是我永遠的喜樂和盼望。

（尾聲）
　　神阿，我感謝你！我的神阿，我衷心感謝你！

當稱謝著進入祂的門，讚美著進入祂的院；當感謝祂，頌讚祂的名。因為
耶和華本為善；祂的慈愛存到永遠，祂的信實直到萬代。

——詩一○○4-5

21 你在隱密中察看

神阿，我的肺腑是你所造，我在母腹中你已知曉，
對我你的意念何其可寶，我深知你的作為奇妙；
我坐下我起來，你都看見，你從遠處知道我的意念，
我行路我躺臥，你都察驗，我的一切都在你眼前。
黑暗和明光，在你看都是一樣，
黑夜不能遮藏，必如白晝明亮。
神阿，你在隱密中察看，好激發我天天活在你面前，
單單討你的心喜歡，喜歡與你同行，作你同伴；
神阿，你在我前後環繞，使我剛強放膽，堅定不動搖，
只受你的活話引導，引導我走生命的道。

耶和華阿，你已經鑒察我，認識我。

我坐下，我起來，你都曉得；你從遠處知道我的意念。

我行路，我躺臥，你都細察，你也深知我一切所行的。

你禱告的時候，要進你的密室，關上門，禱告你在隱密中的父，你父在隱密中察看，必要報答你。

——詩一三九1-3，太六6

㉒ 享受三一神

一、三一神經過種種過程，今已成了賜生命的靈，
　　這靈是祂終極的顯出，好能臨到祂每一信徒；
　　藉此神的計畫被啟示，基督救贖也得實施，
　　經歷三一神所有部署，今我何充足、喜樂、有福。

二、為何我能有分並經歷？你若不是那靈在我裏，
　　為何你能全備來供應？莫非你靈是包羅的靈；
　　如今你是那靈住我裏，與我的靈聯合為一，
　　如此享受你親切、便利，你神聖自己成我實際。

三、哦主，你是我生命之氧，在我口裏，也在我心裏，
　　將我靈點活，賜我生命，使我得勝，使我往上升；
　　每當我呼喊：「哦主耶穌！」就能飲於靈的基督，
　　我心、我口向祂時敞開，享受三一神，真是開懷！

神已將祂的靈賜給我們，在此就知道我們住在祂裏面，祂也住在我們裏面。

——約壹四13

23 認識神的旨意

一、親愛父神，我敬拜你，揀選了我來作你兒子，
　　創世之前你就定意，在我顯明你智慧、恩慈；
　　在基督裏我被救贖，蒙召、稱義，全照神計畫，
　　使我一生蒙恩受福，同蒙愛者作你榮美家。

二、救主耶穌，我讚美你，為我成就神完全救恩，
　　為救罪人寧捨自己，愛上我這不可愛的人；
　　你且復活進入榮耀，作我救恩模型和元帥，
　　我的生命，我的至寶，主，我愛你，願你就回來。

三、你且成靈，內住我裏，扶持、供應，親切又便利，
　　使我明白神聖真理，引我進入神一切實際；
　　藉你內住生命之靈，作我神聖基業的憑質，
　　不停光照，不住運行，神的計畫在我身實施。

（副）
　　神，你心意何其可寶，配得我獻敬拜並感激，
　　願主聖言和你恩膏，凡事上指教我認定你；
　　使我認識神那美好、可喜悅並純全的旨意，
　　向著標竿竭力奔跑，完成神對我永遠的目的。

不要模做這世代，反要藉著心思的更新而變化，叫你們驗證何為神那美
好、可喜悅、並純全的旨意。

——羅十二2

(24) 憐憫

一、我蒙憐憫，被神豫定，作祂貴重器皿，
　　非我定意、奔跑、爭勝，竟成蒙愛子民；
　　心裏相信，口裏承認，呼求我主聖名，
　　榮耀豐富充盈、浸潤，還要從我顯明。

二、何等憐憫，我被接在主這橄欖樹上，
　　斷絕天然、罪性、敗壞，得享救恩無量；
　　生機聯結，因信站立，留在祂的恩慈，
　　與神和好，蒙神稱義，有分根的肥汁。

三、因這憐憫，獻上身體，作神聖別活祭，
　　心思更新，得神歡喜，顧念神的旨意；
　　靈裏火熱，殷勤服事，活出身體實際，
　　同作肢體，運用恩賜，完成救恩目的。

這樣看來，這不在於那定意的，也不在於那奔跑的，只在於那施憐憫的神。
且要在那些蒙憐憫、早豫備得榮耀的器皿上，彰顯祂榮耀的豐富；這器皿
就是我們這蒙祂所召的。

　　　　　　　　　　　　　　　　　　——羅九16，23-24上

25 我一生的神

一、我在隱密中受造,你將我巧妙結連,
　　我未成形的體質,你的眼早已看見;
　　生命中的每個階段,都在你面前展開,
　　尚未度過一日之前,你都已妥當安排。

(副)

　　神阿,你的意念,對我何等寶貴,
　　藉你豫定和揀選,賜我蒙福地位。

二、我卻死在罪之中,使我心蒙昧、無知,
　　但你深知我悲情,差來你愛子受死;
　　將我救贖,施恩眷顧,重回你溫馨懷抱,
　　賜我以你生命豐富,為作你永世新造。

(副)

　　神阿,你的計畫,對我至善至美,
　　都要成就且不差,顯你萬般智慧。

三、今我心眼得看見,你是我榮耀盼望,
　　使我生命全改變,同眾子進入榮光;
　　但願我能忠心順從,是苦樂或是禍福,
　　天天活在你面光中,跟隨你直到天曙。

(副)

　　神阿,你的愛恩,對我何大何深,
　　永遠也都讚不盡:是我一生的神。

耶和華阿,我仍舊信靠你;我說,你是我的神。我一生的事在你手中;求你
救我脫離仇敵的手,和那些追逼我的人。
神阿,你的意念對我何等寶貴!其數何等眾多!

——詩三一14-15,一三九17

(26) 活神的家

一、天起了涼風，人陷罪惡中；
　　神在天地間，聲聲呼喚：
　　你在那裏？人哪，你在何地？
　　神的愛情，祂的安息，全都在於你。

二、享受主救恩，滿足人和神，
　　神、人同建造，居所何榮耀；
　　團體新人，大哉！神顯於肉身，
　　天使看見，世人信服，活神住人間。

三、暢飲生命河，歡唱恩愛歌，
　　同享主肥甘，榮光溢漫；
　　天地相繫，神、人永遠合一，
　　人的住處，神的安息，顯在榮耀裏！

耶和華神呼喚那人，對他說，你在那裏？

這家就是活神的召會，真理的柱石和根基。並且，大哉！敬虔的奧祕！這
是眾所公認的，就是：祂顯現於肉體，被稱義於靈裏，被天使看見，被傳
於萬邦，被信仰於世人中，被接去於榮耀裏。

——創三9，提前三15下-16

27 神的國顯在人間

一、神的國顯在人間，神的國愛在掌權，
　　充滿著公義、和平，處處是喜樂光明；
　　神重生我，進神的國，
　　我要永在教會生活，與眾聖徒建造成神居所。

二、我聽見歌聲縈繞，我看見榮臉歡笑，
　　我享受神人聯調，滿足於屬天新造；
　　神呼召我，為神的國，
　　獻上自己為愛工作，將這福音傳遍每個角落。

因為神的國不在於喫喝，乃在於公義、和平、並聖靈中的喜樂。
這樣，你們不再是外人和寄居的，乃是聖徒同國之民，是神家裏的親人。

——羅十四17，弗二19

28 全都在於罪人的家

天地廣博，浩瀚長闊，何處是我神居所，
殿宇何大，祭祀繁華，但神的心卻不在它；
永世計畫，終久寄掛，救贖所達，智慧所誇，
天上心意得滿足，地上需要成祝福，一切全都在於罪人的家：
稅吏的家、貴人的家、商婦的家、獄卒的家，
以至所有信主的家，千千萬萬像你我的家；
因著蒙恩我打開家，天地之主請來此歇下，
神與人同居又美又佳，即使天上亦無此畫。

耶和華如此說，天是我的座位，地是我的腳凳；你們要在那裏為我建造殿
宇？那裏是我安息的地方？耶和華說，這一切都是我手所造的，所以就都
有了；但我所看顧的，就是靈裏貧窮痛悔、因我話戰兢的人。

——賽六六1-2

29 神的曠世傑作

一、一日，神用地上的塵土，造了有靈有魂的活人，
　　猶如祂從一團的泥物，作成貴重、得榮的器皿；
　　原是死在過犯、罪惡之中，悖逆、放縱，本為可怒之子，
　　但因神的憐憫，蒙愛受寵，全然得救，顯明極大恩慈。

（副）
　　我們是祂手中的傑作，是何等福音，何等結果，
　　祂的全有、全豐、全足和全知全能，都為此傾注；
　　心血的結晶，無疵無瑕，是完美、超絕，無以復加，
　　其他光采黯淡，盡都消沒，看，惟有神的曠世傑作。

二、今日，在神奇妙的工房，就是蒙福的教會生活，
　　看見主這智慧的巧匠，如何親手精細的雕琢；
　　我們經歷與主同死同活，一同復活，一同坐在天上，
　　與主同心，讓祂自由工作，個個臉上返照救主榮光。

我們原是神的傑作，在基督耶穌裏，為著神早先豫備好，要我們行在其中
的善良事工創造的。
耶和華阿，現在你仍是我們的父；我們是泥土，你是窰匠；我們都是你手
的工作。

──弗二10上，賽六四8

30 神的一首詩章

一、神能在一片死寂的大地，重新生發出各種生命的滋長，
　　祂揀選形同枯萎的荊棘，將祂聖別的火焰寄託在其上；
　　神又使遍滿平原的骸骨，立時成為復起極大的軍隊，
　　看哪，神已將「寶貝」的基督，放在我們這些脆弱瓦器內。

二、我們原死在過犯和罪中，竟與神為敵，成為可怒的兒女，
　　奔向世界的洪流，何虛空，隨己意而行，放縱肉體的私慾；
　　但是神富有憐憫和大愛，差遣愛子，為救我們竟受死，
　　叫我們照祂一同活過來，一同復活，彰顯恩典到極致。

（副）
　　我們是神生命的新造，成為神一首極美的詩章，
　　全以祂為素質和原料，使神萬般的智慧得著顯彰。
　　那是何等的悅耳、動聽，無不驚奇神手段巧妙、特殊，
　　就在要來的諸世代中，顯示祂恩典超越的豐富。
　　那是何等的悅耳、動聽，無不驚奇神手段巧妙、特殊，
　　就在要來的諸世代中，顯示祂恩典超越的豐富。

好在要來的諸世代中，顯示祂在基督耶穌裏，向我們所施恩慈中恩典超越
的豐富。

為要藉著召會，使諸天界裏執政的、掌權的，現今得知神萬般的智慧。

——弗二7，三10

㉛ 神的聖城

一、自有永有的耶和華，渴望有個團體的家，
　　祂這祕密隱藏心中，一直未曾向人表達；
　　曾顯現於荊棘火焰，榮耀也在會幕彰顯，
　　成一人子，親臨塵世，雖是美好，卻短暫有限。

二、眾聖深感神的切慕：與祂贖民生活、居住，
　　不是過客，或僅寄居，而是人間有祂住處；
　　我們一心在此等候，（撇下世界，不稍回頭，）
　　等候聖城從天而降，作主新婦，永世的配偶。

（副）
　　經過歷世歷代的變更，行經多少漫長的旅程，
　　全都指向新耶路撒冷，榮美的神聖之城，
　　The City of God，神與人永遠的家。
　　歷經更新變化的過程，主一再來，要完全得榮，
　　一同顯在新耶路撒冷，榮美的神聖之城，
　　The City of God，四射出神的光華。

我又看見聖城新耶路撒冷由神那裏從天而降，豫備好了，就如新婦妝飾整
齊，等候丈夫。

——啟二一2

耶穌基督
神經綸的中心

2月 February

耶穌基督是完全的神，又是完美的人，是獨一、神聖的神而人者。祂來自永恆，是萬有的緣由，穿上血肉之身，帶來豐滿的恩典和實際，為作世人的道路、真理、生命。祂是舊約所豫言「耶和華的僕人」，來作我們的好牧人。

藉著死與復活完成神的救贖；祂甘心順服神的旨意，飲盡神忿怒之杯，成了完美的救贖者，經過十架進入榮耀，坐在神寶座的右邊。

祂且要再來，顯為明亮的晨星，在地上建立神永遠的國。凡名字記在羔羊生命冊上的，都要永遠與祂同享榮耀和快樂。

01 祂來自永恆

一、祂來自永恆，進入時間裏面，
　　穿上了人性，是神，甘受局限；
　　帶來神恩愛，向人施救恩，
　　使罪人開懷，待以慈心和憐憫。

二、祂不曾說謊，親嘗人世坎坷，
　　同我們一樣，只是無罪無惡；
　　你所有所是，祂全都了解，
　　一心為服事，獻出生命和一切。

（副）
　　古今從無一人像祂，捨命為作多人贖價，
　　從死復活，勝黑暗管轄，要將你我救拔；
　　吸引我們光中同行，與祂同死同活同榮，
　　祂是耶穌，來自永恆，要帶我們擁抱永恆。

太初有話，話與神同在，話就是神。

話成了肉體，支搭帳幕在我們中間，豐豐滿滿的有恩典，有實際。我們也見過祂的榮耀，正是從父而來獨生子的榮耀。

　　　　　　　　　　　　　　　　　　　　──約一1，14

⟨02⟩ 你是那緣由

一、人的內心總探索不停，日月星辰在天際運行，
　　生命本質是從何而來，宇宙萬物又為何存在；
　　如何尋得其中的道，神與人的溝通之橋，
　　全在耶穌，生命的源頭，祂就是那背後的緣由。

二、所有存在都不是偶然，人的一生非命運掌管，
　　藉成肉身真神已來到，解開生命及目的之鑰；
　　這光穿透人類歷史，永活真道是祂模式，
　　　切事故從時間起首，原來你是背後的緣由。

（副）
　　當宇宙形成的那一刻，它的緣由早已存在，
　　你是神並與神同在者，萬物藉你被造出來；
　　當你榮光照耀我心間，我得權柄作神的兒女，
　　一生得享豐滿的恩典，在真理中與主永同居。

（尾聲）
　　從你的豐滿我一再領受，一生因有你滿足、歡呼，
　　我們獻敬拜：你是那緣由，神的彌賽亞，我的救主。

太初有話，話與神同在，話就是神。這話太初與神同在。萬物是藉著祂成
的；凡已成的，沒有一樣不是藉著祂成的。生命在祂裏面，這生命就是人
的光。光照在黑暗裏，黑暗未曾勝過光。

——約一1-5

（03）人子

一、耶穌是神而人者，人稱祂以馬內利，
　　神與人完美的調和，卻像根出於乾地；
　　祂乃是從天而降下，仍舊在天的人子，
　　祂來為作多人贖價，捨命完成愛的服事。

二、祂死過，卻又活了，直活到永永遠遠，
　　今得享尊榮與敬賀，看，萬有歸祂掌管；
　　司提反見過祂榮臉，約翰曾親眼注視，
　　今行走在燈臺中間，是我永遠的大祭司。

（副）
　　主，你是完全的神，又是完整、完美的人，
　　為拯救我這失喪魂，曾三日三夜在地心；
　　我們今在靈裏常交契，享受你的救贖功績，
　　等候你在榮耀中來臨，高舉你是宇宙的中心。

除了從天降下仍舊在天的人子，沒有人升過天。摩西在曠野怎樣舉蛇，人子也必照樣被舉起來，叫一切信入祂的都得永遠的生命。
燈臺中間，有一位好像人子，身穿長袍，直垂到腳，胸間束著金帶。

　　　　　　　　　　　　　　——約三13-15，啟一13

04 奇妙的策士

一、大哉，真神顯現於肉身，人子耶穌，完全的神人，
　　深哉，神的智慧和知識，向著我們所作並所賜；
　　祂是神給我們的智慧，萬世之前，就早已豫備，
　　以死廢除那掌死權的，藉此，拯救我們脫罪惡。

二、祂的道路遠高過人的，話一說出，事情就成了，
　　祂的意念非你我能及，行作萬事，顯明祂心意；
　　今作我們在天大祭司，也是靈中親愛保惠師，
　　同情．體恤，神前常代求，陪同、幫助，在旁施拯救。

（副）
　　祂的判斷何其難測，但我深知祂心是愛，
　　所有應許都是「是的」，我心安然投入祂懷；
　　祂的道路何其難尋，正直、奇妙，我終明瞭，
　　祂是惟一可靠、可信，滿足我的大小需要。

（尾聲）
　　祂是耶穌，神獨生愛子，祂名稱為奇妙的策士。

祂的名稱為奇妙的策士、全能的神、永遠的父、和平的君。

——賽九6下

05 耶和華的僕人

一、耶和華的僕人─彌賽亞，是神所扶持、揀選並珍賞：
　　「我已將我的靈賜給祂，祂必將公理宣揚與外邦；」
　　壓傷的蘆葦祂不折斷，將殘的火把祂不吹滅，
　　引領瞎眼的走出黑暗，醫治耳聾的恢復聽覺。

二、神已興起耶穌為救主，凡喜悅的事在祂都順暢，
　　憑真實將公理來宣佈，作眾民的約、外邦人的光；
　　祂硬著臉面好像堅石，背負神旨意放膽獨行，
　　使被捆鎖的從罪得釋，住在黑暗的迎向光明。

（副）
　　讚美你這耶和華的僕人，你來成了為著罪的祭，
　　吸引多人前來向你歸順，因認識你成為神的義；
　　你且施行救恩直到地極，看見自己勞苦的果效，
　　你使神心喜悅並得安息，已被高舉且成為至高。

看哪，我的僕人必行事精明，且得亨通；祂必受尊崇，被高舉，且成為至高。

──賽五二13

06 像羊羔被牽去宰殺

一、為行神旨，祂全然順服，無懼無憂無怨尤，
　　被人欺壓祂受盡差辱，一句反抗也沒有；
　　就像羊羔被牽去宰殺，一路默默的承受，
　　像羊在剪毛的人手下，也是這樣不開口。

二、一生正直，祂未行強暴，口中也沒有詭詐，
　　竟被誣告，又被人譏誚，任人咒罵並鞭打；
　　誠然為我的過犯受害，為我的罪孽壓傷，
　　代替我被神擊打、苦待，我罪都歸祂身上。

（副）
　　哦，主，對你這樣大愛，真叫人明白不來，
　　當我注視你的十架，我的心悲喜交加；
　　因你代死我纔能活，今活著不再是我，
　　願你安家我的心房，並在此刻你形像。

（尾聲）
　　這是神救恩的模型，現今乃是我的生命。

祂誠然擔當了我們的憂患，背負了我們的痛苦；我們卻以為祂受責罰，被神擊打苦待了。那知祂為我們的過犯受創，為我們的罪孽壓傷；因祂受的刑罰我們得平安，因祂受的鞭傷我們得醫治。我們都如羊走迷，各人偏行己路；耶和華使我們眾人的罪孽都歸在祂身上。祂被欺壓，受苦卻不開口；祂像羊羔被牽去宰殺，又像羊在剪毛的人面前無聲，祂也是這樣不開口。

——賽五三4-7

07 祂被列在罪犯之中

一、祂被列在罪犯之中，在受難前夕的遺言，
　　全然順從父神定命，使經上的話得應驗；
　　祂受刑罰，眾人得平安，祂受鞭傷，眾人得醫治，
　　多受痛苦，常經憂患，將命傾倒，為罪人受死。

二、父神定意將祂壓傷，以祂作代替受咒詛，
　　眾人的罪歸祂身上，從活人之地被剪除；
　　必有一王憑公義治理，滿有威榮，要復興全地，
　　祂必看見勞苦功績，神的義僕使多人稱義。

（副）
　　祂被列在罪犯之中，又為我這罪人代求，
　　神的愛子作了犧牲，為我過犯，祂被刺透；
　　罪是我犯，祂竟代替，該死的是我，祂代償，
　　耶和華以祂為贖罪祭，將公理傳揚到外邦。

我告訴你們，經上寫著，「祂被列在不法的人當中，」這話必須應驗在我
身上，因為那關係我的事，就要成就了。
所以我要使祂與至大者同分，祂要與至強者均分擄物；因為祂將命傾倒，
以至於死，且被算在罪犯之中；惟獨祂擔當多人的罪，又為罪犯代求。
　　　　　　　　　　　　　　　　　　——路二二37，賽五三12下

(08) 神忿怒之杯

一、「父阿，求你將這杯撤去，然而，不要從我的意思。」
　　當主面臨死亡的恐懼，依然臣服於父神定旨；
　　神對罪惡所發的忿怒，全都傾倒在祂的身上，
　　使祂忍受極大的痛楚，成就父神至終的願望。

（副）
　　是這樣的愛，叫祂順服，親自飲盡神忿怒之杯，
　　被父神離棄，獨自受苦，代替罪人嘗死亡苦味；
　　是這樣的愛，替我代贖，對付萬般的黑暗、邪惡，
　　祂是我一生平安、滿足，陪我走過這一路坎坷。

二、死亡的浸是多麼的深，咒詛的杯是何其的苦，
　　面如堅石，祂奮不顧身，向前直往，祂心無旁騖；
　　祂雖掙扎，卻甘心順從，交出自己，服在神手下，
　　不理祂的憂傷和驚恐，哦，祂的愛比天地更大。（接副歌）

（尾聲）
　　世間的愛會叫人失望，但祂的愛卻地久天長，
　　咒詛祂受，福杯我嘗，恩愛高深，誰能測量。

祂說，阿爸，父阿，在你凡事都能，求你將這杯從我撤去；然而不要照我的意思，只要照你的意思。

——可十四36

09 彌賽亞之約

一、前約,人因罪並沒有恆守,神就立祂兒子為大祭司,
　　以自己為祭,獻上而成就神的永遠救贖,美好之至;
　　神的彌賽亞掛在十架上,更美的血流自更貴的脈,
　　作神的僕人,萬民所仰望,更美之約顯明神聖之愛。

二、因此,神與人另立了新約,要將律法寫在他們心上,
　　祂且要赦免他們的罪孽,從此不再記念,已經遺忘;
　　無需人教導:「你當認識神」,各人都能有分神聖分賜,
　　神來作生命,心思得更新,活出神所想望生命樣式。

（結）
　　神已賜我們一個新心,將新靈放在我們裏面,
　　又從肉體中除掉石心,好使祂的靈內住其間;
　　救我們脫離一切不潔,謹守並遵行神典章、律例,
　　在萬國之中顯為聖別,新約的子民,基督的身體。

（尾聲）
　　看,這是耶穌立約之血,祂釘死復活又升天,
　　帶我們進入彌賽亞之約,藉聖靈成就到永遠。

耶和華說,那些日子以後,我與以色列家所立的約,乃是這樣:我要將我的律法放在他們裏面,寫在他們心上;我要作他們的神,他們要作我的子民。他們各人不再教導自己的鄰舍和自己的弟兄,說,你該認識耶和華;因為他們從最小的到至大的,都必認識我,因為我要赦免他們的罪孽,不再記念他們的罪;這是耶和華說的。

——耶三一33-34

⑩ 立約之血

一、耶穌的血已灑祭壇，為我彈在施恩座前，
　　我的所有不義、罪愆，不被記念，全赦免；
　　無瑕羔羊，耶穌被獻，神聖美約祂血應驗，
　　立約之血將我遮掩，我得飲於活水泉源。

（副）
　　我心感謝，神已賜我新心新靈，我得有分祂神聖的性情，
　　藉祂生命活律來引領，律法要求自然遵行；
　　我靈讚美，罪人如我何竟蒙福，祂已洗淨我污穢的衣服，
　　叫得權柄來到生命樹，從門進城，祂就是道路。

二、這血重開生命之路，神的同在我可進入，
　　救贖之血為我流出，神的自己來注入；
　　站在血的根基上面，殿中瞻仰我主榮顏，
　　享受我主，像祂完全，事奉我神，直到永遠。

但基督已經來到，作了那已經實現之美事的大祭司，經過那更大、更全備
的帳幕，不是人手所造的，就是不屬這受造世界的；並且不是藉著山羊和
牛犢的血，乃是藉著祂自己的血，一次永遠的進入至聖所，便得到了永遠
的救贖。
何況基督藉著永遠的靈，將自己無瑕無疵的獻給神，祂的血豈不更潔淨我
們的良心，使其脫離死行，叫我們事奉活神麼？
——來九11-12，14

⑪ 完美的救贖者

一、永遠的神穿上肉身成為人，親自造訪這個罪的世界，
　　死與復活是祂一生的核心，為要帶來稱義，除盡罪孽；
　　祂身為人，交出自己被剪除，受盡羞辱痛楚，直到命喪，
　　祂又是神，能完美的成救贖，並完美的復活，戰勝死亡。

二、這個世界是被仇敵所佔領，人悖逆神，加入反叛陣線，
　　神差愛子作為代替，受死刑，要將罪人拯救，帶回神前；
　　耶穌受死讓人與神能和好，結束已往，人生重新開始，
　　耶穌復活使人成為神新造，得在新生命中作神後嗣。

（副）
　　耶穌基督，人惟一救主，來到世上成功了救贖，
　　除祂以外別無拯救，所經所歷是為你成就；
　　現在就是選擇的時刻，選擇祂作你的救贖者，
　　只要信祂，罪過全赦，一生滿有平安、喜樂。

（尾聲）
　　讚美祂是完美的救贖者，今在我心安家、住著。

祂是你們匠人所輕棄的石頭，已成了房角的頭塊石頭。除祂以外，別無拯
救，因為在天下人間，沒有賜下別的名，我們可以靠著得救。

——徒四11-12

⑫ 主你說成了

一、十字架上，主，你說成了，以死敗壞那掌死權的，
殿裏幔子從上而裂開，從此罪人都可進前來；
一粒麥子落在地裏死了，就要結出許多的子粒，
祂成咒詛將苦杯飲盡，恩賜給我們神的福分。

「祭物和供物是神不願要的，
所以你為我豫備了身體。」
當你來到世上，就說，「我來了，
神阿，是要實行你的旨意。」

二、我們敬拜，主，你說成了，拆毀人類所有的間隔，
主，你的生全然為了死，你是愛我竟愛到如此；
宇宙萬物也都在等待著，你所帶來拯救的時刻，
因你知道當你被舉起，要吸引萬人投靠歸依。

「祭物和供物是神不喜悅的，
所以你為我豫備了身體。」
看哪，神的羔羊，除去世人之罪的，
祂一次而永遠獻上為祭，
所以不管世界罪惡肉體勢力，
單單屈膝仰望十架功蹟，一望就活了。

耶穌受了那醋，就說，成了！便低下頭，將靈交付了。

我若從地上被舉起來，就要吸引萬人來歸我。

所以基督到世上來的時候，就說，「祭物和供物是你不願要的，你卻為我
豫備了身體；燔祭和贖罪祭是你不喜悅的；於是我說，看哪，我來了，神
阿，是要實行你的旨意。」

——約十九30，十二32，來十5-7

13 經過十架，進入榮耀

一、祂知時刻已經到了，經過十架進入榮耀，
　　宇宙萬有在等祂來，罪人也在期待，
　　祂就按著神定旨（知道祂來原是為此），
　　走向撒冷面如堅石，存心順服以至於死。

（副）
　　我靈當讚美，舉起救恩杯，萬有惟祂是配，
　　這榮耀一位，我心還有誰？一生惟祂是追。

二、祂像待宰羔羊被牽，多受藐視，各方察驗，
　　一心成就神的豫言，替我，甘願被獻，
　　祂因前面的喜樂，輕看羞辱，不畏兇惡，
　　渴望經過死與復活，完成神的救贖工作。

三、當祂進入死與復活，帶同我們親身經過，
　　一粒麥子落入死地，結出無數子粒，
　　祂死，釋放神生命，復活，生出眾多弟兄，
　　看哪，祂已擴大、繁殖，就是我們—團體複製。

耶穌回答說，人子得榮耀的時候到了。我實實在在的告訴你們，一粒麥子
不落在地裏死了，仍舊是一粒；若是死了，就結出許多子粒來。

——約十二23-24

⑭ 主愛的筵席

耶穌在被賣的那一夜，同門徒一起過逾越節，
在他們正享受之時，拿起了餅和杯並祝謝；
竟然祂主領的這晚餐，是指向神救贖的應驗，
將生命捨去而受死，今我們如此行，為記念。
看，這是主愛的筵席，陳列餅和杯為表記，
餅是主受難的身體，為我們而捨，
救我們脫離罪、死亡、兇惡，
杯是主立約的寶血，為我們流出，
帶我們進入神生命、國度；
祂受了神公義的制裁，把我們從罪中救出來，
要使我們與祂相結聯，那日有分羔羊的婚筵；
每逢我們喫餅喝杯，乃是陳列主的死，
享受祂的珍饈美味，直到喝新的日子。

他們喫的時候，耶穌拿起餅來，祝福了，就擘開，遞給他們說，你們拿去，這是我的身體。又拿起杯來，祝謝了，遞給他們，他們都喝了。耶穌對他們說，這是我立約的血，為多人流出來的。我實在告訴你們，我絕不再喝這葡萄樹的產品，直到我在神的國裏，喝新的那日子。

—— 可十四22-25

⑮ 思念

一、愛主，讓我將你思念，再嘗你的豐滿甘甜，
　　你的所是追測不盡，吸引我心來親近；
　　是所有美善之源，是一切真實之泉，
　　但願你的神聖自己，成我一生的經歷。

二、愛主，實在你就是神，你愛比罪還闊、還深，
　　把光照在死蔭幽谷，叫疲困人得復甦；
　　是神，你免我罪債，是神，你救我脫害，
　　賜我平安、喜樂、力量，配得我心來頌揚。

三、愛主，實在你就是人，對我總是溫柔、慈仁，
　　帶我走出黑暗、兇惡，愁苦人生變詩歌；
　　是人，你給我溫馨，是人，你得著我心，
　　是你完全捨己、降卑，我纔站在新地位。

四、愛主，你且成為那靈，進入我靈，作我生命，
　　為使與我聯調、合併，你已行完這歷程；
　　你是我惟一至寶，也是我衷心所要，
　　深願與你同心同行，直到模成你榮形。

所以，有分於屬天呼召的聖別弟兄們，你們應當留意思想我們所承認為使
徒、為大祭司的耶穌。

──來三1

⑯ 你捨自己，我蒙悅納

一、主阿，你在日期滿足之時，為我降卑，親臨塵世，
　　從靈成孕，穿上人的樣式，作一人子，甘受限制；
　　你名是耶穌，救我脫罪惡，稱以馬內利，神與人調和，
　　為行父旨意，歷盡人坎坷，忠信、完全，因父活著。

二、看哪，神的一切神格豐滿，有形有體住你裏面，
　　神的神聖本質藉你表現，神心、神愛從你彰顯；
　　你的心是愛，你口中有恩，來尋找、拯救失喪的靈魂，
　　帶我這迷羊歸回神羊群，懷我、接我進神救恩。

三、你愛叫你為我上到十架，受死，付了血的重價，
　　為使我得平安，你受刑罰，你捨自己，我蒙悅納；
　　一次成救贖，永久有效力，勝過罪與死，征服眾仇敵，
　　復活化身為生命的聖氣—神的自己吹進我裏。

像這樣聖而無邪惡、無玷污、與罪人分別，並且高過諸天的大祭司，原是
與我們合宜的；祂不像那些大祭司，每天必須先為自己的罪，再為百姓的
罪獻上祭物，因為祂獻上自己，就把這事一次永遠的作成了。
說了這話，就向他們吹入一口氣，說，你們受聖靈。

——來七26-27，約二十22

⑰ 挽回祭

一、親愛主，你是我挽回祭，平息神要求，滿足神公義，
　　我與神和好並合一，不再作仇敵，兩下沒距離；
　　我前來，因愛向你屈膝，神稱我為義，我滿心感激，
　　親愛主，你是我挽回祭，有了你，我過去神已忘記。

二、親愛主，你成為我代替，我得親近神，進入祂安息，
　　你憐憫，對我何豐滿，滿帶神恩典，應時又甘甜；
　　我前來，到你施恩座前，坦然朝見神，因罪全赦免，
　　親愛主，你成為我代替，有了你，我生命滿了意義。

三、親愛主，你是我的誇耀，永遠的倚靠，在天的中保，
　　你是神公義的顯彰，罪人的遮蓋，神、人同歡唱；
　　我前來，光中與神相會，在你見證下，榮耀何光輝，
　　親愛主，你是我的誇耀，有了你，我直奔光明大道。

（尾聲）
　　親愛主，你是我挽回祭，我愛你，舉起心來讚美你。

不是我們愛神，乃是神愛我們，差祂的兒子，為我們的罪作了平息的祭
物，在此就是愛了。
神擺出基督耶穌作平息處，是憑著祂的血，藉著人的信，為要在神以寬容
越過人先時所犯的罪上，顯示祂的義。

——約壹四10，羅三25

⑱ 祂來過

一、人生不定無長久，我的所有遭剝奪，
　　無奈承受痛與羞，獨自絕望中倒臥；
　　深深苦情無人憐，重重患難誰來遭，
　　以為生命即消散，祂竟出現在眼前。

（副一）
　　今生今世我口最愛題說，就是我主祂來過，
　　驅走黑暗，擔我輭弱，作我平安永穩妥。

二、祂用油酒來敷裹我心傷痛與坎坷，
　　懷我、肩我、扶助我，那有一點我配得；
　　找這纔知何為愛，竟然施與我無賴，
　　為使一生都開懷，接我到神家裏來。（接副一）

三、別看今我有何長，若非我主早崩潰，
　　我命、我愛、我力量，全都屬祂不別歸；
　　喜樂、盼望真顯明，救恩全備又有能，
　　我口頌讚心感銘，一生因祂樂歡騰。

（副二）
　　我心歌唱主愛高深長闊，祂必永不離開我，
　　作我生命，與我同活，伴我此生共度過。

耶穌接著說，有一個人從耶路撒冷下耶利哥去，落在強盜中間，他們剝去
他的衣服，把他打個半死，就撇下他走了。適巧有一個祭司，從這條路下
來，看見他，就從對面過去了。又有一個利未人，來到這地方，看見，也
照樣從對面過去了。但有一個撒瑪利亞人，行路來到他那裏，看見，就動
了慈心，上前把油和酒倒在他的傷處，包裹好了，扶他騎上自己的牲口，
帶到客店裏照料他。第二天，拿出兩個銀幣，交給店主說，請你照料他；
此外所花費的，我回來必還你。你想這三個人，那一個是落在強盜手中之
人的鄰舍？他說，是那憐憫他的。耶穌說，你去照樣行罷。

——路十30-37

19 耶穌—我的生命之主

一、任憑風浪四周飛滾，無情暴雨迎面突襲，
　　洶湧波濤不停狂奔，誰不驚恐，令人窒息；
　　看哪，船底無憂之主，起身斥責風浪止住，
　　頓時恢復原有平靜，我的人生昂首前行。

二、黑暗勢力團團籠罩，撒但全軍步步進逼，
　　甚願與祂同心求禱，人卻昏沉，輭弱無力；
　　聽哪，園中不倦之主，獨自背負罪的咒詛，
　　捨命完成救贖大工，祂之於我愛大恩宏。

（副）
　　耶穌，耶穌，我的生命之主，縱然遇見患難與困苦，
　　有祂同在，我不至絆跌，何能使我懼怕而退卻；
　　耶穌，耶穌，我的生命之主，帶我行走命定的道路，
　　祂已化身聖靈，活在我裏，得享祂的恬靜和安息。

正航行的時候，耶穌睡著了。湖上起了風暴，船就要滿了水，甚是危險。
門徒進前來，叫醒了祂，說，夫子，夫子，我們喪命啦！耶穌醒來，斥責
風和水上的大浪，風浪就止住，平靜了。

——路八23-24

20 主是道路真理生命

一、浪蕩的人哪！聽耶穌說，「我就是道路」，
　　你若願意阿！來轉向祂，祂的愛必眷顧；
　　祂曾為你從天降臨，滿帶著神的祝福，
　　祂能引你歸回活神，使你尋得永生路。

二、憂苦的人哪！聽耶穌說，「我就是真理」，
　　你若願意阿！來相信祂，祂的光必臨及；
　　祂曾為你從死復活，使神能稱你為義，
　　祂能救你脫離疑惑，進入神聖的實際。

三、失喪的人哪！聽耶穌說，「我就是生命」，
　　你若願意阿！來呼求祂，祂的靈必充盈；
　　祂今為你成為那靈，巴望能向你顯明，
　　祂要賜你新的生命，使你得享神豐盛。

（尾聲）
　　來阿！來轉向祂，來相信祂，來呼求祂，
　　從此你一生就會擁有道路、真理、生命。

耶穌說，我就是道路、實際、生命；若不藉著我，沒有人能到父那裏去。

——約十四6

㉑ 好牧人

一、在荒山野地，到處是危險，一羊兒走迷，前途實堪憂，
　　有一好牧人親自來尋見，帶牠歸羊群，歡喜獲救；
　　除耶穌以外，沒有別的門，出入得草喫，到安全之處，
　　凡屬祂的羊聽祂的聲音，按著名字，在前頭領路。

二、祂不像雇工並不顧念羊，只關心自己過於羊性命，
　　祂時時照護，且處處著想，為他們作了最大犧牲；
　　盜賊來，無非要偷竊、殺害，主來了，是要叫羊得生命，
　　祂為羊捨命，好再取回來，使他們能得的更豐盛。

（副）
　　主耶穌是羊的好牧人，從祂進來的都必得救，
　　他們至終要成為一群，歸一個牧人，直到永久；
　　我們屬祂，任誰也不能從祂手裏把我們奪去，
　　祂賜我們永遠的生命，那日，與祂在愛中相聚。

你們中間誰有一百隻羊，失去其中的一隻，不把這九十九隻撇在曠野，去找
那失去的，直到找著麼？找著了，就歡歡喜喜的扛在自己肩上，回到家裏。
賊來了，無非要偷竊、殺害、毀壞；我來了，是要叫羊得生命，並且得
的更豐盛。我是好牧人，好牧人為羊捨命。

——路十五4-5，約十10-11

22 國度的基因

一、哦，何奇妙，三一神自己，穿上肉身在人性裏，
　　這位神人就是福音，也是國度基因；
　　當這基因進入我靈裏，我就有分國度實際，
　　有分基督這活人位，並祂榮耀教會。
　　如同不朽生命種子，滿帶神的神聖素質，
　　今藉主的活話傳遞，我得重生，已撒進我心裏；
　　這是神聖生命的領域，為使國度的基因延續，
　　我們過著國度的生活，接受屬天管治，順服寶座。

二、生命種子撒在我心田，就是國度在我裏面，
　　還要不斷蔓延、擴展，直到國度顯現；
　　不久，國度的基因就要完滿達到神的目標，
　　就在我們長大成熟，變化完成時候。
　　為此我要讓它長大，將我全人更新變化，
　　使神旨意通行在地，讓祂掌權，實現祂的目的；
　　何等尊貴！與基督同王，何等榮耀！彰顯神形像，
　　今天我們能在此豫嘗，得贖之日一到，就要全享。

你們蒙了重生，不是由於能壞的種子，乃是由於不能壞的種子，是藉著神活而常存的話。

　　　　　　　　　　　　　　　　　　——彼前一23

㉓ 我的以馬內利

一、主你是神，是神親自來臨，
　　我雖不好你不棄，賜與生命之恩；
　　當我徬徨又無助，你來救拔脫害，
　　帶我歸入神羊群，全心俯伏敬拜。

二、主惟你是，我的無限安慰，
　　歷經痛楚苦與貧，倒空尊榮地位；
　　體恤軟弱和孤單，你知我心感受，
　　不再自負不傲慢，向你歡欣歌謳。

（副）
　　主耶穌我的愛，請你進入我心扉，
　　我今向你全然悔改，求賜我愛的勇氣，
　　在我生命居首位，哦，你是我的以馬內利。

「看哪，必有童女懷孕生子，人要稱祂的名為以馬內利。」（以馬內利繙
出來，就是神與我們同在。）

——太一23

㉔ 信你愛你望你

一、耶穌！耶穌！我信你，全人向你俯伏，
　　欣然讚美敬拜你，耶穌！我主；
　　可靠、穩妥，永是信實，親手領我一路，
　　走過已往、現在、今世，惟有你，你是主。

二、耶穌！耶穌！我愛你，全心投入你懷，
　　我的性命，我惟一，耶穌！我愛；
　　恩慈、憐恤，比罪還深，始終，一愛不改，
　　比死堅強，恆久、如新，永遠是我倚賴。

三、謝謝你！永不放棄的愛，使我人生可以重來，
　　享受你生命豐美，多采，但願多人也同蒙愛。

四、耶穌！耶穌！我望你，叫我怎能不想，
　　我心我眼充滿你，耶穌！我王；
　　一心切盼你的同在，朝朝暮暮思量，
　　我的良人，願你快來，來接我回家鄉。

如今常存的，有信、望、愛這三樣，其中最大的是愛。

———林前十三13

25 你的臉你的手

一、主，我歡喜注視你的臉，望斷一切只求你愛憐，
　　你所散發尊貴和榮美，引我光中與你相會；
　　你那如同火焰的雙眼，將你聖潔注入我心間，
　　我就脫離自我與自卑，受你指引緊緊跟隨。

二、主，我何願看著你的手，思想你曾被釘的傷口，
　　施行公義、憐憫和恩慈，帶著大能行作萬事；
　　當你親切撫摸我的頭，我心知道有你已足夠，
　　你來定意畫籌並實施，在我每個跟隨日子。

（副）
　　愛主，願你的笑臉，時常幫助我，撫慰我，
　　無論有何事故，只管放心振作，單單向你而活；
　　恩主，願你的能手，時常搭救我，扶持我，
　　深信主，你必能保守我所交託，進入你的天國。

至於我，我必在義中見你的面；我醒了的時候，必因見你的形像而心滿意足。

我魂緊緊的跟隨你；你的右手扶持我。

——詩十七15，六三8

26 哦！那一張臉面

一、又是同樣那幅景象，顯在眼前如此明亮，
　　祂的眼目，祂的臉龐，如同烈日中天放光；
　　前在變化山上瞻仰，今在拔摩海島遙望，
　　多年始終無法遺忘，祂那臉面，祂那模樣。

（副）
　　哦！那一張臉面，引我日夜想念，耀眼光芒仍依稀可見，
　　使我得勝，能像祂完全，逐日且更為屬天；
　　哦！那一張臉面，引我日夜想念，耀眼光芒在我們之間，
　　今生來世我衷心所羨；同形返照我主容顏。

二、經歷患難逼迫淒涼，走過低谷原野高崗，
　　領我助我，賜我力量，每當我靈向祂瞻仰；
　　那片強光無法遮擋，四周一切全都掩藏，
　　只見我主榮耀形像，惟祂是配，國度君王。

過了六天，耶穌帶著彼得、雅各、和雅各的兄弟約翰，暗暗的領他們上了
高山，就在他們面前變了形像，臉面發光如日頭，衣服變白如光。

——太十七1-2

27 羔羊的生命冊

人子耶穌，神的羔羊，為著除去世人罪惡，
祂的每一言行思想，正直，純潔，無可指摘；
我因有罪祂來代贖，替我受死將我救活，
我的所有過犯、罪污，蒙神赦免，都已塗抹。

（副）

凡信入祂的必不至滅亡，反得神的永遠生命，
名字得記在羔羊的冊上，就此免去死亡永刑；
義的，仍要繼續行義，聖的，仍要聖而分別，
常在愛中保守自己，站立得穩不致失跌，
那日，進城到生命樹那裏，同神活著，永遠與神聯結。

（尾聲）

凡記在羔羊生命冊上的，真是有福，有滿足的喜樂。

我又看見死了的，無論大小，都站在寶座前。案卷展開了，並且另有一卷展
開，就是生命冊。死了的都憑著這些案卷所記載的，照他們所行的受審判。
無論誰在生命冊上不見是記著的，就被扔在火湖裏。

——啟二十12，15

(28) 明亮的晨星

一、行走在這罪的塵世，天程旅客挺身，步步惟艱，
　　渴望迎來得贖之日，不久，可愛晨曦出現眼前；
　　我當留意豫言的話，如同留意照在暗處的燈，
　　指向要來的彌賽亞，直等祂來，一切就要顯明。

二、黑夜已深，白晝將近，世上不法的事，日漸增多，
　　叫人迷惘、冷淡、灰心，主話何其可寶，伴我生活；
　　引我寄望光明之晨，一心寄望祂的星光閃耀，
　　經過最黑暗的時分，曙光乍現，天就已經破曉。

（副）
　　主，你是以色列的盼望，又是外邦人的光，
　　你曾來到自己的地方，為成救贖將命喪；
　　今已得榮坐在寶座上，手握管轄的權杖，
　　當你再臨，滿帶榮光，要作全地的王。

（尾聲）
　　你是黑暗中明亮的晨星，願你在我心越發的照亮。

我耶穌差遣我的使者，為眾召會將這些事向你們作見證。我是大衛的根，
又是他的後裔，我是明亮的晨星。

——啟二二16

福音喜信

3月 March

神的兒子耶穌基督福音的開始，（可一1，）祂就是神要賜給人的福音。祂的降生開啟了恩典的新紀元，祂的為人生活乃是照亮世界的光。祂來是要服事人，作罪人的朋友；至終，釘死在十字架上，親自為世人付上最貴的贖價，成了神聖之愛的犧牲。從此，幔子裂開了，恩典代罪而興，凡聽見這福音的，只要相信，就能得亨最美的恩惠，擁有在日光之上，福樂的人生。

01 永遠已在人心

一、人怎樣空空的來，也必要空空的去，
　　無論是名揚四海，或者是卑賤如蛆；
　　日光下盡是虛空，看不飽，也聽不足，
　　如捉影，也如捕風，一過去，再無人回顧。

（副）
　　神造萬物使其成為美好，又將永遠安置在人的心，
　　祂的大能、神性奇妙，藉著萬物可見、可信；
　　你既有神的形像和樣式，就可從神得著生命、氣息，
　　不妨尋求、揣摩一試，祂就在你口裏心裏。

二、一代去，一代又來，大地卻永立不渝，
　　其上的千種百態，任憑誰都難存續；
　　富與貧雖有不同，到終了都將遠離，
　　你如何看待永恆，永恆也將如何對你。

神造萬物，各按其時成為美好，又將永遠安置在世人心裏。雖是這樣，人
並不能參透神從始至終的作為。
自從創造世界以來，神那看不見永遠的大能，和神性的特徵，是人所洞見
的，乃是藉著受造之物，給人曉得的，叫人無法推諉。

——傳三11，羅一20

02　大好信息

一、聽！大好信息，驚天又動地，
　　你是神容器，為裝祂自己，
　　祂不僅造了你，更要來充滿你，作你生命住你裏；
　　使你享受祂實際，使你人生變美麗，
　　使你活著滿意義，只要你願意。

二、過去永遠裏祂早揀選你，
　　因愛的催逼為你親來地，
　　十架上被舉起，經死亡祂復起，今特地來尋找你；
　　要將活神帶給你，要將生命分給你，
　　要將恩典賜給你，使你心滿意！

三、當你有了祂—三一神自己，
　　你全人會有生命的奇蹟：
　　你靈會有活力，你魂會真歡喜，你身安居指望裏；
　　只要將心全開啟，只要主名一呼吸，
　　只要一剎那而已，祂、你就是一！

且要在那些蒙憐憫、早豫備得榮耀的器皿上，彰顯祂榮耀的豐富。
──羅九23

03 聽我唱奇妙愛

一、聽我唱，奇妙愛：是耶穌，從天來，
　　十架上，祂裂開，將神聖生命釋放出來；
　　真喜樂，罪全赦，進我靈，解乾渴，
　　住我心，永聯合，且從我湧出如江河。

二、祂離你並不遠，就在你口裏面；
　　主的名一呼喊，祂立刻進入你的心間；
　　我嘗過，我訴說，主的愛深難測，
　　凡願意，誰都可從救恩水泉來白喝。

這義到底怎麼說？它說，「這話與你相近，就在你口裏，也在你心裏。」
這就是我們所傳信主的話，就是你若口裏認耶穌為主，心裏信神叫祂從死
人中復活，就必得救。

節期的末日，就是最大之日，耶穌站著高聲說，人若渴了，可以到我這裏
來喝。信入我的人，就如經上所說，從他腹中要流出活水的江河來。

——羅十8-9，約七37-38

04　神聖之愛的犧牲

一、祂被掛在木頭上，安置在死地的塵土中，
　　眾人的罪祂獨當，嘗盡神的苦杯，甘順從；
　　破除了蛇的謊言，挽救人回到樂園，
　　律法在祂得成全，完成神救贖的心願。

（副）
　　神聖之愛的犧牲，祂死，我們纔得生，
　　走出對神的不信任，我成為祂新造的人；
　　神聖之愛的犧牲，神愛子已完全得勝，
　　祂愛我，為我捨己，我今在主裏歇息。

二、不再失落而度日，無須懷抱偶像，纔安適，
　　單單接受神的愛──耶穌，作我生命和主宰；
　　恢復了神的關係，我與神和好如初，
　　脫去自義的外衣，我全人喜樂且滿足。

耶和華卻喜悅將祂壓傷，使祂受痛苦。祂使自己成了為著罪的祭，祂必看
見後裔，並且延長年日；耶和華所喜悅的事，必在祂手中亨通。

我已經與基督同釘十字架；現在活著的，不再是我，乃是基督在我裏面活
著；並且我如今在肉身裏所活的生命，是我在神兒子的信裏，與祂聯結所
活的，祂是愛我，為我捨了自己。

──賽五三10，加二20

(05) 最美的恩惠

一、在無盡黑夜的時分，祂聽見悲歎的呻吟，
　　苦與痛正纏繞我身，祂的愛溫暖了我心；
　　沒有甚麼傷口、殘缺，祂不能癒合、解決，
　　沒有甚麼枷鎖、威脅，祂不能處置、斷絕。

（副）
　　神子耶穌替死的贖罪，是全宇宙最美的恩惠，
　　為行父旨，已捨己、降卑，愛我至此，除祂還有誰；
　　救主耶穌今住我心內，是我一生最美的恩惠，
　　願這恩惠的榮耀得著讚美，一切尊榮和愛戴惟祂是配。

二、跨越了生死的界線，我行在光和愛中間，
　　走過了滄海和桑田，祂的恩是歷久彌堅；
　　無論有何軟弱、虧欠，祂總是體恤、恩眷，
　　無論有何需要、心願，祂總是供應、嘉勉。

使祂恩典的榮耀得著稱讚，這恩典是祂在那蒙愛者裏面所恩賜我們的；我們在這蒙愛者裏面，藉著祂的血，照著神恩典的豐富，得蒙救贖，就是過犯得以赦免，這恩典是神用全般的智慧和明達，使其向我們洋溢的。

——弗一6-8

06 清晨的日光

一、雖經漫漫長夜，晚星也都已消滅，
　　神卻未曾忘記祂所定的永約；
　　當我們正徘徊在死蔭之地離不開，
　　有一清晨的日光從天而來。
　　是神憐憫的心腸，眷顧罪人的憂傷，
　　把我們的腳引到平安路上，
　　所有黑暗盡驅走，天來救主施拯救，
　　使我們的黑夜變為白晝！

二、你來尋找失喪者，你肯赦免犯罪的，
　　你使卑賤無望人得享天上樂；
　　從你活出神自己，在神拯救恩典裏，
　　你給萬民帶來大喜的信息。
　　你是神人的調和，你是人中的聖者，
　　我們從你看見人性的美德；
　　如此救主我愛戴，向你我心獻敬拜，
　　讚美你，今住我卑微胸懷！

因我們神憐憫的心腸，叫清晨的日光從高天臨到我們，要照亮坐在黑暗中死蔭裏的人，把我們的腳引到平安的路上。

——路一78-79

07 主的來臨像清晨日光

一、舊的人生如荒野枯樹，在死蔭之地愁悵虛度，
　　聲聲歎息，步步躊躇，何處是我情愛歸宿，
　　我一切將化為灰土。
　　主的來臨像清晨日光，祂柔愛溫情無法抵擋，
　　照亮我路，指引方向，放射出醫治的光芒，
　　帶給我永活的盼望。

（副）
　　讓我行過那死蔭的幽谷，榮上加榮，光輝烈烈！

二、我的生命從死裏復活，罪惡的鎖鍊就此脫落，
　　我真平安，我真喜樂，我的心向主唱新歌，
　　我的靈與主永聯合。
　　我今又看見清晨日光，照在許多蒙恩人身上，
　　依然明亮，更顯光芒，要堅定我每個腳步，
　　要鋪滿我一生道路。

我們務要認識耶和華，竭力追求認識祂；祂出現確定如晨光，祂必臨到我
們像甘雨，像滋潤大地的春雨。
但向你們敬畏我名的人，必有公義的日頭升起，其翅膀有醫治之能。

——何六3，瑪四2上

08 奇妙屬天的愛

一、奇妙、屬天的愛已經流到我們中間，
　　來自天上，是父神的愛；
　　滿帶生命、恩典，有如江河湧流潺潺，
　　帶給我真平安滿我心懷。
　　神大愛從高處湧流下來，
　　有如江河從天上的寶座湧流下來，
　　在湧流，在湧流，不斷的在湧流，
　　浸透我們又滿溢出來！

二、願這屬天的愛永遠迷漫我們中間，
　　直到人人都認識這愛：
　　歷經患難、試煉，歲月流轉，天地改遷，
　　神的愛永不變，依然存在。
　　神大愛從耶穌顯明出來，
　　豐豐滿滿藉聖靈向我們澆灌下來，
　　在你心，在我心，充滿、浸透、滋潤，
　　全心愛神又彼此相愛！

神差祂的獨生子到世上來，使我們藉著祂得生並活著，在此神的愛就向我
們顯明了。不是我們愛神，乃是神愛我們，差祂的兒子，為我們的罪作了
平息的祭物，在此就是愛了。
我賜給你們一條新誡命，乃是叫你們彼此相愛，正如我愛你們，為使你們
也彼此相愛。

——約壹四9-10，約十三34

⑨ 黑暗中的光

一、行在人生崎嶇的路途，踩著蹣跚的腳步，
　　努力克服失敗和痛苦，成就不等於滿足；
　　直到接受主救贖的愛，喜樂、平安滿心懷，
　　我就時常感恩並頌揚：祂是黑暗中的光。

二、身處世界動盪又混亂，叫人徬徨，心不安，
　　經歷苦難，我心更明白，得勝是因祂的愛；
　　背後都有神美好計畫，使我聖別得像祂，
　　我心單單敬拜並瞻仰，祂是黑暗中的光。

（副）
　　哦，主，你第一次的來，全然顯明了神的愛，
　　你不畏黑暗的權勢，受盡了苦難的凌遲；
　　黑暗更顯你的光芒，苦難強化你愛的力量，
　　主，你是世界的真光，當你再來，是我榮耀盼望。

生命在祂裏面，這生命就是人的光。
那光是真光，來到世上，要照亮每一個人。
基督是我們的生命，祂顯現的時候，你們也要與祂一同顯現在榮耀裏。
　　　　　　　　　　　　　　　　　　——約一4，9，西三4

⑩ 生命的糧與世界的光

一、日光之下萬事無窮盡，令人眼看不飽，耳聽不足，
　　四處忙碌，我汲汲營營，常覺心靈虛空，光陰虛度；
　　主說，「我就是生命的糧，到我這裏來的，就永遠不餓，」
　　我信入祂，就得生命、力量，心中充滿天上平安和喜樂。

二、在基督裏舊事已過去，一切都是新的，我成新造，
　　活在愛中，我不再憂鬱，生活充實、美好，又有倚靠；
　　主說，「我就是世界的光，跟從我的，就不在黑暗裏行，」
　　我尊崇祂作我榮耀、盼望，隨祂而走，前途越過越光明。

（副）
　　看哪！主耶穌是從天上降下來生命的糧，
　　要使你心滿，不再感孤苦，生活有力量；
　　看哪，主耶穌是從黑暗照出來世界的光，
　　要使你復甦，喜樂奔前途，一生有盼望。

耶穌對他們說，我就是生命的糧，到我這裏來的，必永遠不餓；信入我
的，必永遠不渴。
於是耶穌又對眾人講論說，我是世界的光，跟從我的，就絕不在黑暗裏
行，必要得著生命的光。
　　　　　　　　　　　　　　　　　　　　　　　——約六35，八12

⑪ 愛使浪子回家

一、長久受罪轄制，常歎生命虛擲，
　　力量在漂蕩中漸消逝；
　　愛使罪囚得釋，愛使窮人唱詩，
　　愛使浪子回家，享受父恩慈。

（副）
　　這是我們親身故事，凡蒙愛者都能證實；
　　哦，神的愛這大這摯！願人人都知！
　　快來投進神的懷抱，讓神的愛向你傾倒，
　　當你嘗到這愛奇妙，你也會稱道。

二、愛使我們歡欣，愛使一切更新，
　　活在愛裏甜美又溫馨；
　　互相聯結更緊，彼此相愛更親，
　　愛使我們團聚，成為一家人。

你們看，父賜給我們的是何等的愛，使我們得稱為神的兒女，我們也真是
祂的兒女。世人所以不認識我們，是因未曾認識祂。

——約壹三1

⑫ 罪人的朋友

一、這是獨一、永活真神，竟然喜悅來成為人，
　　並非有任何別原因，惟願與你能親近；
　　祂已親自帶來神愛恩，世上人們真正所缺損，
　　要叫所有悲傷困苦心，得到祂的醫治與歡欣。

（副）

　　從馬槽寒陋，到十架刑罰，
　　經憂患、苦痛、試誘，受盡屈辱，被踐踏；
　　祂是耶穌，罪人的朋友，祂能脫去你哀哭麻衣，
　　祂真愛你，要將你拯救，美好新生從你開啟。

二、人生苦短，多有煩憂，千山萬水無路可走，
　　任憑人心碎淚兒流，好苦、好累，向誰求；
　　祂已默默等待好長久，情愛深深為你而保留，
　　將你所有放心交祂手，換來祂的平安與自由。

人子來了，也喫也喝，人又說，看哪，一個貪食好酒的人，一個稅吏和罪人的朋友。但智慧從她的行為得稱為義。

你們去研究，「我要的是憐憫，不是祭祀，」是甚麼意思；我來本不是召義人，乃是召罪人。

　　　　　　　　　　　　　　　　　　——太十一19，九13

⑬ 信心的一摸

一、不顧四圍擁擠群眾，不理人的白眼、冷漠，
　　舉步為艱，進退之中，我心疲憊，我身孱弱；
　　只求能到耶穌身後，傾倒全人，奮力一摸，
　　伸出最後信心的手，真是希奇！竟得醫治、救活。

二、想到過往災禍臨頭，奪去我的歲月、所有，
　　生命、力量不停的漏，止不住的是哀與愁；
　　幸有耶穌大施拯救，慰我苦情，解我煩憂，
　　救恩浩大，情愛深厚，無何以報，一生讚美不休。

（副）
　　　只是信心的一摸，摸祂衣裳繸子不過，
　　　所有災病全都脫落，我的生命從此不再殘破；
　　　只要用信心一摸，勇敢交出你的軟弱，
　　　讓祂為你醫治、解脫，行走平安，一路由祂領帥。

耶穌說，總有人摸我，因我覺得有能力從我身上出去。那女人知道不能隱藏，就戰戰兢兢的來俯伏在耶穌跟前，把摸祂的緣故，和怎樣立刻得了醫治，當著眾百姓都說出來。耶穌就對她說，女兒，你的信救了你，平平安安的走罷！

——路八46-48

⑭ 轉變

一、日和夜在天際間交換，寒與暑在自然界移轉，
　　但脫不開的煎熬，如陷深淵，那度不盡的苦痛，日日年年；
　　我的存在像一抹的輕煙，我的思想毫無生氣可言，
　　尚存的氣力正逐漸消散，枯槁的身心已徹底癱瘓。

（副）
　　就在一剎那之間，我的盼望如死灰復燃，
　　當祂向我發出恩言，見祂綻放情愛與慈憐；
　　滿帶恩典來將我充滿，復活大能且將我溢漫，
　　轉憂為喜，我起身頌讚，轉悲為樂，我迎向燦爛。

二、再大的創傷、憂患、磨難，再深的悲情、低賤、不堪，
　　也大不過祂的愛，浩瀚無邊，且深不過祂的恩，豐滿無限；
　　我今得享天上來的平安，是祂救我脫離極大黑暗，
　　祂是神兒子，赦免我罪愆，帶領我出死，跟隨祂向前。

耶穌看見他躺著，知道他已經病了許久，就問他說，你想要痊癒麼？病人
回答說，先生，水動的時候，沒有人把我放在池子裏；我正去的時候，總
有別人比我先下去。耶穌對他說，起來，拿你的褥子走罷。那人立即痊
癒，就拿起褥子走了。

——約五6-9

15 福樂人生

一、你可知道，你的被造有最高目的，
　　在萬物中來彰顯神，代表神自己；
　　你是器皿，形像、樣式照祂而設計，
　　祂是內容，要充滿你，使你活著滿了意義。

（副）
　　現在只要你從一切轉向祂——永活的主，
　　簡單從深處開口呼喊祂：「哦！主耶穌！」
　　祂神聖自己要進入你的靈，作你生命，
　　從此你有新的人生，一生因祂滿足、歡騰。

二、你會感到心中重擔立刻變輕盈，
　　你會經歷裏面黑暗漸漸變光明；
　　你會進入喜樂、自由和豐盛之境，
　　嘗到救恩何其甘甜，因信得著福樂人生。

因此我的心快樂，我的靈歡騰；我的肉身也安然居住。
你必將生命的道路指示我；在你面前有滿足的喜樂；在你右手中有永遠的
福樂。

　　　　　　　　　　　　　　　　　　　　　——詩十六9，11

⑯ 在日光之上的人生

一、在日光之下的日子，勞碌、愁煩，周而復始，
　　將生活一昧的充塞玩耍、嬉笑，及時行樂；
　　天下各事都有定時，栽種有時，收成有時，
　　今生福樂，財富、名聲，終局一到，轉眼成空。

（副）
　　神造萬有一切事物，各按其時成為美好，
　　我們原是一團雲霧，出現少時便無可找；
　　神愛世人，且將永遠安置在人心裏深處，
　　願你探究或可尋見，祂這賜人氣息的主。

二、在日光之上的人生，生活、工作有主托撐，
　　當享受你的每一刻，並為自己行為負責；
　　凡事都有神的意思，哀慟有時，跳舞有時，
　　我將人生交祂權下，編織一幅美好圖畫。

（副）
　　沒有一事出於偶然，全都在於神的命定，
　　我的前途由祂揀選，將我年日握在手中；
　　人生的路看似長漫，足以活出神的目的，
　　年日飛逝，也許短暫，不容虛擲寶貴心力。

（尾聲）
　　日光之上人生滿是盼望，是愛是光，因為永生更長。

凡事都有定期，天下各樣事務都有定時。生有時，死有時；栽種有時，拔
出所栽種的也有時。

哭有時，笑有時；哀慟有時，跳舞有時。

神造萬物，各按其時成為美好，又將永遠安置在世人心裏。

　　　　　　　　　　　　　　　　　　——傳三1-2，4，11上

⑰ 得恩免多愛也多

一、罪人怎能無罪開釋，莫非神義已顯明，
　　賜下愛子替人受死，叫人免刑，得生命；
　　惟有知恩、感恩的人，纔知這愛有多深，
　　全是神的莫大憐憫，我今樂享主救恩。

（副）
　　罪在那裏被顯多，恩典就更為洋溢，
　　是神開恩可憐我，披上救恩讚美衣；
　　盡是蒙恩的罪人，在神國裏席上坐，
　　我也深愛祂愛無盡，得恩免多愛也多。

二、康健之人不需醫生，自義使人心高傲，
　　凡事靠己，與神分明，漠視福音的美好；
　　主的情愛撫摸痕跡，在我痛悔心深處，
　　我心因祂恬靜、安息，罪人朋友是耶穌。（接副歌）

（尾聲）
　　若是有人愛耶穌，這人是神知道的，
　　始終只有一緣故，得恩免多愛也多。

耶穌說，一個債主有兩個債戶，一個欠五百銀幣，另一個欠五十銀幣。因
為他們沒有甚麼可償還的，債主就把兩個都恩免了。這樣，他們那一個更
愛他？西門回答說，我想是那多得恩免的。耶穌對他說，你斷得不錯。
所以我告訴你，她許多的罪都赦免了，因為她愛得多；但那赦免少的，他
愛得就少。

——路七41-43，47

(18) 光照

一、我原失喪，離神犯罪，生活放蕩，將所有揮霍，
　　我已身在滅亡的地位，偏行己路，失敗又墮落；
　　但聖靈來感動，光照：「何不就起身，回到神面前，」
　　像一婦人點燈、打掃，細細的尋找失落的銀錢。

二、我因聽信，明白過來，轉身回頭，往父神的家，
　　聖靈已將主的話解開，我蒙光照而被神接納；
　　神且賜我新的生命，新心和新靈，使我得重生，
　　救主耶穌住我心中，這全是藉著聖靈的作工。

（副）
　　這得救的道離你並不遠，就在你口裏，也在你心裏，
　　聖靈要澆灌並住在你裏面，引導你進入一切的實際；
　　凡呼求主名的就必得救，主對這樣的人是豐富的，
　　神的愛、主的恩白白領受，出死入生，滿有平安和喜樂。

在他們裏面，這世代的神弄瞎了他們這不信者的心思，叫基督榮耀之福音
的光照，不照亮他們；基督本是神的像。
這義到底怎麼說？它說，「這話與你相近，就在你口裏，也在你心裏。」
這就是我們所傳信主的話。

——林後四4，羅十8

⑲ 接枝

一、前我生命真故事，就如天生野樹枝，
　　並無茂葉和豐姿，只結苦澀小果實；
　　但我蒙恩信耶穌，接於我主這好樹，
　　時時吸取祂肥汁，樂享神生命的分賜。

（副）

　　何等生命何情景，二命接成為一命，
　　我的一切全改變，小者換大，苦變甜。

二、若要生活變美好，非得生命被拔高，
　　不是外表加修飾，乃是內涵得充實；
　　這是改變惟一路，呼喊主名，信耶穌，
　　如此了結你一切，得與神自己永聯結。

（副）

　　當你聽見這福音，一信、一喊、再一浸，
　　就要有分並賞識，這個奧妙的接枝。

若有幾根枝子被折下來，你這野橄欖得在其中接上去，一同有分於橄欖根
的肥汁。

——羅十一17下

㉠ 信主耶穌最希奇

一、人的滿足在那裏？是否你還在尋覓？
　　信主耶穌最希奇，從未如此甘甜又實際；
　　祂像活泉湧出喜樂無可比，滿帶生命、能力，
　　你若簡單呼喊祂名在口裏，祂必進入你心充滿你。

二、祂的目的是在你，你可知祂需要你，
　　為著滿足祂心意，祂今等候、尋求一安息；
　　縱然你心愁煩、空虛又悲戚，只管到祂這裏，
　　賜你赦罪平安並與你合一，神、人同得滿足，同歡喜。

因為凡求的，就得著；尋找的，就尋見；叩門的，就給他開門。
耶穌說，我的食物就是實行差我來者的旨意，作成祂的工。
　　　　　　　　　　　　　　　　　　　　——太七8，約四34

㉑ 恩典代罪而興

一、在亞當裏眾人都死了，罪已掌權，滅亡怎能逃，
在神面前無一是義的，身陷罪中，功行有何效；
神差愛子親臨人世間，化身恩典，開啟新紀元，
為罪人死，將救贖成全，在復活裏向人施救援。

二、在基督裏眾人都活了，蒙神稱義，得享新生命，
勝罪與死而向神活著，奇妙救恩藉愛得顯明；
人能得救是本於恩典，藉著相信，回應神恩言，
這恩豐滿像活水泉源，喜樂、甘甜不斷的增添。

（結）
凡有耳的都應當聽，聽哪！恩典代罪而興，
只要信入耶穌聖名，不至滅亡，反得永生。

（尾聲）
在我一生所行路徑，盡是恩典扶持、供應，
我心不發別的音韻，始終都是神的白恩。

因為律法是藉著摩西賜的，恩典和實際都是藉著耶穌基督來的。
因為眾人都犯了罪，虧缺了神的榮耀，但因神的恩典，藉著在基督耶穌裏
的救贖，就白白的得稱義。

——約一17，羅三23-24

22 恩典的福音

一、當我身陷罪中失落無助，耶穌為我代死，成功救贖，
我藉著信進入恩典國度，脫離神的刑罰，蒙恩、受福；
我能悔改得救全是恩典，並非我的所是、敬虔、表現，
在母腹中神已將我分別，出自祂的豫定，照祂喜悅。

二、耶穌十架活畫在我眼前，祂是為我而死，扣我心弦，
從靈入門，生命有了改變，繼續聽信福音，以致完全；
恩典使我生活在基督裏，不靠人的功行，因信稱義，
凡事學習活在恩典之下，在神面前成為純潔無瑕。

（副）

人阿，請聽，這是恩典福音，充滿愛的威力，前所未聞，
即使人有軟弱、罪和失敗，惟有祂是永不失去的愛；
祂深知人永遠無法自救，只要我心接受祂所成就，
從始至終都是神的白恩，當得我命、所有，並奪我心。

（尾聲）

得救是因著信以至於信，從悔改、得救，到稱義、成聖，
願我的每日行事和為人，能配得過神恩典的福音。

因為你們眾人藉著相信基督耶穌，都是神的兒子。

我卻不以性命為念，也不看為寶貴，只要行完我的路程，成就我從主耶穌
所領受的職事，鄭重見證神恩典的福音。

神救了我們，以聖召召了我們，不是按我們的行為，乃是按祂自己的定旨
和恩典；這恩典是歷世之前，在基督耶穌裏賜給我們的，但如今藉著我們
救主基督耶穌的顯現，纔顯明出來。祂已經把死廢掉，藉著福音將生命和
不朽壞照耀出來。

——加三26，徒二十24，提後一9-10

㉓ 最貴的贖價

一、活在罪中常受轄制，雖也行善，卻感飢渴，
　　神愛世人差來愛子，擔我罪過作救贖者；
　　神使不知罪的耶穌，代替罪人成為罪，
　　獨自忍受死亡痛楚，飲盡神忿怒之杯。

二、為義人死是少有的，惟有基督為罪人死，
　　寶貴性命為我而捨，顯明神愛，愛至如此；
　　這雙只作善事的手，竟被釘在十字架，
　　被神離棄垂下了頭，從此，神將我接納。

（副）

　　何等甘美、奇妙的愛，神的羔羊為罪人犧牲，
　　清償罪人所有罪債，我蒙救贖，出死而入生；
　　怎能遺忘，活畫眼前，我的至愛身掛在十架，
　　滿心感讚，不時記念，為我付上最貴的贖價。

（尾聲）

　　除了救主耶穌以外，天下人間再也無他，
　　無私的給，無盡的愛，是我耶穌和祂釘十字架。

因為你們是重價買來的。這樣，就要在你們的身體上榮耀神。

為義人死，是少有的；為仁人死，或者有敢作的；惟有基督在我們還作罪
人的時候，為我們死，神就在此將祂自己的愛向我們顯明了。

——林前六20，羅五7-8

㉔ 幔子裂開了

一、黑暗於白晝，籠罩著地面，日頭在正午，卻隱藏不見，
　　是公義的神來施行審判，眾人罪的刑罰由祂承擔；
　　耶穌獨自在極度絕望中，忍受死亡痛苦，直到命終，
　　成了滿足神的最終犧牲，要使一切信者出死入生。

二、自亞當犯罪，離開了伊甸，不得見神面，兩下隔天淵，
　　我活在罪中孤獨的漂泊，未曾遇見平安，失喪、落寞；
　　耶穌身掛在十架，被離棄，只因為了罪人作為代替，
　　是祂捨命流血，除我罪孽，使我與神和好，不再隔絕。

（副）
　　聖殿裏的幔子裂開了！神已除去其中的阻隔，
　　新活之路為你我打開，來親近神，再也無障礙；
　　祂賜下赦免之恩和愛，我坦然進到祂面前來，
　　我的人生今重新定位，直朝向神，不再迂迴。

（尾聲）
　　榮耀歸神，幔子裂開了，大喜信息，使人心快樂；
　　聽見的人無須再遠離，快來近神，必得享安息。

看哪，殿裏的幔子從上到下裂為兩半；地就震動，磐石也崩裂。
是藉著祂給我們開創了一條又新又活的路，從幔子經過，這幔子就是祂的
肉體。

　　　　　　　　　　　　　　　　　　　——太二七51上，來十20

㉕ 世界的光

一、在起初，盡是黑暗、虛無，神的靈運行在水面上，
　　神吩咐光從其中照出，這世界就有了光；
　　有一天，神穿上了肉身，是耶穌，親自來到世上，
　　要分賜生命給信的人，這生命就是人的光。

二、這世界縱使黑暗掌權，罪與惡叫人身陷苦痛，
　　但福音開啟人的心眼，將黑暗轉成光明；
　　同有分神的國為基業，在光中，我們與神同行，
　　彼此有交通，逐日聖別，作耶穌這光的見證。

（副）
　　主就是世界的光，真光已經顯明，
　　凡跟從祂的，就不在黑暗裏行；
　　主耶穌正呼召你，要將你心照亮，
　　帶你走出黑暗，因黑暗不能勝過光。

生命在祂裏面，這生命就是人的光。光照在黑暗裏，黑暗未曾勝過光。
於是耶穌又對眾人講論說，我是世界的光，跟從我的，就絕不在黑暗裏
行，必要得著生命的光。

　　　　　　　　　　　　　　　　　　　　　　　　——約一4-5，八12

(26) 神兒子的自由

一、凡犯罪的就是罪的奴僕，不自由，被罪轄制，
　　不自主的漸漸走入歧途，受殘害以至於死；
　　「神的兒子若叫你們自由，你們就真自由了，」
　　祂已從死復活，將人拯救，戰勝魔鬼與邪惡。

二、神的基督既釋放了我們，叫我們得以自由，
　　就當憑信靠主站立得穩，好不再冷淡、退後；
　　時常憑愛住在主的話裏，領受神聖的真理，
　　凡事憑靈而行治死肉體，活在自由的境地。

（副）
　　我心因耶穌大大歡喜，祂以拯救衣給我穿上，
　　我因信，神已算我為義，醫治我所有罪的創傷；
　　宣揚被擄的大得釋放，叫那受壓制的得自由，
　　在父的家裏歡聲頌揚，高舉主的聖名樂昂首。

（尾聲）
　　哦，神兒子的自由，何榮耀，願你來嘗這其中的美好。

耶穌回答他們說，我實實在在的告訴你們，凡犯罪的，就是罪的奴僕。奴
僕不永遠住在家裏，兒子是永遠住在家裏。所以神的兒子若叫你們自由，
你們就真自由了。
基督釋放了我們，叫我們得以自由；所以要站立得住，不要再受奴役的軛
挾制。

──約八34-36，加五1

㉗ 豐滿的恩典

一、耶穌，神恩典的流出，因愛流到人類中間，
　　藉死成功神的救贖，你可接受，只要你願；
　　所有過犯及其結果，一旦信祂便得赦，
　　因為罪在那裏顯多，恩典就更洋溢了。

（副）
　　得救乃是本於神的恩，並藉著人簡單的信，
　　是神所賜生命的永分，並且還要恩上加恩。

二、耶穌，神恩典的化身，帶愛流進我們裏面，
　　纔知恩、愛何其高、深，配得我們所有感讚；
　　賜人生命，湧流不息，像一活水的江河，
　　從祂豐滿的恩典裏，我們全都領受了。

（副）
　　讚美你這豐滿的恩典，天天供我享受無限，
　　直到在此長成並完全，成為你恩典的宣言。

從祂的豐滿裏我們都領受了，而且恩上加恩；因為律法是藉著摩西賜的，
恩典和實際都是藉著耶穌基督來的。
律法插進來，是叫過犯增多，只是罪在那裏增多，恩典就更洋溢了。

　　　　　　　　　　　　　　　　　　──約一16-17，羅五20

（28） 主恩的滋味

一、人阿生而飢渴，努力打拚為活著，
　　只盼有日能掌權，以為人定兮勝天；
　　視恩惠如同施捨，凡祈求都是弱者，
　　這正是從前的我，倔強固執卻落寞。

（副）
　　少壯獅子還缺食忍餓，勇士不能因力大得捷，
　　但尋求主耶和華的人，甚麼好處一樣都不缺；
　　你若嘗過主恩的滋味，便知道祂是美善，
　　向祂你肯現在就歸回，必會使你意足心滿。

二、當我聽信福音，成為神新造的人，
　　溫柔的人真有福，因他必承受地土；
　　不在於定意、飛奔，在於施憐憫的神，
　　主救恩何大何深，都因著信，本於恩。

你們要嘗嘗，便知道耶和華是美善的；投奔於祂的人有福了。耶和華的聖
民哪，你們當敬畏祂，因敬畏祂的一無所缺。少壯獅子，還缺食忍餓；但
尋求耶和華的，甚麼好處都不缺。

——詩三四8-10

(29) 願你歡喜

一、我願意，願意給你，思思念念是你，
　　十架上展開雙臂，把所有都給了你；
　　我帶來神的愛無極，所有赦免和安息，
　　我知道神何等愛你，差我拯救你到底！

（副）

　　我願你歡喜，我願你得力，來享受神生命實際，
　　我願你歡喜，我願你得力，來享受神生命供應，
　　來罷！就我，回心轉意！

二、日光下滿是空虛，青春美景逝去，
　　若今天使你歡愉，明天也難再繼續；
　　你所有心情和遭遇，祂都明瞭能體恤，
　　你儘管進前來支取，祂能滿足你所需！

（副）

　　我願你歡喜，我願你得力，來享受神生命實際，
　　我願你歡喜，我願你得力，來享受神生命供應，
　　來罷！就祂，祂在等你！

三、我願意獻上自己，主權交出給你，
　　有無限感動在心，主阿全因你憐憫；
　　你豐滿全勝愛洋溢，代替憂傷和淚滴，
　　我現在願全然歸你，欣然融化你愛裏！

（副）

　　我因你歡喜，我因你得力，真享受神生命實際，
　　我因你歡喜，我因你得力，真享受神生命供應，
　　我來就你，滿我新靈！

天使進去，對她說，蒙大恩的女子，願你喜樂！主與你同在了。

——路一28

30 不能震動的國

一、何竟山嶺挪移，離開本位，昔日美好家園一夕成灰，
生命原本無常，怎堪受挫，
身處不安、動盪，心靈失措，何處是我安身之所。
不要疑惑，信耶穌纔是平安穩妥，求必得著不能震動的國；
主，我回轉，來我心安家，親手領我，
走出黑暗，進入光明的國。

二、我們雖是不堪，卻蒙揀選，天地縱然改遷，主愛不變，
祂曾死過，擔當你我愆尤，
祂已復活，今來施恩拯救，除祂以外，別無拯救。
向主倚投，有祂我不再驚駭、落魄，同來承受不能震動的國；
在神國裏，充滿著公義、和平、喜樂，
我心安息，我與主永聯合。

所以我們既領受了不能震動的國，就當接受恩典，藉此得以照神所喜悅
的，以虔誠和畏懼事奉神。
因為神的國不在於喫喝，乃在於公義、和平、並聖靈中的喜樂。
——來十二28，羅十四17

㉛ 愛要趁現在

一、遇見耶穌，我纔知道甚麼是愛，
　　蒙祂恩愛，也同樣學習去愛；
　　看，祂的苦架，已將神的愛完全佈開，
　　驅走心中的懼怕，不停的湧入我心懷。
　　信了耶穌，我纔真正擁有「現在」，
　　舊人已埋，我珍惜每個現在；
　　看，祂的空墓，表明生命是值得期待，
　　與祂聯結永相屬，我好處不在祂以外。

二、有了耶穌，我已不缺世上的愛，
　　為我所愛，求使我心中滿愛；
　　看，祂的笑臉，吸引我的心與祂合拍，
　　我今樂活每一天，下一段還會更精彩。
　　跟隨耶穌，無論天晴或是陰霾，
　　一路有祂，迎向更美的未來；
　　看，祂的榮冕，使我忘卻了痛苦、悲哀，
　　引我活在祂面前，在那日見祂，獻敬拜。

（副）
　　所以，愛要趁現在，趁現在接受神的愛，
　　祂所賜的乃是永遠的愛，凡事包容、相信、盼望、忍耐；
　　只要你不再徘徊，將你疑惑全都拋開，
　　你會進入這榮耀自由，真自在。

耶穌對他說，「你要全心、全魂並全心思，愛主你的神。」這是最大的，
且是第一條誡命。

——太二二37-38

蒙恩見證

4月 April

當一個人聽信福音，向神悔改，把他的心交給神的那一刻，就屬於基督。然而，新約聖經中的每一件得救的事例，在在的顯示，信主之人應該在人前確定並信守個人的承認，並透過公開的受浸行動，以成為教會的一分子，歡喜的為主作見證。

我們所看見所聽見的，不能不說。　　　　　　——徒四20
這福音本是神的大能，要救一切信的人。　　　　——羅一16
你要將所看見所聽見的，向萬人為祂作見證。　——徒二二15

01 若不是你

若不是你，我仍在世界漂泊，
若不是你，我還在罪中活，
若不是你，從不知平安是甚麼，
主，因著你，我擁有全新的我；
若不是你，我生命何等孤寂，
若不是你，我內心常無倚，
若不是你，我無法活在新造裏，
主，因著你，我遇見真實自己。
因神的恩，我今天成了這個人，
這恩何深，遠超人能言陳，
主，謝謝你，使我成愛的標本，
我心敬拜你的計畫和憐憫。

然而因著神的恩，我成了我今天這個人，並且神的恩臨到我，不是徒然
的；反而我比眾使徒格外勞苦，但這不是我，乃是神的恩與我同在。
——林前十五10

⓪2 有一位

一、有一位是你不曾認識，陌生無知而輕視，
　　錯過祂人生像一峽谷，驚險艱難無出路；
　　有一位你一定要認識，禍福苦樂可安適，
　　從起初祂就已知道你，為你守候愛無極。

（副）

　　世上雖有千萬恩惠，不變的惟有這一位，
　　只要嘗過主恩的滋味，便知道祂最好最美；
　　走過日月千山萬水，惟有祂我不曾後悔，
　　歲月悠悠一去不回，到那日我仍要追隨。

二、這一位祂能使你心滿，無窮喜樂惟恨晚，
　　有了祂生命是何美好，像黎明光漸顯耀；
　　這一位人救主是耶穌，生老病死祂是主，
　　祂是愛，捨命付了贖價，無人無物能像祂。

因為只有一位神，在神和人中間，也只有一位中保，就是那人基督耶穌；
祂捨了自己，為萬人作贖價，在適當的時期，這事就證明出來。

——提前二5-6上

03 我已得到真正自由

一、讓我滿懷喜樂告訴你，朋友，我已得到真正自由，
　　痛苦、壓制、憂愁全都不留，就在我信主之後。
　　祂不是信條，要我來遵守，也非誡命對我只要求；
　　祂是神兒子，人心靈拯救，愛和生命從祂湧流，
　　祂來解開深牢中苦惱罪囚，出死入生帶我行走。

二、我今在蔚藍天空展翅遨遊，耶穌是我真正自由，
　　日復一日在這無邊享受，我心說：「有祂就夠！」
　　朋友，這樣一位何處能有，祂愛你，已等得好長久，
　　願否趁祂胸懷向你敞露，前來向祂完全倚投，
　　當你進入神兒女榮耀自由，你心就不會不歌謳。

所以神的兒子若叫你們自由，你們就真自由了。

指望著受造之物自己，也要從敗壞的奴役得著釋放，得享神兒女之榮耀的
自由。

——約八36，羅八21

04 信的故事

一、初次來這裏，聽他們在說耶穌的事蹟，未曾聞過，
　　但在我心坎有新的感受，莫名的平安像股暖流；
　　我幾乎忘記來前的苦惱，不覺已脫離俗世的囚牢。
　　從他們臉上表露的純真，我心暗想：真的有神！

二、他們且告訴，神要進我裏，作生命、救主，若我願意，
　　我眼未看到，對祂又不知，只覺得需要，不妨一試；
　　我就從深處真心轉向祂，喊「哦，主耶穌！」求祂來救拔。
　　從無一名字如此甘又美，我亨真實，今仍回味！

三、脫一身纏累，進入真安息，不再有定罪，蒙神稱義，
　　我與主聯合，祂是我生命，今向神活著，因信得生；
　　我在基督裏榮耀又逍遙，我與祂是一，成為神新造。
　　哦，這個就是我信的故事，美妙之至，是愛是詩！

如此，現今那些在基督耶穌裏的，就沒有定罪了。

因此，若有人在基督裏，他就是新造；舊事已過，看哪，都變成新的了。

——羅八1，林後五17

05 真愛

一、若世間真有一種愛，能滿足人最深情懷，
　　無限量像洋海，不改變比堅崖，
　　救主耶穌祂就不必來；
　　黑暗裏，祂聽見我歎息，我悲哀，
　　一路上，祂看見我徘徊，我無奈。

二、因著愛，祂不能再等待，從天來，走在人世塵埃，
　　尋找我，不懈怠；忍飢渴，受苦害；
　　被掛木上，清償我罪債；
　　經死亡，祂復活，進我靈，作主宰，
　　與我聯合，使我心滿愛。

三、這世間我得到真愛，是耶穌，那全勝的愛，
　　無限量像洋海，不改變比堅崖，
　　真摯、無價、恆久且不衰；
　　我日子祂同在，我道路祂領帥；
　　我的主，我的愛，我愛你到萬代。

為義人死，是少有的；為仁人死，或者有敢作的；惟有基督在我們還作罪人的時候，為我們死，神就在此將祂自己的愛向我們顯明了。

——羅五7-8

06 平安滿我心

我從偶然孤獨而來，不知要往何處去，
我曾付出所有和愛，不停用力，只想爭取；
我要停下就此休歇，非因失敗，但求平安，
美善、純真早已殘缺，世上再也無他使我心滿。
一日恩典敲我心房，我雖有疑慮，但不覺驚惶，
有福聲音引我珍賞，平安悄悄的緩緩從天降；
哦，真的！平安滿我心，我知道神的平安滿我心，
滿帶生命和愛，甜美、溫馨，永遠不離開，且與日俱深。
哦，真的！平安滿我心，我知道神的平安滿我心，
滿帶生命和愛，甜美、溫馨，永遠不離開，且與日俱深。

（尾聲）

就像洋海深廣無限，耶穌，我救主，永是我平安。

在至高之處榮耀歸與神，在地上平安臨及祂所喜悅的人。

——路二14

07 渴求

就要走了，沒有說再見的午後難捨，眼裏泛著淚光揮手，
沉重的背包裏裝滿探索，忍住傷悲、淚流，帶走祝福深厚；
就要走了，到陌生的地方重新生活，不變的是一份執著，
漂泊的人生何時纔能安休，沒有爭奪、欲望，惟願解開心囚；
我心疲憊，我魂哀愁，生命的渴求，在我深處洶湧，
停下掙扎，放下自我，在基督裏活，從未如此感動。
主阿，我感激你，賜我生命、意義，謝謝你，愛我比天長地久，
主，我愛你，獻上自己，一生為你活，見證你的所有；
主阿，我讚美你，我藉音符洋溢傳揚你，傳給我每個朋友，
主，我渴求！

耶和華的名，是當受頌讚的，從今時直到永遠。從日出之地到日落之處，
耶和華的名是應當讚美的。耶和華超乎萬國之上，祂的榮耀高過諸天。
祂從灰塵裏抬舉貧寒人，從糞堆中提拔窮乏人；使他們與尊貴人同坐，就
是與祂百姓中的尊貴人同坐。

——詩一一三2-4，7-8

08 是祂

一、有誰在那嚴酷的寒冬，送來一季的溫情，
　　有誰在這冷清的街亭，陪伴孤獨的身影；
　　是誰醫治壓傷的蘆葦，不任其折斷，棄絕，
　　是誰呵護將殘的燈火，不忍它就此熄滅。

二、是祂來到我死蔭幽谷，背赴光明的前途，
　　是祂降至世俗的塵土，召我進入神國度；
　　是祂為我釘死在十架，顯明神的愛何大，
　　為我復活，今頭戴榮華，盼望在我心萌芽。

（副）
　　多少次我犯罪、蒙羞，祂總是赦免、寬宥，
　　每回我遇見危險、試誘，祂始終拯救、保守；
　　祂是耶穌基督，世人惟一的救主，
　　我的詩歌，我的道路，我永遠的愛，生命的主。

壓傷的蘆葦，祂不折斷；將殘的火把，祂不吹滅，直到祂施行公理，至於
得勝。
惟有基督在我們還作罪人的時候，為我們死，神就在此將祂自己的愛向我
們顯明了。

——太十二20，羅五8

09 真神是我耶穌

一、我一直尋求平安，或能有喜樂半點，
　　我所有不過愁煩，人生坎坷艱難；
　　我怨歎：奮鬥努力竟換得失望，
　　我感傷：為何前景始終淒涼！
　　真的神阿，你今何在？我需要你理睬，
　　哦，我真想投入你懷。還是你不存在？

二、是耶穌將我尋回，正當我萬念俱灰，
　　祂平安入我心內，湧出喜樂眼淚；
　　我的信終於有了生命的迴響，
　　我的心流進神聖安息、盼望！
　　哦，主耶穌，我感謝你，與我聯結為一，
　　無人像你真情實意，我餘生都給你。

三、何喜樂，不再是我，是基督在我活著，
　　祂救我脫罪、死、魔，經歷死而復活；
　　我高喊：耶穌，耶穌，祂真是愛我，
　　我頌讚：祂賜救恩這大！這博！
　　哦，真的神是我耶穌，祂是萬主之主，
　　我心、我命為你傾注，愛著你就滿足。

因此，若有人在基督裏，他就是新造；舊事已過，看哪，都變成新的了。
我已經與基督同釘十字架；現在活著的，不再是我，乃是基督在我裏面活
著；並且我如今在肉身裏所活的生命，是我在神兒子的信裏，與祂聯結所
活的，祂是愛我，為我捨了自己。

　　　　　　　　　　　　　　　　　　　　　　　——林後五17，加二20

10 你的愛比生命更好

一、生活的擔常像是個磨，其中的苦有誰能懂，
　　不停的轉，已由不得我，獨自承受，哎喲！心悲痛；
　　工作的忙，雖有些成果，其中的累，不減反重，
　　暫時忘卻那無邊寂寞，害怕醒來，一切成空。

二、絕境之中我遇見真愛，引我生出悔改的心，
　　求告耶穌，投入祂胸懷，舊事已過，看哪！都更新；
　　一路走來，倍受祂恩待，數不盡是赦罪之恩，
　　但願與祂時刻的同在，愛祂、事祂，更多更深。

（副）
　　哦，你的愛比生命更好，比海更深，比天更高；
　　穿過巨浪，我要回到，主阿，你的愛溫馨的懷抱。

因你的慈愛比生命更好，我的嘴唇要稱頌你。

——詩六三3

⑪ 行在平安中

一、痛過之後，纔知真情可貴，失去之後，纔會懂得謙卑，
　　幸福、甘甜是否悄悄走遠，喜樂、平安如今已不復見；
　　「你們得救在乎歸回安息，你們得力在乎平靜、安穩，」
　　身心俱疲，主阿，我來就你，我的救恩阿，來進入我心。

二、信主之後，纔知真愛何寶，品嘗之後，就會懂得傾倒，
　　美善、真實彷彿涓涓溪流，喜樂、平安不時湧上心頭；
　　「你們得救在乎歸回安息，你們得力在乎平靜、安穩，」
　　心被恩感，主阿，我真愛你，我的救恩阿，來充滿我心。

（副）
　　天上星星都在對我微微笑，盡情閃耀在無垠的夜空，
　　樹上枝頭頻頻向我彎腰，搖曳著徐徐清風；
　　我有耶穌為伴，互訴著愛意情衷，
　　享受生命美好、燦爛，我今行在平安之中。

要照亮坐在黑暗中死蔭裏的人，把我們的腳引到平安的路上。

主耶和華以色列的聖者如此說，你們得救在於歸回安息；你們得力在於平
靜信靠；你們竟自不肯。

　　　　　　　　　　　　　　　　　　　　——路一79，賽三十15

12 立在祂前來歌唱

一、看盡天下人世間，微小如我算甚麼，
　　感歎滄海和桑田，哎喲！有我何足多；
　　神阿！你竟顧念我，懂我傷痛與坎坷，
　　救我脫離罪、死、魔，完滿救恩我竟能同得。

（副）
　　死而復活失又得，思念及此淚兩行，
　　獻上零碎換整個，配得我命，感衷腸；
　　因此時常發音韻，靈中與祂同頌揚，
　　惟願那日親自鼓樂琴，立在祂前來歌唱。

二、如果生命能重來，即使盼望成現在，
　　惟一不變的選擇依然是你—我的愛；
　　我以時間看無限，我用短暫換永遠，
　　願能像你更屬天，更常有你，更常見你面。

至於我，因我的純全，你扶持了我，使我永遠站在你的面前。
耶和華以色列的神，是當受頌讚的，從永遠直到永遠。阿們，阿們。

——詩四一12-13

13 罪得赦免

一、心思常被私慾牽引，肢體順從不義支配，
　　生命在愁苦中耗盡，歲月在歎息裏曠廢；
　　心生懊悔常感無奈，良心不曾有過平安，
　　所有美好逐一毀壞，魂與身子也漸衰殘。

二、一日，聽見福音宣報：「耶穌是為罪人而死，」
　　哦，這正是我的需要，悔改向神，求祂救治；
　　蒙神稱義，罪得赦免，祂潔淨我比雪更白，
　　平安充滿在我心間，全人因祂喜樂自在。

（副）
　　神賜我悔改心，赦罪恩，我向祂承認罪並相信，
　　祂使我過犯遠離我身，就像東離西一樣遠甚。

（尾聲）
　　得赦免其過，遮蓋其罪的，那不算為有罪，是有福的。

得赦免其過，遮蓋其罪的，這人是有福的。
耶和華不算為有罪孽，靈裏沒有詭詐的，這人是有福的。
東離西有多遠，祂叫我們的過犯，離我們也有多遠。
我們在愛子裏得蒙救贖，就是罪得赦免。
　　　　　　　　　　　　——詩三二1-2，一〇三12，西一14

14　與神和好

一、前我因有罪，不敢近神，偏行己路，離神何等遠，
　　但神愛罪人，親自來尋，我心悔悟，過犯得赦免；
　　因耶穌的死，我享救恩，祂且復活，作神人中保，
　　我進到神前，歡喜親近，不再為敵，我與神和好。

二、安然站立在主恩典中，神的一切都歸我享受，
　　且滿心對神有了和平，更要在祂生命裏得救；
　　因耶穌的活，我得生命，心靈自由，今向神活著，
　　我成為新造，衷心感銘，住在主裏，我以神為樂。

（副）
　　何喜樂，能與神和好，舊事都已過，像流水，
　　神愛我，施恩又懷抱，再沒有控告和定罪；
　　在祂手何穩妥、牢靠，自從我被寶血贖回，
　　到那日，透出神榮耀，愛的神我一生所歸。

（尾聲）
　　但願所有遠近的人，都來聽信這和好福音，
　　走出黑暗，與神和好，罪擔盡脫，喜樂逍遙。

所以，我們既本於信得稱義，就藉著我們的主耶穌基督，對神有了和平。
一切都是出於神，祂藉著基督使我們與祂自己和好，又將這和好的職事賜
給我們；這就是神在基督裏，叫世人與祂自己和好，不將他們的過犯算給
他們，且將這和好的話語託付了我們。

——羅五1，林後五18-19

⑮ 愛恩典憐憫

一、神就是愛，愛乃是祂的心，因此，神阿，極其愛世人，
　　我雖犯罪，虧缺了神榮耀，祂的愛卻來將我尋找；
　　當我死在過犯並罪之中，神的愛就已向我顯明，
　　差遣愛子，為罪人受苦害，我心向祂讚美並敬拜。

二、愛的泉源，已湧出，真豐厚，是我耶穌—恩典的水流，
　　我雖困苦，遭患難又軟弱，罪顯多，恩典也更顯多；
　　祂的恩典臨到如同江河，深廣且無限，解我乾渴，
　　滿足我心最真實的需要，將我帶回神愛的懷抱。

三、一切都是神豐盛的憐憫，從愛發出，止乎主的恩，
　　我因過犯，遠離神，得罪人，但救主憐恤我並施恩；
　　當我失喪，失去盼望、倚靠，祂並不輕看，醫治、光照，
　　情愛深深並賜各樣祝福，顯示恩典超越的豐富。

（副）

　　哦，感謝神，我竟蒙了大恩，全都出於我的神，祂的恩賜，
　　神以大愛愛了不配的人，為我成就許多極大的事；
　　一切都是愛、恩典與憐憫，使我有活的盼望，滿享救恩，
　　我要保守自己在神的愛中，等候主耶穌的憐憫，
　　以至於永遠的生命。

保守自己在神的愛中，等候我們主耶穌基督的憐憫，以至於永遠的生命。

——猶21

⑯ 蘆葦之歌

一、世間的路何其多，有那一條我可走；
　　生活的擔像個磨，重重的壓心頭，
　　種種遭遇盡是失意，滿腹心酸淚滴滴，
　　每天活著只剩呼吸，沒有不活的權利；
　　受盡冷漠心憔悴，像一壓傷的蘆葦，
　　獨立寒風暴雨中，不停的是苦和痛；
　　昔日倚靠都倒塌，形將枯朽倍淒涼，
　　我的太陽已落下，無一盼望再想。

二、有日走到一聖境，雖覺陌生卻溫馨，
　　慈聲笑容來歡迎，當我是一家人，
　　歡樂之中別有聖潔，又說又唱真和諧，
　　從未有的滿足喜悅，其中的主最特別；
　　主愛豐盛且包圍，我這脆弱的蘆葦，
　　生命之靈滿我心，我在主裏成新人；
　　世間真的有溫情，就在這裏我尋見，
　　活在神的大家庭，全是福氣何甘甜。

三、親愛救主謝謝你，賜給我們新生命，
　　看見全家來歸你，人敬拜心感銘，
　　有了你，主，憂愁消散，可以不再擔重擔，
　　有了你，主，享受平安，盡情呼吸真舒坦；
　　今我甘心處卑微，仍像風中的蘆葦。
　　主所作又好又美，我心可自由的飛；
　　一生跟隨主耶穌，我們生命的太陽，
　　歡呼喜樂盡前途，迎向榮耀的盼望。

這樣，你們不再是外人和寄居的，乃是聖徒同國之民，是神家裏的親人。
　　　　　　　　　　　　　　　　　　　　——弗二19

⑰ 這是我

一、那是我，那是過去的我，在追尋，在摸索，漸消磨，
　　總想要得著，總不滿收穫，時時在爭奪，常是無結果；
　　奔波如漂泊，失落是生活，無人解疑惑，斷我枷鎖。
　　當疲魂在絕望中倒臥，耶穌的愛來尋見我，
　　是那麼真摯、溫馨、長闊，將我全心緊緊包圍纏裹。

二、祂救我，祂救無賴的我，受痛楚，經憂患，祂不躲，
　　被死亡淹沒，擔當我罪過，又從死復活，將我全解脫；
　　來我心住著，竟與我同活，我有祂相佐，一切穩妥。
　　我渴望單純向神而活，深願為愛自由工作，
　　專一的尋求神義、神國，將主馨香之氣到處散播。

三、這是我，這是現今的我，不害怕、不憂慮，不畏縮，
　　有主帶領我，作我船之舵，前途祂掌握，不怕何風波；
　　與基督同夥，盼望時閃爍，與眾聖同國，愛主更多。

我已經與基督同釘十字架；現在活著的，不再是我，乃是基督在我裏面活
著；並且我如今在肉身裏所活的生命，是我在神兒子的信裏，與祂聯結所
活的，祂是愛我，為我捨了自己。
然而因著神的恩，我成了我今天這個人，並且神的恩臨到我，不是徒然的。
　　　　　　　　　　　　　　　　　　　　　——加二20，林前十五10上

⑱ 本於恩藉著信

一、前我生活黯淡又虛空，偏行己路，死在罪之中，
　　一日聽見神的好消息，悔改歸神，修復了關係；
　　因主耶穌已完成救贖，救我脫離神可怕忿怒，
　　是祂替我受罪的刑罰，我得自由，今蒙神悅納。
　　世上人間最美的樂音：「得救是本於恩，藉著信，」
　　我是一個罪人蒙主恩，這是我身分，我確認。

二、信主之後，我熱心事工，追求敬虔，卻常感力窮，
　　靠己之力想討神歡喜，不知落入驕傲和自義；
　　求主救我脫己的束縛，在基督裏安享主豐富，
　　神的救恩美好又完全，無需人的功績為條件。
　　我口天天最喜愛謳吟：「得救是本於恩，藉著信，」
　　我是一個罪人蒙主恩，這是我身分，我確認。

三、聖靈啟示天來的音訊：（更新全人並激發我心，）
　　稱義、成聖非人的功績，讓上居裏作生命、實際；
　　常以憐憫和仁愛為懷，像你，愛你並愛你所愛，
　　至終與你同得勝，被提，與神眾子同進榮耀裏。
　　主話何寶最感我情心：「得救是本於恩，藉著信，」
　　我是一個罪人蒙主恩，這是我身分，我確認。

（結）
　　我一生可經歷的救恩，都是本於恩而藉著信，
　　全然是三一神作福分，取之不竭，用之不盡，
　　出自祂是愛的心，愛上我這罪人，愛何真，
　　有何能像我的神，使我享恩如恆，恩何深。

你們得救是靠著恩典，藉著信；這並不是出於你們，乃是神的恩賜；也不
是出於行為，免得有人誇口。

——弗二8-9

19 我要向高山舉目

我要向高山舉目，我的心哪，應當穩固，
來阿，我的幫助，求你庇護，使我堅定站住；
我要在座前俯伏，像個孩子安息安撫，
仰望你的恩典溫柔眷顧，所有懼怕驅除。
漫漫長途我不孤獨，滾滾波濤憑信安度，
得贖之日如天快曙，我要放膽，歡然舉步。

我要向山舉目。我的幫助從何而來？我的幫助從造天地的耶和華而來。
所以我們只管坦然無懼的來到施恩的寶座前，為要受憐憫，得恩典，作應
時的幫助。

——詩一二一1-2，來四16

20 超越理解的平安

一、我原墮落罪惡之境，遠離神和祂的命定，
　　身受痛苦，心寂寥，平安的路未曾知曉；
　　一日耶穌臨及了我，像一晨光從天灑落，
　　頓時幽暗變明亮，把我的腳引到平安的路上。

（副）

　　無需懷疑，無需罣慮，聽主的話，驅走所有驚懼，
　　持定主的應許，不放棄，將魂的錨拋入翻騰海裏；
　　凡事讚美，凡事謝恩，只要將你所要的告訴神，
　　祂那超越理解的平安，必能保衛你的心懷意念。

二、祂已勝過罪死權能，作我一生平安的神，
　　在這世上有苦難，在主裏面就有平安；
　　地雖爭鬧，人心不平，世事無常、變幻不定，
　　有祂一路常相伴，向我懷的是賜平安的意念。

應當一無罣慮，只要凡事藉著禱告、祈求，帶著感謝，將你們所要的告訴
神；神那超越人所能理解的平安，必在基督耶穌裏，保衛你們的心懷意念。
我將這些事對你們說了，是要叫你們在我裏面有平安。在世上你們有苦
難，但你們可以放心，我已經勝了世界。

——腓四6-7，約十六33

㉑ 說不出的喜樂

一、前我生活愁苦黯淡，生性乖僻，愁眉不展，
　　道路孤單歷經坎坷，種種磨難痛楚、心酸；
　　有日聽見詩歌悠揚，不禁讚歎，淚眼汪汪，
　　心中湧出滾滾喜樂，所有重擔大得釋放。

二、自從信入耶穌聖名，我享自由、得勝生命，
　　說不出的神聖喜樂，從我心中綻放光明；
　　主賜喜樂伴隨應許，滿足、堅定，不能奪去，
　　我心讚美，我口高歌，直到來世還要繼續。

（副）
　　我主，我的救恩，無人無物能與你相比，
　　我要到你的祭壇，到我最喜樂的神那裏；
　　哦，神！你是我神，我要歡然彈琴讚美你，
　　因你自己和恩典，使我的一生福杯滿溢。

你們雖然沒有見過祂，卻是愛祂，如今雖不得看見，卻因信入祂而歡騰，
有說不出來、滿有榮光的喜樂。
我就到神的祭壇，到我最喜樂的神那裏；神阿，我的神，我要彈琴讚美你。
——彼前一8，詩四三4

(22) 有你真好

一、如同嬰孩在母親懷抱，好比倦鳥返回窩巢，
　　昔日的孤寂再也無處找，煩惱憂懼也都雲散煙消；
　　花兒為我清風中微笑，鳥兒為我歡喜雀躍，
　　天上樂歌在耳邊縈繞，神聖愛火心中灼灼燃燒。

（副）
　　有你真好！主，有你真好！
　　我的生命更新，如天破曉；
　　在光中相交，在愛中同奔跑，
　　有你真好！主，有你真好！

二、在黑夜中祂越發光芒，在苦難中更顯盼望，
　　主阿，謝謝你救我恩無量，對我，你愛何其深高闊長；
　　清晨聆聽你柔聲宣告，夜間在你胸膛倚靠，
　　喜樂平安在心中圍繞，陪我共度此生平靜波濤。

（副）
　　有你真好！主，有你真好！
　　我的日子歡欣，如日照耀；
　　因盼望歡笑，憑信心不動搖，
　　有你真好！主，有你真好！

感謝父，叫你們殼資格在光中同得所分給眾聖徒的分。

——西一12

(23) 甲主作伙行

一、我要甲主作伙行，經過溪水爬山嶺，
　　有伊作我的牧者，什咪代誌攏免驚；
　　無論是福抑是苦，遇到日頭甲風雨，
　　萬事有伊佇照顧，我是放心來交託。

（副）
　　我有耶穌一世人甲我作伴，
　　伊的疼痛永遠抹息，給我心靈真正快活，
　　一路上神的祝福足足滿滿。

二、我要甲主作伙行，我的需要伊知影，
　　同行過日日夜夜，祂的恩典真夠額；
　　我無自己的揀選，一切攏是伊掌管，
　　但願我心會完全，愛伊跟伊到永遠。

耶和華是我的牧者；我必不至缺乏。
祂使我躺臥在青草地上，領我在可安歇的水邊。
祂使我的魂甦醒，為自己的名引導我走義路。
我雖然行過死蔭的幽谷，也不怕遭害，因為你與我同在；你的杖，你的
竿，都安慰我。

—詩二三1-4

24 尋見

一、人世間是否有一地方，處處光明、公義、安詳，
　　時時可以聽聞動人詩章，脫俗、甘美，令人陶醉難忘；
　　世界上是否有一群體，彼此相屬，相愛永不移，
　　心靈常交契，苦樂在一起，輕盈、滿意，值得全人投倚。
　　若是有，請快告訴我，縱令是在異鄉一角落；
　　我要去尋訪，惟恐再錯過，我不願再失喪，我不願再漂泊。

二、在主裏我尋到這地方，那裏的光多麼明亮，
　　那裏的歌多麼清新悠揚，深刻、生動，終日繞我心房；
　　在教會我見到這班人，他們心中充滿愛的神，
　　每一張笑臉聖潔又純真，親切、溫馨，如此富有吸引。
　　感謝神，用愛尋回我，帶領我到神愛子的國，
　　我一生一世要歡樂唱說：基督是我生命，教會是我生活。

我們也在那位真實的裏面，就是在祂兒子耶穌基督裏面。這是真神，也是
永遠的生命。
這家就是活神的召會，真理的柱石和根基。

　　　　　　　　　　　　　　　　　　　——約壹五20下，提前三15下

(25) 我們都活了

一、前在世界忙碌、奔跑，以為名利是最好，
　　雖有成就，滿可自驕，內心痛苦誰知曉；
　　直到耶穌尊名求告，全人投入祂懷抱，
　　死寂心靈如天破曉，生命之光今照耀。

（副）
　　在主裏我們都活了，在主裏我們都活了，
　　看，我們迎向新生大道，綻開滿足的歡笑。

二、原是地上塵土所造，所有不過是木草，
　　竟得救贖，蒙神呼召，得著基督為至寶；
　　主靈與我聯合相調，我的人性漸拔高，
　　主的榮光如鏡返照，就從榮耀到榮耀。

（副）
　　在主裏我們都變了，在主裏我們都變了，
　　看，我們變成寶石材料，顯在撒冷的建造。

我必將我的靈放在你們裏面，你們就要活了。

末後的亞當成了賜生命的靈。

但我們眾人既然以沒有帕子遮蔽的臉，好像鏡子觀看並返照主的榮光，就漸漸變化成為與祂同樣的形像，從榮耀到榮耀，乃是從主靈變化成的。

　　　　　　　　——結三七14上，林前十五45下，林後三18

(26) 自從耶穌來進入我家

一、自從耶穌來進入我家，我家充滿天上的喜樂，
　　自從耶穌來進入我家，洋溢著救恩的詩歌；
　　再也沒有重擔、怨歎，再也不用為難、心煩，
　　事事禱告，時時頌讚，處處都有恩典，都是平安。

二、自從耶穌來進入我家，我家纔有真正的滿足，
　　自從耶穌來進入我家，祂帶來最美的幸福；
　　親友鄰舍歡迎前來，愛主的人也同敬拜，
　　神聖豐富在此敞開，但求神心喜悅，人心喜愛。

（尾聲）
　　讚美耶穌來進入我家，我們的心都尊祂為大。

他們說，當信靠主耶穌，你和你一家都必得救。

——徒十六31

㉗ 救恩到了這家

一、多少群眾來觀看、擁擠，
　　但祂的目的，要尋找一稅吏；
　　不顧人們歡迎和非議，為尋得安息，竟往罪人家裏。
　　我們歡喜接待祂，祂將生命賜下，帶著救贖無價，
　　天上歡騰榮耀祂，
　　神、人齊聲爆發：「救恩到了這家！」

二、自從耶穌來我家居住，
　　黑暗盡驅除，平安、喜樂處處；
　　一人得救，全家都蒙福，神大愛傾注，時時讚美、稱祝。
　　我們歡喜事奉祂，祂來施恩、救拔，大能救恩可誇，
　　感謝、愛戴歸給祂：
　　「救恩何其浩大，今天到了我家！」

耶穌到了那地方，往上一看，對他說，撒該，快下來，今天我必須住在你家裏。他就急忙下來，歡歡喜喜的接待耶穌。
耶穌說，今天救恩到了這家，因為他也是亞伯拉罕的子孫。

——路十九5-6，9

(28) 對你祂更愛

一、耶穌愛我，我一路走來，這愛太大，不能不表白，
　　我的過去，現今和將來，不再絕望、憂愁、驚駭；
　　若不是祂，我已不存在，不是悔恨，就是還在為害，
　　不知何故，竟受祂青睞，愛上了我，這不可愛。

二、耶穌愛你，正痴痴等待，美好計畫為你早安排，
　　你的過去，現今和將來，祂都明瞭、體會、擔待；
　　不管你是軟弱或失敗，自覺不配、或是污穢、敗壞，
　　祂已為你清償了罪債，值得相信，永久倚賴。

（副）
　　這是我耶穌，對你祂更愛，無何能使你與祂愛隔閡，
　　滿帶恩典，滿帶光和愛，要使你平安、喜樂並自在；
　　這是你耶穌，對你祂更愛，我真心祈求祂這樣對待，
　　來信靠祂，來敞開你心懷，來接受祂作你生命和主宰。

神愛世人，甚至將祂的獨生子賜給他們，叫一切信入祂的，不至滅亡，反
得永遠的生命。
因為神將眾人都圈在不信從之中，為要憐憫眾人。

——約三16，羅十一32

(29) 請來赴席

一、神的恩門大開，誰都可來，無論貧富、貴賤、大人或小孩，
　　祂是主，也是王，親自擺設筵席，祂今天因愛，特地呼召你；
　　請來赴席，樣樣都已齊備，祂知道你，為你豫定了座位，
　　不需要，也沒有任何的要求，若真是有，就是願否來享受。

（副）
　　不是勸人為善，不是要人作好，無須將功折罪，或要奉獻財寶，
　　平安喜樂盼望都在神那裏，不必再祈求，只要你願意；
　　叩門的必開門，祈求的必得著，只要信必得救，你心不要疑惑，
　　進入了恩門，你就會知道，這是真福音，滿足人需要。

二、我們的神何大，極其富有，現今有誰願意肯就來接受，
　　無須人作甚麼，想要改過自新，或討神歡心，只要你肯信；
　　你看浪子，回家何其落魄，並不問他，已往揮霍和罪過，
　　但父親卻為他豫備所有的，讓父賜與，最叫父的心喜樂。

耶穌又用比喻對他們說，諸天的國好比一個作王的人，為他兒子擺設婚
筵。他打發奴僕去召那些被召的人來赴婚筵，他們卻不肯來。他又打發別
的奴僕去，說，你們要告訴那些被召的：看哪，我的筵席已經豫備好了，
公牛和肥畜已經宰了，各樣都齊備，請來赴婚筵。
求，就給你們；尋找，就尋見；叩門，就給你們開門。因為凡求的，就得
著；尋找的，就尋見；叩門的，就給他開門。

——太二二1-4，七7-8

㉚ 來赴神的筵席

一、愛的神用滿髓的肥甘，並陳酒擺設了筵席，
　　你來嘗便知祂是美善，心裏會滿足，真歡喜；
　　祂兒子所完成的救恩，使筵席樣樣都齊備，
　　祂渴望能與你永親近，並賜你滿溢的福杯。

二、歡迎你來觀看並體驗，進入神與人的交契，
　　這裏有無限愛和恩典，地無一事物能比擬；
　　同飲於主恩賜的好酒，其間的歡樂時增添，
　　盡享神的豐富到永久，那日，赴羔羊的婚筵。

（副）
　　聽，是主的聲音，祂站在外面叩門，
　　祂帶著愛而來，我的心為祂打開；
　　祂對我既是一往情深，我就願單單受祂吸引，
　　祂說：「來赴筵席」，我們就一同坐席。

萬軍之耶和華必在這山上，為萬民用肥甘設擺筵席，用陳酒和滿髓的肥
甘，並澄清的陳酒，設擺筵席。
看哪，我站在門外叩門；若有聽見我聲音就開門的，我要進到他那裏，我
與他，他與我要一同坐席。

——賽二五6，啟三20

相信
接受神的救贖供備

5月 May

神的義，藉著信耶穌基督，歸與一切信的人，並沒有分別。

——羅三22

我們既本於信得稱義，就藉著我們的主耶穌基督，對神有了和平。我們又藉著祂，因信得進入現在所站的這恩典中，並且因盼望神的榮耀而誇耀。

——羅五1～2

根據整本聖經的啟示，關於神的救贖計畫，在舊約是豫表、豫示，到了新約就成為應驗、實現。從使徒保羅寫的哥林多前書，可以知道新約信徒蒙恩的歷史，是從逾越節和除酵節起始的。以色列人過紅海、經曠野，正是我們受浸歸主，從世界分別的寫照。舊約的記載像一幅圖畫，對我們而言，就成了真實的經歷。

為這緣故，特別選編了一系列的詩辭，從「火焰與荊棘」到「神國的範圍」，共有十二首，用以描寫神完整的救贖計畫及其目的。再者，在神救贖的供備中，基督乃是一切祭物—贖罪祭、燔祭、素祭和平安祭—的實體與實際，為使信徒恢復與神的關係並蒙悅納。

⑴ 信就必得救

一、神在祂兒子身上的工作，都已經作成，已經足夠，
　　所以神叫祂從死裏復活，因神已悅納，滿心接受；
　　十架的工作、復活的憑據，全在神活而常存的話語，
　　今藉著相信，聖靈的實施，都成為我救恩的事實。

（副）
　　哦！神的救恩是為每個人，祂兒子的死已滿足神心，
　　祂且復活了，只要你相信，必使你得救，蒙愛又蒙恩；
　　感謝神，工作都已作成了，人不用作，只需簡單的接受，
　　讚美神，你若「信是得著的，就必得著，」喜樂的奔走。

二、耶穌的受死是為我過犯，代替我擔當神的審判，
　　耶穌的復活是為我稱義，還清我罪債，不留一筆；
　　只需要一信，就可以得著，我與神和好，有確定把握，
　　信就是所望之事的質實，帶來救恩無上的價值。

耶穌被交給人是為我們的過犯，復活是為我們的稱義。

摩西因著信，長大了就拒絕稱為法老女兒之子。

所以我告訴你們，凡你們禱告祈求的，無論是甚麼，只要信已經得著了，
就必得著。

——羅四25，來十一24，可十一24

02 信救了我

一、我曾奮鬪想過自己的生活，不願迷惘，讓日子蹉跎，
　　常是感覺落寞，雖有得著，付出卻更多；
　　當我信入耶穌，捆綁全解脫，今生憂慮，再也不能纏擾我，
　　天上喜樂、平安，在我心中天天湧流著。

（副）
　　信救了我！信救了我！在主裏歡臥，一切都穩妥；
　　隨祂領率，隨祂領率，不怕何風波，前途祂掌握。

二、主的話語沒有一句是空說，如日之恆，在我心閃爍，
　　賜我屬天把握，何等安息，我能全交託；
　　憑信得勝，我與主同行同活，不憑眼見，不憑感覺空摸索，
　　作一信心後裔，豐豐富富進入神的國。

耶穌轉過來，看見她，就說，女兒，放心，你的信救了你。從那時候，那女人就得了拯救。

因為神的義在這福音上，本於信顯示與信，如經上所記：「義人必本於信得生並活著。」

這樣，你們就必得著豐富充足的供應，以進入我們主和救主耶穌基督永遠的國。

　　　　　　　　　　　　——太九22，羅一17，彼後一11

⑬ 在基督裏

一、我真歡樂，我今在基督裏，得蒙救贖，被神稱義，
　　在我相信、浸入祂的那天，罪得赦免，並且得了豐滿；
　　神的一切工作和祂功績，都已成就在基督裏，
　　只要我憑信，簡單的接受，祂神聖實際全歸我有。

二、得勝、聖別、悅納、變化、更新，天上各樣屬靈福分，
　　都要一一成就在我身上，恩典、平安何其無限無量；
　　如今我能如此蒙福、受恩，完完全全是出於神，
　　主是葡萄樹，我是祂枝子，住在主裏面，多結果實。

（副）
　　我在基督裏成為新造，舊事已過，都變成新的，
　　不再有定罪，自由、喜樂、榮耀，我與我救主已經聯合；
　　我這野枝子接在好樹上，我要常住留在神恩慈中，
　　吸取根肥汁，作我生命、營養，讓根托著我，讓生命流通。

因此，若有人在基督裏，他就是新造；舊事已過，看哪，都變成新的了。
若有幾根枝子被折下來，你這野橄欖得在其中接上去，一同有分於橄欖根
的肥汁。

──林後五17，羅十一17

04) 來到施恩座前

一、你是否感覺寂寞、孤單，舉步為艱，遇見種種苦難，
　　心頭背負著千斤重擔，有誰懂得痛苦、心酸；
　　有一位可以同情、俯就，祂在各面也曾受過試誘，
　　知道你心裏所有感受，祂是耶穌，罪人的朋友。

二、祂嘗過人生各種滋味，與你一樣，只是祂沒有罪，
　　祂能體恤你軟弱、傷悲，在祂心中你有地位；
　　祂為你受盡羞辱、損失，不顧自己甚至捨命、受死，
　　祂對你的愛親切、真摯，祂關心的正是你的事。

（副）
　　所以，只管坦然無懼的來，來到神的施恩座前，
　　因祂值得你祈求並信賴，沒有甚麼祂不能排遣；
　　現在只要將你心門打開，祂必進來，當你向祂呼喊，
　　祂必擔當你重擔和悲哀，帶你進入喜樂、平安。

所以我們只管坦然無懼的來到施恩的寶座前，為要受憐憫，得恩典，作應
時的幫助。

——來四16

05 尊你為大

一、前我生命被罪管轄，內心黯然、孤寂、空乏，
　　欲望和理智交相拉拔，常在善與惡之間掙扎；
　　幸有耶穌愛中接納，救我、助我，憐憫有加，
　　取去我軟弱、乖僻、虛假，帶著愛光而來，心中安家。

二、今我生活在恩典下，平安滿心不再牽掛，
　　我不願享樂而離開祂，不讓祂旨意受到打岔；
　　祂是我父，慈愛阿爸，親切、憐恤、信實可誇，
　　我與祂同心同一步伐，以祂的事為念，度此生涯。

（副）
　　哦，祂用全般智慧和明達，將我救贖，帶來歸給祂，
　　好模成祂形像，無疵無瑕，我要在所行事上尊崇祂；
　　返照祂榮光，從臉上散發，直到完成祂永世計畫，
　　我的神，我的主，我心我靈，今生今世，尊你為大。

馬利亞說，我魂尊主為大，我靈曾以神我的救主為樂。
但我們眾人既然以沒有帕子遮蔽的臉，好像鏡子觀看並返照主的榮光，就
漸漸變化成為與祂同樣的形像，從榮耀到榮耀，乃是從主靈變化成的。

——路一46-47，林後三18

06 在主耶穌的名裏

一、我在主耶穌的名裏，父神面前來屈膝，
　　這個權柄是何尊大，與祂親近並說話；
　　得站立在神恩典中，因祂愛憐蒙垂聽，
　　恩典教導我心敬畏，此恩代價何昂貴。

（副）
　　每當我虔誠祈求，我的心向你倚投，
　　專一並安靜等候，恩主來安慰、俯就；
　　我心常軟弱、掙扎，聖靈來加力、啟發，
　　有時有錯你不聽，求你以你為答應。

二、我在主耶穌的名裏，向著父神叶心意，
　　享受神兒女的特權，轉身離地望著天；
　　我們常自由的交流，交通有如人間友，
　　如此倚投在祂胸懷，像個斷奶的嬰孩。（接副歌）

（尾聲）
　　願我像主堅貞、忍耐，信靠神和祂完全的愛，
　　全都是憑著主生命，全都是奉祂的名。

到那日，你們就不問我甚麼了。我實實在在的告訴你們，你們在我的名
裏，無論向父求甚麼，祂必賜給你們。向來你們沒有在我的名裏求甚麼，
現在你們求，就必得著，叫你們的喜樂可以滿足。

——約十六23-24

07 神聖的代替

一、罪藉一人的悖逆入了世界,在人心中管轄並掌權,
　　我因過犯而墮落,與神隔絕,心靈常覺虛空而厭倦;
　　但主順從神旨意將命傾倒,在十架上代替我受死,
　　我靠著血得親近,與神和好,再無控告,已從罪得釋。

(副)
　　在神計畫的完全救恩中,以祂兒子作我的代替,
　　這是神所有工作的準繩,為著滿足祂永遠心意;
　　藉基督的血和祂十字架,我得有分祂榮耀、勝利,
　　我靈讚美神奇妙的救法,在我施行神聖的代替。

二、祂且復活成為靈,內住我裏,我得活出生命的新樣,
　　因神白白的恩賜是更洋溢,與祂同在生命中作王;
　　祂今作我的生命,施行拯救,在我裏面代替我活著,
　　在基督裏的福分全歸我有,何等事實:我與主聯合。

只是過犯不如恩賜;若因一人的過犯,多人都死了,神的恩典,與耶穌基
督一人恩典中白白的恩賜,就更加洋溢的臨到多人。

若因一人的過犯,死就藉著這一人作了王,那些受洋溢之恩,並洋溢之義
恩賜的,就更要藉著耶穌基督一人,在生命中作王了。

我已經與基督同釘十字架;現在活著的,不再是我,乃是基督在我裏面活
著;並且我如今在肉身裏所活的生命,是我在神兒子的信裏,與祂聯結所
活的,祂是愛我,為我捨了自己。

——羅五15,17,加二20

08 我是在基督裏

我已經與基督同釘十架，舊人在舊造中就也死了，
罪不能藉肉體將我管轄，因我罪的身體已經失效；
出於神的恩，非我所作，我因著信已經與主聯合，
現在活著的不再是我，乃是基督在我裏面活著。

何等甘美、榮耀的事實，我已發現我是在基督裏，
祂的經過都成我歷史，所是所作全都給我經歷；
與祂同死脫罪惡權勢，與祂同活顯出新造希奇，
如同生命奧妙的接枝，顯在死與復活的樣式裏。

（尾聲）

哦，這些關乎主救恩的事，原來我的神都已恩賜，
祂神聖的身位和神聖工作，竟包括我，竟也為著我；
不需我憑自己而努力，所有祈求變為讚美祭，
讚美神這生命的奇蹟，出於祂，我得在基督裏。

但你們得在基督耶穌裏，是出於神，這基督成了從神給我們的智慧：公
義、聖別和救贖。

因此，若有人在基督裏，他就是新造；舊事已過，看哪，都變成新的了。

——林前一30，林後五17

09 火焰與荊棘

在新神聖的工作中，祂是喜歡與人同工，
祂是內容，人是器皿，彼此合拍，將祂顯明；
因此，祂得著人與祂配合，按著祂道成肉身的原則，
神人聯結為一，並且相調和，成就祂心中最好的選擇。

你是我的主神，是那永遠的「我是」，
我是你的僕人，渴望經歷中認知；
主，你願使用我，卻不要使用「我的」，
你已呼召了我，全都遵照你法則。

火焰燃燒顯於荊棘，如同寶貝放在瓦器，
要顯明祂超越能力，原不是我，乃是神自己；
願神在我裏面一直焚燒，不用我天然生命作燃料，
與神在復活中發光而照耀，為著祂神聖、榮耀的建造。

耶和華的使者從荊棘中火焰裏向摩西顯現。摩西觀看，不料，荊棘被火燒
著，卻沒有燒燬。
但我們有這寶貝在瓦器裏，要顯明這超越的能力，是屬於神，不是出於
我們。

—— 出三2，林後四7

⑩ 逾越節

一、正當那夜，滅命的巡行全地，凡有罪的無一可逃避，
　　而我竟能越過神的襲擊，是因神的羔羊作我代替；
　　祂為我們的過犯受創，祂為我們的罪孽壓傷，
　　神的審判全由祂擔當，眾人的罪都歸在祂身上。

二、創世之前，祂按著神的豫知，成功救贖，完成神定旨，
　　就在這日帶來新的開始，我過去的種種都已消逝；
　　祂是整個的逾越節期，也是其中的豐盛筵席，
　　我們享受祂救贖功績，喫祂喝祂，與祂聯合為一。

三、我們進入並留在基督裏面，無罪生活彰顯在其間，
　　蒙祂保守，免去神的審判，逐日從祂得力，得享平安；
　　祂還是我們的無酵餅，罪的舊酵已全都除淨，
　　祂是無罪的生命供應，我們成為新團─神的見證。

四、這逾越節帶來了新的曆法，神的生命在心裏萌芽，
　　全因祂的無罪，完美無瑕，滿足神的要求，將我救拔；
　　我要在手上作這記號，也要在額上作為記念，
　　一生旅程未到終點前，我要在此為神國度爭戰。

（副）
　　這夜是神守望的夜，因神將我們領出奴役之地，
　　也是我們向神守望的夜，清心守節，儆醒並受警戒；
　　從悔改之日到那日被提，天天享受這筵席的實際，
　　如此享受主是逾越節期，作為世世代代永遠的定例。

這血要在你們所住的房屋上作記號；我一見這血，就越過你們去；我擊打埃及地的時候，災殃必不臨到你們身上毀滅你們。你們要記念這日，守為耶和華的節；你們要守這節，作為世世代代永遠的定例。

你們要把舊酵除淨，好使你們成為新團，正如你們是無酵的一樣，因為我們的逾越節基督，已經被殺獻祭了。所以我們守這節，不可用舊酵，也不可用惡毒邪惡的酵，只用純誠真實的無酵餅。

　　　　　　　　　　　　　　── 出十二13-14，林前五7-8

⑪ 走出埃及

一、前在埃及被罪奴役，悲歎、無助、無安息，
　　所作苦工，所受苦情，神已聽見我哀鳴；
　　於是祂用大能的手，征服一切施拯救，
　　救我脫離為奴之家，出到曠野，單單事奉祂。

二、我們逾越神的審判，脫離撒但的霸佔，
　　就在那天守望的夜，祂領我們出世界；
　　經歷神的完整救贖，行走祭祀神的路，
　　掠奪世界財富、恩惠，如同列隊出戰的軍隊。

三、新的生命、新的開始，罪的暴虐全終止，
　　除盡舊酵，聖別歸祂，就像麥穗初萌芽；
　　聽主吩咐，海水分開，我們憑信過紅海，
　　世界、撒但全都埋葬，歡呼神是拯救和力量。

（副）
　　我們走出埃及，斷絕奴役世界，我心不再留戀，隨主進入曠野，
　　我以清心與神一同守節，同祂並祂身體聯結；
　　看那日間雲柱行在前頭領路，夜間還有火柱照亮每一前途，
　　我們日夜行走，全程有神照護，同心為著建造神的會幕。

耶和華說，我的百姓在埃及所受的困苦，我實在看見了；他們因受督工的轄
制所發的哀聲，我也聽見了；我原知道他們的痛苦。我下來要救他們脫離埃
及人的手，領他們從那地出來，上到美好、寬闊、流奶與蜜之地。
耶和華在他們前面行，日間在雲柱中領他們的路；夜間在火柱中光照他們，
使他們日夜都可以行走。日間雲柱，夜間火柱，總不離開百姓的面前。
　　　　　　　　　　　　　　　　　　——出三7-8上，十三21-22

⑫ 越過分別界線

一、前在埃及，賣命、苦鬭，使我身心俱疲，猶如一罪囚，
　　付出時間、生命和所有，只為求得生存，換得些報酬；
　　一日，神用祂大能的手，（因祂知我苦情，垂聽我哀求），
　　設立救贖，大施拯救，使我闊步昂首，一路隨祂而走。

二、原來我的得救、蒙召，都是照神計畫，神聖又奇妙，
　　不僅滿足人生的需要，更是為著達到神救恩目標；
　　嗎哪和活水，雲柱、火柱，還有屬天異象，啟示的會幕，
　　神聖供備，何其豐足，我要獻上一切，走事奉神的路。

（副）
　　我已越過那分別界線，撒但、世界淹沒紅海中間，
　　我脫離捆綁，屬世的霸佔，得享自由，心中充滿感讚；
　　我已越過那分別界線，我已站在神的國度這邊，
　　祂供應一切，用生命掌權，我們建造神的居所，早日實現。

在埃及營和以色列營之間有雲柱，一邊黑暗，一邊發光；終夜雙方不得
相近。

水回流，淹沒了戰車和馬兵。那些跟著以色列人下海的法老全軍，連一個
也沒有剩下。

以色列人看見耶和華向埃及人所施的大能，就敬畏耶和華，又信服祂和祂
的僕人摩西。

——出十四20，28，31

⑬ 拿著神的琴歡唱

一、我要向耶和華歌唱，因祂大大得勝，
　　祂是戰士，顯出榮光，將仇敵投在海中；
　　耶和華是我的力量，我的詩歌和拯救的大能，
　　這是我的神，祂必要作王，配得讚美與尊崇。

二、我的神，有誰能像你，發出烈怒如火，
　　你的右手捧碎仇敵，叫海水將其淹沒；
　　你憑慈愛和你能力，引領我們到你聖別居所，
　　為我們贏得榮耀的勝利，建立你永遠的國。

（副）
　　我們在靈裏豫嘗，與基督一同作王，
　　都站在玻璃海上，拿著神的琴歡唱；
　　主神，全能者顯彰，你的作為大哉！奇哉！
　　萬代及萬國之王，你的道路義哉！誠哉！

那時，摩西和以色列人向耶和華唱這歌，說，我要向耶和華歌唱，因祂大
大得勝，將馬和騎馬的投在海中。耶和華是我的力量，是我的詩歌，祂也
成了我的拯救。這是我的神，我要讚美祂；是我父親的神，我要尊崇祂。
亞倫的姐姐，女申言者米利暗，手裏拿著鼓；眾婦女也跟她出去拿鼓跳
舞。米利暗應和她們說，你們要歌頌耶和華，因祂大大得勝，將馬和騎馬
的投在海中。

——出十五1-2，20-21

14 我的蒙召

一、我曾墮入罪惡境，死在我過犯之中，
　　遍尋不著平安路，誰知我的苦痛；
　　神用恩手搭救我，並以祂聖召召我，
　　脫離黑暗的權勢，進祂愛子的國。

二、因祂愛我的大愛，心中的眼睛得開，
　　同得基督為基業，我的過去已埋；
　　祂所應許的美地，是寬闊、流奶與蜜，
　　追測不盡的豐富，作我恩典、實際。

三、我從世界轉向神，全因祂富有憐憫，
　　時刻經歷祂救恩，神的長闊高深；
　　不再黑暗、不再盲，入祂奇妙者之光，
　　同享愛子的交通，生活如在天上。

（副）
　　　我的蒙召何其美好，真實、溫馨又奇妙，
　　　脫去世界霸佔、纏擾，投入神國的懷抱；
　　　我真知道神的呼召，要帶我達到祂目標，
　　　我就天天竭力奔跑，向著神永遠的目標。

我差你到他們那裏去，叫他們的眼睛得開，從黑暗轉入光中，從撒但權下
轉向神，又因信入我，得蒙赦罪，並在一切聖別的人中得著基業。
然而神富於憐憫，因祂愛我們的大愛，竟然在我們因過犯死了的時候，便
叫我們一同與基督活過來。（你們得救是靠著恩典。）
祂拯救了我們脫離黑暗的權勢，把我們遷入祂愛子的國裏。
　　　　　　　　　　　　　——徒二六18，弗二4-5上，西一13

⑮ 苦水變甘甜

一、出到曠野行在荒地，無水使人渴難當，
　　心生不滿怨言四起，何苦在這裏漂蕩；
　　但神知道我的苦情，垂聽罪人的求呼，
　　親自來到我的苦境，施行十架的救贖。

（副）

　　我的苦水因祂都變甘甜，再次嘗到神的救恩大樂；
　　祂且要成為湧流水泉，當倚靠祂十字架誇勝。

二、神的基督掛在木上，為我受苦難釘死，
　　正是因祂所受鞭傷，我們纔得到醫治；
　　所以無論有何苦楚，主能使它變甘甜，
　　只要我肯向祂傾訴，有祂就都能如願。

（副）

　　我心向祂時刻讚美稱羨，因祂是我全人的醫治者；
　　我們就安營在這水邊，彰顯出祂如棕樹豐盛。

百姓向摩西發怨言，說，我們喝甚麼呢？摩西呼求耶和華，耶和華指示他
一棵樹。他把樹丟在水裏，水就變甜了。耶和華在那裏為他們定了律例、
典章，在那裏試驗他們。
他們到了以琳，在那裏有十二股水泉，七十棵棕樹；他們就在那裏的水邊
安營。

　　　　　　　　　　　　　　　　　　　　　——出十五24-25上，27

(16) 屬天的食物

一、行在曠野漫長的路途，天天都有豫備的食物，
　　我得加強、支持並滿足，當我每晨與主有活的接觸；
　　祂是我們獨一、真實的嗎哪，像雨，從天為我們降下，
　　今藉是靈和生命的話，將這活糧具體來實化。

（副）
　　新的開始，新的清晨，我靈復甦，我心滋潤，
　　全是恩典，全是憐憫，生命的供應，神聖的永分；
　　我們享受祂的美善、完全，都要成為永遠的記念，
　　如此享受保存在神面前，好成為神建造的中心點。

二、祂從神來，為著給人喫，是為世人的生命所賜，
　　要將我人屬世的性質，重新構成，使我有神的所是；
　　每個早晨收取當日的份額，成為心中的歡喜快樂，
　　凡喫你的要因你活著，與你一同作神得勝者。

三、隨著露水，夜間從天降，細小圓物如地上的霜，
　　柔細、均平，完滿又明亮，純淨、甘甜、馨香，且富有營養；
　　何等一位可喫可喝的基督，作神選民屬天的食物，
　　陪伴我走一生的路途，除祂以外，再別無戀慕。

露水上升之後，不料，曠野的地面上有細小的圓物，細小如地上的霜。以
色列人看見，不知道是甚麼，就彼此對問說，這是甚麼？摩西對他們說，
這就是耶和華給你們喫的食物。

這食物，以色列家起名叫嗎哪，就像芫荽子，是白色的，滋味如同攙蜜的
薄餅。

夜間露水降在營中的時候，嗎哪也隨著降下。

——出十六14-15，31，33，民十一9

(17) 喝並湧流生命活水

一、主，當你身體釘在十架，你的肋旁被人所扎，
　　應驗了磐石─被杖擊打，有水流出，正是那靈賜下；
　　因為你曾說，人若渴了，可以到你這裏來喝，
　　信入你的人，從此不再渴，從他腹中流出活水江河。

二、當我們行在乾旱之地，敗壞、肉體暴露無遺，
　　神豫備活水應時來供給，怨言、爭鬧變成力量、安息；
　　既浸成一體，就有地位，時常向神歌頌，讚美，
　　從救恩泉源歡然來取水，基督磐石是我拯救、防衛。

（副）
　　看哪，父是活水源頭，子是河道，靈是水流，
　　我們相信、渴慕並常呼求，一再從祂得著享受；
　　如此享受生命泉源，一直湧流在我裏面，
　　且要湧出成為神的豐滿，使三一神得著彰顯。

耶和華對摩西說，你手裏拿著先前擊打河水的杖，帶著以色列的幾個長
老，從百姓面前走過去。我必在何烈的磐石那裏，站在你面前；你要擊打
磐石，就必有水從磐石流出來，使百姓可以喝。摩西就在以色列的長老眼
前這樣行了。

節期的末日，就是最大之日，耶穌站著高聲說，人若渴了，可以到我這裏
來喝。信入我的人，就如經上所說，從他腹中要流出活水的江河來。

──出十七5-6，約七37-38

18 祭司的國度

一、神要得著我們每一個人，作祂祭司單單事奉神，
　　這是祂心中原初的美意，也是呼召我們的目的；
　　祂如鷹將我們背在翅膀上，帶來歸祂，顯明這愛無量，
　　在萬民中作自己的奇珍，成為祭司的國度，盡職榮神。

（副）

　　按著君尊的等次，我們作神聖別的祭司，
　　同心過著祭司的生活，成為神在地上的居所；
　　處處事事活在神面前，同來建造成為神的殿，
　　與神調和，為神掌權，直到祭司國度顯在我們中間。

二、既已蒙召就有祭司職任，都是祭司，人人事奉神，
　　不論大或小，蒙恩的先後，個個渴慕主親近、擁有；
　　這是神所恩賜無上的權利，與主成一，顯出祭司體系，
　　充滿基督，將祂美德宣揚，獻上屬靈的祭物，神人同享。

我向埃及人所行的事，你們都看見了，且看見我如鷹將你們背在翅膀上，
帶來歸我。如今你們若實在聽從我的話，遵守我的約，就要在萬民中作我
自己的珍寶，因為全地都是我的。你們要歸我作祭司的國度，為聖別的國
民。這些話你要告訴以色列人。

惟有你們是蒙揀選的族類，是君尊的祭司體系，是聖別的國度，是買來作
產業的子民，要叫你們宣揚那召你們出黑暗、入祂奇妙之光者的美德。

—— 出十九4-6，彼前二9

19 團體的荊棘

一、你何聖別，如同火焰，卻依附在荊棘中間，
　　曾在神的山上顯現，向人表明你的心願；
　　我們是你被贖子民，雖曾墮落，卻蒙憐憫，
　　被你焚燒、充滿、浸潤，成為神貴重的器皿。

二、你何榮耀，光彩奪目，如同雲彩遮蓋會幕，
　　從此，你可與人同住，向人施恩，親切祝福；
　　為作你的安居之所，渴望經歷聖靈之火，
　　被你聖別、變化、雕琢，成為你榮耀的寄託。

（副）
　　你是火焰，我們是荊棘，如同寶貝放在瓦器裏，
　　三一之神顯現於肉體，要顯明這超越的能力；
　　願主將這火丟在地上，焚燒我們，像你灼灼發亮，
　　這異象定準人生的去向，亦步亦趨，隨主向前直往。

但我們有這寶貝在瓦器裏，要顯明這超越的能力，是屬於神，不是出於我們。

我來要把火丟在地上，若是已經著起來，那是我所願意的。

——林後四7，路十二49

20 神國的範圍

一、這乃是神國的範圍，
　　今由教會生活來描繪：
　　生命、愛、光、真理、恩典、牧養、榮耀、
　　復活、平安、喜樂、建造。

二、我們憑生命的感覺，
　　生活行事與世界分別；
　　服從基督元首，彼此配搭和諧，
　　神是一切，作成一切。

三、有分於神聖的三一，
　　活出諸天之國的實際；
　　神在愛裏管治，藉著生命掌權，
　　神聖之光得以彰顯。

四、何等的福分與享受，
　　在神愛子的國裏住留；
　　我們天天操練過神國的生活，
　　建造成為神的居所。

在祂裏面，全房聯結一起，長成在主裏的聖殿；你們也在祂裏面同被建
造，成為神在靈裏的居所。

——弗二21-22

㉑ 拯救—經歷基督作贖罪祭

一、我的天性真是敗壞，我所有不過是罪，
　　雖想行善卻行不來，犯罪，不想都會；
　　我卻能來就近神，光中與祂有交通，
　　全是因我基督捨身，作我贖罪祭牲。

（副）

　　我靠這血，進到神前，一切安詳、平靜、和諧，
　　得享神的平安、恩憐，我就能與罪性斷絕；
　　時時獻上這贖罪祭，我得脫離罪律管轄，
　　天天活出基督自己，聖別，蒙神悅納。

二、無罪代替我（有罪的），祂取了肉體形狀，
　　罪人與主竟能聯合，同樣掛在木上；
　　墮落之人受對付，撒但惡性被廢除，
　　基督之血成功救贖，功效永遠豐足。

祭物和供物，你不喜悅；你已經開通我的耳朵；燔祭和贖罪祭，非你所
要。於是我說，看哪，我來了；我的事經卷上已經記載了。我的神阿，我
樂意實行你的旨意；你的律法在我裏面。
耶和華對摩西說，你要對以色列人說，若有人無意中犯了罪，行了耶和華
所吩咐不可行的甚麼事，或是受膏的祭司犯罪，使百姓陷在罪裏，就當為
他所犯的罪，把一隻沒有殘疾的公牛犢獻給耶和華作贖罪祭。他要牽公牛
到會幕門口、耶和華面前，按手在牛的頭上，把牛宰於耶和華面前。受膏
的祭司要取些公牛的血，帶到會幕裏，把指頭蘸於血中，在耶和華面前對
著聖所的幔子彈血七次，又把些血抹在會幕內、耶和華面前香壇的四角
上，再把公牛所有其餘的血倒在會幕門口、燔祭壇的基部。

——詩四十6-8上，利四1-7

22 絕對—經歷基督作燔祭

一、屈身低首被帶來，無聲、無懼、無駭，
　　只為滿足神心懷，順從至死不改；
　　在神會幕宰殺地，所有破碎無遺，
　　一次永遠獻身體，化身怡爽香氣。

二、一生絕對為神活，無我、無罪、無過，
　　竟作犧牲被剝奪，又擺柴上燻著；
　　直到完全燒成灰，無何可以再給，
　　升到神前馨香味，滿足，永不消退。

（副）
　　主，我滿心珍賞你，與你聯合為一，
　　真願在你經歷事，經歷你的自己；
　　將你獻上作燔祭，整夜焚燒不熄，
　　直到聖別全無己，成全神的旨意。

所以基督到世上來的時候，就說，「祭物和供物是你不願要的，你卻為我豫備了身體；燔祭和贖罪祭是你不喜悅的；於是我說，看哪，我來了，神阿，是要實行你的旨意。（我的事經卷上已經記載了。）」

耶和華從會幕中呼叫摩西，對他說，你要對以色列人說，你們中間若有人獻供物給耶和華，要從牛群羊群中獻牲畜為供物。他的供物若以牛為燔祭，就要獻一隻沒有殘疾的公牛；他要在會幕門口把公牛獻上，使他可以在耶和華面前蒙悅納。他要按手在燔祭牲的頭上，燔祭牲便蒙悅納，為他遮罪。他要在耶和華面前宰公牛；亞倫子孫作祭司的，要奉上血，把血灑在會幕門口、壇的四邊。那人要剝去燔祭牲的皮，把燔祭牲切成塊子。祭司亞倫的子孫要把火放在壇上，把柴擺列在火上。亞倫子孫作祭司的，要把肉塊、頭和脂油，擺列在壇上火的柴上。但燔祭牲的內臟與腿，那人要用水洗。祭司要把這一切全燒在壇上，當作燔祭，獻與耶和華為怡爽香氣的火祭。

——來十5-7，利一1-9

23 珍賞—經歷基督作素祭

一、你的人性真超凡，美麗，誰能盡言，
　　柔細、純良又甘甜，有如無酵細麵；
　　歷經風霜和磨碾，苦難、憂患多面，
　　不過更顯你完全，我們珍賞、記念。

二、你為聖靈所施膏，神人二性相調，
　　從你處處可聞到復活馨香味道；
　　獻在祭壇火焚燒，為神所悅所寶，
　　作我食物最上好，因有滿足果效。

（副）
　　如此甘美的素祭，我心實在稱奇，
　　在神聖別會幕裏，逐日享受不已；
　　藉這早晚常獻祭，神前事奉加力，
　　直到完全充滿你，像你得神歡喜。

願我的禱告如香陳列在你面前，願我舉手祈求，如獻晚祭。

若有人獻素祭為供物給耶和華，就要用細麵澆上油，加上乳香，帶到亞倫子孫作祭司的那裏；祭司就要從細麵中取出一把來，並取些油和所有的乳香，然後把所取的這些作為素祭記念的部分，燒在壇上，是獻與耶和華為怡爽香氣的火祭。

　　　　　　　　　　　　　　　　　　——詩一四一2，利二1-2

24 平安—經歷基督作平安祭

一、我有基督獻作燔祭，滿足神的心意，
　　我有基督獻作素祭，活出神的公義；
　　祂已成我完整代替，使我神前堅定站立，
　　所有難處祂全平息，神、人相會一起。
　　我今獻上基督燔祭，惟願神心滿意，
　　我今獻上基督素祭，彰顯神的美麗。

二、祂曾一次獻在祭壇，解決我的罪愆，
　　我可隨時進到神前，與神交通無間；
　　同享基督無上平安，由衷發出無限感念，
　　令人喜悅意足心滿，日日都覺新鮮。
　　我今將祂獻在祭壇，除去所有虧欠，
　　坦然來到施恩座前，歡喜見祂榮面。

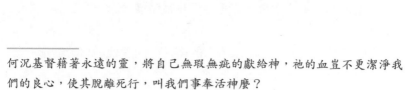

何況基督藉著永遠的靈，將自己無瑕無疵的獻給神，祂的血豈不更潔淨我
們的良心，使其脫離死行，叫我們事奉活神麼？

人獻供物為平安祭，若是從牛群中獻的，無論是公是母，必用沒有殘疾的
獻在耶和華面前。他要按手在供物的頭上，宰於會幕門口；亞倫子孫作祭
司的，要把血灑在壇的四邊。那人要從平安祭的祭牲中，將火祭獻給耶和
華。蓋臟的脂油和臟上所有的脂油，並兩個腰子和腰子上的脂油，就是靠
腰兩旁的脂油，與肝上連著腰子的網子，都要取下。亞倫的子孫要把這些
燒在壇的燔祭上，在火的柴上，是獻與耶和華為怡爽香氣的火祭。

——來九14，利三1-5

㉕ 袖早為我豫備

一、多次徘徊十字路口，所作一切不堪回首，
　　眼前似乎就是盡頭，身心俱疲，再也無力承受；
　　好想回家重拾溫飽，回到兒時愛的懷抱，
　　堅強臂彎大可投靠，信入耶穌，我竟如願得到。
　　大能救恩全備、豐富，義袍、戒指、鞋子和牛犢，
　　我這浪子無一是配，因愛袖早為我豫備。

二、喜獲新生，安息無憂，愛的路上隨袖而走，
　　不再是我，向罪自由，乃是基督作我一切、元首；
　　我今蒙恩、蒙愛、蒙召，稱義、聖別，成神新造，
　　更新、變化，且得榮耀，至終全人與袖畢像畢肖。
　　眼所未見耳所未聞，人心也未曾有所自忖，
　　是神奧祕中的智慧，因愛袖早為我豫備。

三、為使我能與神聯合，經死復活，在我活著，
　　除去罪、死、肉體掌握，建造我們成為神的居所；
　　將人帶進神的裏面，好作父神擴大的殿，
　　主，我愛你並你聖言，時常住留，得享你的顯現。
　　你是我們活的道路，在父家裏有許多住處，
　　作你身體，心愛教會，因愛袖早為我豫備。

（尾聲）
　　我的過去、現在、和未來所有的需要，因愛袖早為我豫備。

父親卻吩咐奴僕說，快把那上好的袍子拿出來給他穿，把戒指戴在他手
上，把鞋穿在他腳上，把那肥牛犢牽來宰了，讓我們喫喝快樂。

只是如經上所記：「神為愛袖的人所豫備的，是眼睛未曾看見，耳朵未曾
聽見，人心也未曾想到的。」

在我父的家裏，有許多住處；若是沒有，我早已告訴你們了；我去是為你
們豫備地方。我若去為你們豫備了地方，就再來接你們到我那裏，我在那
裏，叫你們也在那裏。

　　　　　　　　　　　　　　　　──路十五22-23，林前二9，約十四2-3

㉖ 無窮生命的寶藏

一、問自己是否找到追尋的方向，問自己是否數過天上的星光，
　　思想起一生曾經擁抱的理想，我知道我在永恆的路上；
　　有晚上，縱使白日能盡情放亮，有早晨，縱使黑夜平靜又安詳，
　　感謝神，賜我無窮生命的寶藏，是耶穌，我今生的盼望。

二、不去想他們前途是有多寬廣，不去看世上名利閃爍的光芒，
　　都不是我心汲汲營求的對象，有一日，歸於無用，終失喪；
　　登高山眺望聖城，我心所嚮往，越峻嶺，發現古聖信心的腳掌，
　　讚美主，作我無窮生命的寶藏，主耶穌，我要隨你前往。

（副）
　　遇見你，纔知你生命的寶藏，神一切豐盛在此顯彰；
　　遇見你，纔懂愛的深高闊長，哦，我心因你富足、歡暢。

（尾聲）
　　主耶穌是我無窮生命的寶藏，我心我靈為你癡狂。

因為一切的豐滿，樂意居住在祂裏面。
一切智慧和知識的寶藏，都藏在祂裏面。
因為神格一切的豐滿，都有形有體的居住在基督裏面。

——西一19，二3，9

(27) 本於信

一、神阿，我們何等珍賞，甚且當作福音來傳揚，
　　你在信仰裏新約的經綸，全是以基督為中心；
　　因著信，我們由你而生，有分於你生命和性情，
　　因著信，被擺在基督裏，好成為祂身上的肢體。

二、神阿，我心向你稱謝，賜下基督作我的一切，
　　如此有分你新約的經綸，得享神兒子的名分；
　　本於信，我已蒙你稱義，得以與你聯合，成為一，
　　本於信，接受那靈供應，並藉著愛，在心裏運行。

（結）
　　懇求主，更多來注入，當我憑信與你接觸，
　　望斷一切以及於耶穌，停下自己的掙扎、意圖；
　　你為我信心創始且成終，神所喜悅惟一的路徑，
　　我要跟隨主信心的腳蹤，一生行在神啟示光中。

這等事只引起辯論，對於神在信仰裏的經綸並無助益。

沒有一個人憑著律法在神面前得稱義，乃是明顯的，因為「義人必本於信得生並活著。」

但聖經把眾人都圈在罪裏，好叫那以信耶穌基督為本的應許，可以賜給那些信的人。

——提前一4下，加三11，22

28) 不要怕只要信

一、當惡耗傳來，如晴天霹靂，心在盼望和疑惑間搖曳，
　　所有的努力都為時已晚，整個人被頓弱、恐懼羈絆；
　　不要怕，只要信，單單聽耶穌說，
　　無論人生路多艱辛，緊緊跟隨主，放心交託。

二、將懷疑、不信都關在門外，逐出我心，只求與祂同在，
　　在敬拜和愛與盼望之地，聖靈大大運行並顯神蹟；
　　不要怕，只要信，聽主話，不疑惑，
　　得享祂救恩與溫馨，祂是我的神，又真又活。

（副）
　　就在一切盼望都絕了，獨自面對無涯的險惡，
　　惟主的話滿帶能力，將死亡變生命，何希奇；
　　在祂沒有不可能的事，永遠也不會，不會太遲，
　　祂是復活，祂是生命，滿心感激，讚美主的名。

耶穌還說話的時候，有人從管會堂的家裏來，說，你的女兒死了，何必還
煩擾夫子？耶穌從旁聽見所說的話，就對管會堂的說，不要怕，只要信！
——可五35-36

㉙ 只要信，不要怕

一、突然惡耗傳來，我遭逢無情打擊，
　　罪與死正壓害，但對主，卻毫無餘地；
　　只要信，主說：不要怕！慰我心並加我力，
　　祂是神，為我顯為大，以歡呼聲帶走哭泣。

（副）
　　只要凡事肯放膽，憑信直往心安然，
　　望斷一切心回轉，定睛看祂正掌權，
　　信靠祂，不誤事的主阿，宣揚祂永是信實的阿，
　　高舉祂得勝的十字架，聽從祂：只要信，不要怕。

二、在我敵人面前，你為我擺設筵席，
　　你的杖、你的竿，一路上安慰並護庇；
　　你用油膏了我的頭，使我的福杯滿溢，
　　我深知是在你的手，恩惠、慈愛伴隨依依。

耶穌還說話的時候，有人從管會堂的家裏來，說，你的女兒死了，不必再煩
擾夫子了。耶穌聽見，就對他說，不要怕，只要信，你的女兒就必得拯救。
我雖然行過死蔭的幽谷，也不怕遭害，因為你與我同在；你的杖，你的
竿，都安慰我。在我敵人面前，你為我擺設筵席；你用油膏了我的頭，使
我的福杯滿溢。

　　　　　　　　　　　　　　　　　　──路八49-50，詩二三4-5

㉚ 單純的信託

一、為這一天，我獻感謝，
　　全人再次交託與主聯結；
　　祂是生命活水，使我滿足歡暢，
　　從我靈裏向外流淌，將我溢漫且從我顯彰。

二、無須憂慮，無須懷疑，
　　惟尋求祂的國和祂的義；
　　每天都有需要，凡事向祂訴說，
　　祂賜平安深且廣闊，時時保守使我永穩妥。

三、常常喜樂，不住禱告，
　　凡事謝恩，無何比這更美好；
　　主是永活源頭，作我一切供應，
　　凡我交託在祂手中，祂能保全一直到路終。

但你們要先尋求祂的國和祂的義，這一切就都要加給你們了。所以你們不
要為明天憂慮，因為明天自有明天的憂慮，一天的難處一天當就夠了。
要常常喜樂，不住的禱告，凡事謝恩；因為這是神在基督耶穌裏對你們的
旨意。

——太六33-34，帖前五16-18

㉛ 何不就相信

一、記得當初我到這裏來，最深印象是溫馨、和藹，
　　讓我感覺有一種愛，無私的給、良善的對待；
　　雖有點陌生，不敢放開，也有些話語不甚明白，
　　看他們個個得其所在，如此情景怎叫人忘懷。

二、一次一次更加的感動，一再一再滿足我情衷，
　　平安喜樂、逐日豐盛，甜美的笑、醉人的歌聲；
　　我已經得到真實生命，再不能沒有這樣供應，
　　感謝我救主施愛恩寵，能同你們活在教會中。

（副）
　　　這既是真神，何不就相信，我向祂求懇，平安滿我心，
　　　進入救恩門，纔知恩何深，一生享不盡，接受卻單純。
　　　這既是真神，何不就相信，我向祂求懇，平安滿我心，
　　　進入救恩門，纔知恩何深，一生享不盡，接受卻單純。

我們也曉得神的兒子已經來到，且將悟性賜給我們，使我們可以認識那位
真實的；我們也在那位真實的裏面，就是在祂兒子耶穌基督裏面。這是真
神，也是永遠的生命。

——約壹五20

聖愛與蒙恩者之歌

6月 June

神就是愛。　　　　　　　　　　　　——約壹四16

神愛世人。　　　　　　　　　　　　——約三16

愛是永不敗落。　　　　　　　　　——林前十三8

我們，神的兒女，信心的後裔，蒙召而聖別的族類，既被愛、蒙恩、受福，就因愛、憑愛並為愛而歌唱、而讚美並敬拜。

⓵ 只因著愛

一、眼前一片灰白，從未知道何為色彩，
　　日子痛苦、難捱，聽從耶穌，雙眸竟然得開；
　　臥於絕望、衰敗，期盼能有神蹟到來，
　　可憐無人理睬，投靠耶穌，起身行走無礙。

（副）
　　只因著愛，祂從不訓斥，同情俯就受罪轄制的人，
　　祂心是愛，不曾輕視，每個困苦、憂傷、痛悔心；
　　不求回報，也不為賞識，愛我、尋我、救我脫害，
　　無人像祂純潔、真實，為我全捨，只因著愛。

二、生活脫序、敗壞，常感虛空，無可倚賴，
　　放下矜持、悲哀，信入耶穌，活水湧自心懷；
　　一生為非作歹，不知平安的路何在，
　　臨終虛心悔改，信託耶穌，得享與主同在。

耶穌經過的時候，看見一個生來瞎眼的人。
對他說，你往西羅亞池子裏去洗。（西羅亞繙出來，就是奉差遣。）他去
一洗，回來的時候，就看見了。
耶穌對他說，起來，拿你的褥子走罷。那人立即痊癒，就拿起褥子走了。
那婦人就留下她的水罐子，往城裏去，對眾人說，你們來看，有一個人將
我素來所行的一切事，都給我說出來了，這豈不就是基督麼？
就說，耶穌阿，你來進入你國的時候，求你記念我。耶穌對他說，我實在
告訴你，今日你要同我在樂園裏了。
　　　　　　　　　　　　——約九1，7，五8-9，四28-29，路二三42-43

02 有一種愛

一、我曾深深愛過一個人，用盡我所有感情真心，
其中雖有歡欣，滿我情溢我魂，結果卻換得心痛萬分。
為甚麼當我去愛，卻感到不安無奈，
原來我並沒有愛，只想要佔有取代。
直到我遇見主，我的恩我的愛，纔把我從自我救拔出來。

二、如今我知道有一種愛，能使我堅強喜樂自在，
有包容有盼望，能相信能忍耐，祂愛我永遠不會更改。
主耶穌我的至愛，我愛你因你先愛，
我的主倒下你愛，直到我全心成愛。
我不怕受傷害，不或忘不懈怠，要讓世人知道這一種愛。

愛是恆久忍耐，又有恩慈；愛是不嫉妒；愛是不自誇，不張狂，不作不合
宜的事，不求自己的益處，不輕易發怒，不計算人的惡，不因不義而歡
樂，卻與真理同歡樂；凡事包容，凡事相信，凡事盼望，凡事忍耐。愛是
永不敗落。

——林前十三4-8上

03 救我的愛

一、平靜如湖水，安息如雁歸，
　　我今與神相會，靈裏見祂榮美。

二、曾為罪懊悔，往日已曠廢，
　　當我俯伏認罪，祂進入我心扉。

（副）
　　救我的愛無限無量，惟蒙恩人知它的闊長，
　　主阿，在我銘刻你形像，彰顯你可愛模樣。

三、主愛時相隨，恩典如雨沛，
　　救恩何其全備，餘生惟你是追。

（副）
　　救我的愛無限無量，惟蒙恩人知它的闊長，
　　主阿，在我銘刻你形像，彰顯你可愛模樣。

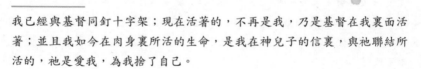

我已經與基督同釘十字架；現在活著的，不再是我，乃是基督在我裏面活
著；並且我如今在肉身裏所活的生命，是我在神兒子的信裏，與祂聯結所
活的，祂是愛我，為我捨了自己。

——加二20

04 盟約之愛

一、你是我骨中的骨肉中的肉，你既出於我，也必歸於我；
　　我與你立約，要你作我配偶，
　　愛你永不變，必信守承諾。

二、我如鷹將你背負在翅膀上，作祭司國度，聖別的子民；
　　恩慈的收納，又溫和的餧養，
　　在萬民之中，作我的奇珍。

三、我們今歸回，領受你的美善，全心尊崇你，作我們的神；
　　我們與偶像還有甚麼相干，
　　堅定的愛你，全然的委身。

（副）
　　我必聘你永遠歸我為妻，以公義信實慈愛憐憫聘你，
　　我用慈繩愛索牽引不離，直到你完全歸順，與我成一。

（尾聲）
　　讚美神，這神聖的盟約之愛，在那日永遠永遠享你同在。

我向埃及人所行的事，你們都看見了，且看見我如鷹將你們背在翅膀上，
帶來歸我。如今你們若實在聽從我的話，遵守我的約，就要在萬民中作我
自己的珍寶，因為全地都是我的。你們要歸我作祭司的國度，為聖別的國
民。這些話你要告訴以色列人。
我必聘你永遠歸我為妻，以公義和公平，以慈愛和憐恤聘你歸我；也必以
信實聘你歸我，你就必認識我耶和華。

　　　　　　　　　　　　　　——出十九4-6，何二19-20

05　無條件的愛

一、在我尚未出母腹時，你就早已揀選了我，
　　當我墮落罪惡、俗世，是你親自來尋見我；
　　為我這罪人受死，將我這惡人救活，
　　思念及此我真不知，我對你是有何足多。

二、村女怎能許配天子，癱者竟成王座上客，
　　無視我的自傲、自是，擔待我的無賴、性格；
　　你對我的愛真摯，你給我的恩奇特，
　　為將我這土人陶製，成為你手中的傑作。

（副）
　　主，謝謝你無條件的愛，清償我罪債，拯救我脫害，
　　作生命主宰，與我永同在，我在凱旋的行列中敬拜；
　　主，讚美你無條件的愛，無求的關懷，無悔的恩待，
　　不放的領率，不捨的忍耐，帶我進入神生命的光采。

神差祂的獨生子到世上來，使我們藉著祂得生並活著，在此神的愛就向我
們顯明了。

——約壹四9

06 捨己的愛

一、愛是最美善的關係，總來自一方的捨己；
　　當我還活在罪中時，你就已定意來受死；
　　在那夜，你禱告被拒，便知道父神終離去，
　　獨自漸走向髑髏地，直到你全然被遺棄。

（副）
　　「我的神，你為何離棄我」，留下我被洪濤淹沒；
　　在極度痛苦的絕望中，你為我完成救贖大工，
　　我的主，我全人獻敬拜，因著你完全捨己的愛。

二、愛是神與人的關係，使我們與神永相繫；
　　愛與恩從你流出來，我們愛是因你先愛；
　　活在這愛的交流中，跟隨你捨己的腳蹤，
　　深願你十架的模型，塑造我成為你榮形。

（副）
　　我的主倒下愛，滿我心，像熱火鍛煉我全人，
　　使我魂得潔淨，被更新，除去我心中卑情下品，
　　在永遠無止境喜樂中，看所有知愛者都與共。

（尾聲）
　　真滿足，樂開懷又自在，就是一生充滿捨己的愛。

約在午後三時，耶穌大聲呼喊說，以利，以利，拉馬撒巴各大尼？就是：
我的神，我的神，你為甚麼棄絕我？
耶穌受了那醋，就說，成了！便低下頭，將靈交付了。

——太二七46，約十九30

07 起初的愛

許多最好最美的事，總是出現在第一次，
體諒、寬容、真情和恩慈，是否都已隨風逝；
心裏害怕再受傷害，不敢期許，放膽去愛，
可是幸福屬於小孩，他不知悲哀從何來；
一旦失去愛，有甚麼能存在，
再不會滿足、開懷，把心都藏起來。
主—我心至愛，我不再費疑猜，
你的愛既然不改，收拾起傷悲，滿懷期待，
再回到起初的愛！

然而有一件事我要責備你，就是你離棄了起初的愛。

——啟二4

⑧ 上好的愛

一、惟有祂，惟有祂，在我還作罪人時，為我受苦為我死，
　　惟有祂，在我無助絕望時，不離不棄，不為恥；
　　有了祂，有了祂，生命是美善真實，我纔懂得相愛相知，
　　有了祂，生活變多采多姿，有祂陪伴，如畫如詩。

（副）
　　這是起初上好的愛，永遠為我而存在，
　　從我還是小小幼孩，年少青春直到老邁；
　　高過高天深逾深海，長闊無何能以隔開，
　　惟一不變是祂這愛，憑以愛祂，愛祂不改。

二、思念祂，思念祂，清晨晚霞或夜沉，愛我純純愛深深，
　　思念祂所作所給奇又珍，而我愛祂有幾分；
　　願這愛，願這愛，激勵我煉淨如焚，使我能勞能苦能忍，
　　願這愛充滿我如水滋潤，奪我至心全靈全人。

使你們滿有力量，能和眾聖徒一同領略何為那闊、長、高、深，並認識基督那超越知識的愛，使你們被充滿，成為神一切的豐滿。

——弗三18-19

(09) 你先愛了我

一、在無盡黑暗的幽谷，有一晨光從高天灑落
　　祂領我行在平安路，罪的捆鎖從我身解脫；
　　這恩情何大實難述，犧牲的愛高深且長闊，
　　愛流自十架已顯出，我的心哪，愛祂有幾多。

（副）
　　　　主為我捨己，成救贖，我也情願為你而生活，
　　　　若我是愛你，主耶穌，那是因為你先愛了我。

二、你復活成為生命主，化身聖靈來住我心內，
　　賜生命恩典真豐富，喜樂滿足越過越甜美；
　　為使你的心得滿足，我今傾注餘生的小杯，
　　愛使我全人都降服，願你在我心中居首位。

（副）
　　　　哦，願我一生尊榮主，單單愛你更深且更多，
　　　　若我能愛你，主耶穌，那是因你以愛澆灌我。

不是我們愛神，乃是神愛我們，差祂的兒子，為我們的罪作了平息的祭
物，在此就是愛了。

盼望不至於蒙羞；因為神的愛已經藉著所賜給我們的聖靈，澆灌在我們
心裏。

——約壹四10，羅五5

⑩ 世上最美的樂音

一、哦，主耶穌！求你離開我，我承認我是個罪人，
　　我只想黯然獨自生活，任憑我空留下悔恨；
　　你何聖潔、非凡、超脫，顯出神子光輝，
　　我卻如此卑鄙、頹弱，與你無一能匹配。

二、在復活中你來遇見我，以神蹟向我施恩慈，
　　我不懂為何不放棄我，始終還記得我名字；
　　多次跌倒、徬徨、躲藏，你卻深愛不改，
　　無能如我，無有、無望，竟然也蒙神青睞。

（副）
　　耶穌愛我，祂仍要我，這是世上最美的樂音；
　　無視我的失敗，無視我的頹弱，祂越發眷念一往情深；
　　耶穌愛我，祂仍要我，吸引我心向祂飛奔；
　　這愛遠遠超過我所能戡測度，願我的一生是在祂心。

你們要去告訴祂的門徒和彼得說，祂在你們以先往加利利去，在那裏你們
要看見祂，正如祂從前所告訴你們的。

——可十六7

⑪ 在你的愛裏

一、多次跌倒，疲困又茫然，迫我屈服於無邊恐懼，
　　遍尋不著倚靠的臂彎，理想和願望逐一遠去；
　　當我投靠主，俯伏祂腳前，將我的疲魂猶如殘燈帶來，
　　當我求告祂，得蒙祂愛憐，我全人可以感受祂的存在。

（副）
　　在你的愛裏，我遇見自己，未曾有的恬靜與安息，
　　我渴望能與你聯結成一，像葡萄枝子，住在你裏；
　　在你的愛裏，我交出自己，緊緊跟隨，不偏不離，
　　你以愛為旌旗，你的印記，但願有日全然像你。

二、活著真好，堅定且勇敢，單單作神的聖潔器皿，
　　日以繼夜跟隨主向前，一生作祂的恩愛標本；
　　我幾次流淚，主，你都數算，把我的眼淚裝在你的皮袋，
　　我歷經曠野，主，你都記念，記在你冊上，享受你的同在。

我幾次流離，你都數算。求你把我的眼淚裝在你的皮袋裏。這不都記在你
冊子上麼？
我是葡萄樹，你們是枝子；住在我裏面的，我也住在他裏面，這人就多結
果子；因為離了我，你們就不能作甚麼。

——詩五六8，約十五5

⑫ 慈繩愛索

一、當你的愛臨到我，我人卻抗拒、退縮，
　　我的自卑與執著，只想要逃避、掙脫；
　　你卻一直等待我，呼喚著，不肯放過，
　　我心回轉，不再躲，你的愛來將我圍繞、纏裹。

二、願你的愛臨到我，一次次懷抱、提握，
　　有你安慰並領帥，安度過試煉、寂寞；
　　一路有你時相佐，加我力，顧我輭弱，
　　我心真想對你說，沒有你，我不知如何生活。

（副）
　　有一慈繩愛索，在你我心間牽引著，
　　那是我終生依託，我生命與你永聯合；
　　我的心安然、穩妥，走過人世曲折、坎坷，
　　你的愛永不敗落，我一生因你歡呼、喜樂。

我用慈繩愛索牽引他們；我待他們如人鬆開他們腮上的軛，溫和的餧養
他們。

——何十一4

⑬ 那不肯放棄我之愛

一、哦，願那不肯放棄我之愛，引領我投入祂十架胸懷，
　　我雖輭弱又敗壞，趨向流浪徘徊，卻未曾叫祂厭倦、不耐；
　　祂的愛豐滿、無限如洋海，恆久、不變比堅崖，
　　哦，我主，我心向你全然敞開，願這愛成為我一生所在。

二、哦，是那不肯放棄我之愛，抓住我，當我遇危險、驚駭，
　　年日終久要衰敗，何況人之所賴，主，我願被待如同小孩；
　　縱然是為愛隨你走天涯，生命也會更多采，
　　哦，我主，當一次次遇見你愛，我要的不會是在你以外。

因為神的恩賜和呼召，是沒有後悔的。

——羅十一29

14 因為神愛我

一、因為神愛我，我心平靜安穩，
　　體恤我軟弱，堅定恆忍；
　　因為神愛我，從不強迫我順從，
　　寬恕我罪過，總是包容。

（副）
　　我一生最大把握，那就是「因為神愛我」，
　　我願意全然交託，祂的愛深高且長闊；
　　我要時時向人題說：無他，因為神愛我，
　　我渴望與祂同活，直到地上帳棚盡脫。

二、因為神愛我，縱然困境重重，
　　總不遺棄我，倍加恩寵；
　　因為神愛我，無論何時祂都在，
　　親自引領我，愛我不改。

你們看，父賜給我們的是何等的愛，使我們得稱為神的兒女，我們也真是
祂的兒女。世人所以不認識我們，是因未曾認識祂。

——約壹三1

⑮ 主我仍然愛你

一、漂渺人生來與去同，捉影捕風，終將成空，
　　日光下所見，無一事新鮮，如浮雲消散，已無人記念；
　　親愛主，我不能活，若沒有你，
　　雖常有頓弱，心也不慇專一，
　　我何羨能自由愛你，何時纔能脫自己，
　　別問我，你知道我愛你。

二、勞碌有時，收獲有時，哭泣有時，歡笑有時，
　　是你改寫了我人生歷史，今歡然交出我餘下年日；
　　謝謝主，到我這裏，與我成一，
　　享受你實際，依偎在你愛裏，
　　我何盼能早日被提，即使短暫客此地，
　　我輕訴：「主，我仍然愛你。」

耶穌第三次對他說，約翰的兒子西門，你愛我麼？彼得因為耶穌第三次對
他說，你愛我麼？就憂愁，對耶穌說，主阿，你是無所不知的，你知道我
愛你。耶穌對他說，你餧養我的羊。
知道我脫去這帳幕的時候快到了，正如我們主耶穌基督所指示我的。
　　　　　　　　　　　　　　　　　　　——約二一17，彼後一14

(16) 深愛著你

一、主，我愛你，當你愛澆灌我心，頭一次在我途中遇見你，
如久旱逢甘霖，甜美的滋潤，荒蕪之中顯露生機；
主，我愛你，禁不住呼喊著你，一聲聲不停迴盪在心底，
真渴望能與你靈中常交契，即使天地也失去距離。

（副）
主阿，我深愛著你，我不能，不能沒有你，
我的靈，我的心，我的真情意，但願，主，全都是你；
主阿，我深愛著你，你愛我，愛我永不止息；
我的命，我的愛，我全人的力，主阿，今歡然獻給你。

二、主，我屬你，當你光照亮我心，一次次我深知我是屬你，
像黑夜漸黎明，溫情的指引，走出絕望、頓弱、陰翳；
主，我屬你，怎能不思念著你，但願我全人失去在你裏，
真羨慕能像你良善又純一，討主喜悅並得人歡喜。

我屬我的良人，我的良人也屬我；他在百合花中牧放群羊。

——歌六3

17 最愛是你

好似天上雲兒直飄向天際，又像谷中溪水歸入大海裏，
我的心飄向你，我的靈歸入你，最好是你我成一；
當黑夜來臨，我說我愛你，當黎明破曉，我說我愛你，
我是那麼渴想你，我是那麼切慕你，我全人最愛是你。
為拯救我，你竟甘願捨自己，且提拔我與王子一同坐席，
我心我命因愛全然歸與你，今生今世你我不分離；
當黑夜來臨，我說我愛你，當黎明破曉，我說我愛你，
我是那麼渴想你，我是那麼切慕你，我一生最愛是你。

他的口甘甜，他全然可愛。耶路撒冷的眾女子阿，這是我的良人，這是我
的朋友。

——歌五16

18 失去在你愛裏

一、流浪的心渴望著溫馨，
　　不停在追尋，切慕尋得知音；
　　哦，那一夜，你親自來提握這不堪的我，
　　用愛將我纏裏。

二、孤寂的人不再終冷沉，
　　是如此歡欣，因祂情愛深深；
　　哦，主耶穌，我用音符畫過這夜的寂寞，
　　安然，有你陪我。

（副）
　　親愛主，我歡喜向你，歡喜向你傾心吐意，
　　深願與你永結為一，深願失去在你愛裏；
　　親愛上，我全心愛你，全心愛你不變不移，
　　深願活出你的自己，如此失去在你愛裏。

神在我們身上的愛，我們也知道也信。神就是愛，住在愛裏面的，就住在
神裏面，神也住在他裏面。

——約壹四16

⑲ 你是我的惟一

一、主耶穌，我心思念你，思念你待我的美意，
　　在我身上發生的事蹟，都有你愛的撫摸痕跡；
　　主耶穌，我心渴想你，渴想你的可愛自己，
　　無人無物能與你相匹，願我全心被你充滿洋溢。

（副）
　　親愛耶穌，你是我的惟一，除你以外，再無可靠可倚，
　　日日年年，晚霞、日落、晨曦，
　　有你陪伴，歡笑、孤單、淚涕；
　　親愛耶穌，我交出我自己，願你得著我餘生和微力，
　　求成全我逐日聖別像你，那日同顯在永遠榮耀裏。

二、主耶穌，我靈切慕你，切慕你成我的實際，
　　來吸引我快跑跟隨你，跟隨你愛的捨己蹤跡；
　　主耶穌，我靈依戀你，依戀你的愛光聖義，
　　遠離俗世，脫罪、死、肉體，願我全靈與你聯結成一。

除你以外，在天上我有誰呢？除你以外，在地上我也沒有所愛慕的。

——詩七三25

20 如今有你在

每一天期待你所有安排，跟隨你的領帥，
雖遇見陰霾，那怕是挫敗，願我與你合拍，
沒有一件事它可以阻礙，使我與你隔開，
我不再徘徊，你是我心所賴，因你愛我不改。
如今有你在，我心不驚駭，平安如江河湧出來，
脫去悲哀，喜樂自在，我渴慕依偎在你胸懷；
只要有你在，不怕受傷害，面對任何錯待，
你是我一切，我永遠的愛，我知你一直都在。

看哪，必有童女懷孕生子，人要稱祂的名為以馬內利。」（以馬內利繙出
來，就是神與我們同在。）
看哪，我天天與你們同在，直到這世代的終結。

——太一23，二八20下

(21) 祂永不忘記我

一、冰冷的心已成死灰，有何能使它復燃，
　　曾經嘗過主恩的滋味，如今他人已經離去，好遠；
　　在爐灰中我正懊悔，有一恩手來挽回，
　　打開趨向流蕩的心扉，祂竟前來，將我擁抱、撫慰。

（副）
　　哦！祂永不忘記我，哦！祂永不忘記我，
　　這是我口最愛題說，一生安息、歡欣、快活；
　　我今懇求主一件事，時常用愛觸摸我，
　　就在那日當你得國降臨時，主阿！求你記念我。
　　我今懇求主一件事，時常用愛觸摸我，
　　就在那日當你得國降臨時，主阿！求你記念我。

二、當神揀選、創造、救贖，祂心中都記得我，
　　復活、升天，作萬主之主，祂的歷程全然都是為我；
　　看哪，婦人焉能忘記她那喫奶的嬰孩，
　　為父的心怎可能放棄，不理不睬他所懷抱、摯愛。

婦人焉能忘記她喫奶的嬰孩，不憐恤她親生的兒子？即或有忘記的，我卻
不忘記你。

就說，耶穌阿，你來進入你國的時候，求你記念我。

——賽四九15，路二三42

㉒ 第一次

一、就在我走到盡頭，掙扎、苦鬥，猶豫了許久，
　　鼓足了勇氣，從心裏接受，第一次我讓自己放手；
　　第一次將祂喊出口，整個人開心的顫抖，
　　平安悄悄取代了憂愁，第一次嘗到真正自由。

（副）
　　在我信主多年以後，任憑時光流轉，再也不停留，
　　但若想起第一次的溫柔，眼淚還是會為歡喜而流；
　　在我信主多年以後，生命的伴侶、知心的朋友，
　　我願為祂　次次的守候，一生一世跟隨祂而走。

二、祂的愛如此深厚，施恩、眷顧、同情又俯就，
　　承受了我主生命和所有，第一次甘願為祂傾投；
　　第一次在人前表露，信主後我心常歌謳，
　　是祂滿足我人生要求，第一次承認，有祂足夠。

耶穌基督，昨日、今日、直到永遠，是一樣的。

——來十三8

23 全備的救恩

一、我原罪人，受罪長久的壓害，已成癱瘓起不來，
　　有誰能安慰，滿心悲戚向誰說，只得無助中躺臥；
　　一日主耶穌帶著情和愛，赦我罪愆，除我悲哀，
　　我就從罪得釋放，神前行走滿頌揚，我心充滿著新希望。

二、祂且向我呼召，（不看我低下）要我前來跟隨祂，
　　於是我答應，丟下污穢的工作，離棄罪惡的生活；
　　祂把我帶到神的筵席中，享受與神甜美交通，
　　是祂憐憫的提攜，竟能與神同坐席，與神聯屬，不再遠離。

三、何等美妙，我們跟隨的對象，竟是可愛的新郎，
　　最喜樂一位，我們一同圍繞祂，脫離宗教的作法；
　　祂是我的義，也是我生命，這個豐富何其充盈，
　　我們盡情的喫喝，何來禁食或忍餓，有祂我們真是快樂。

四、祂還是那安息日的真安息，一切影兒的實際，
　　祂從神那裏來作我們的食物，使我們因祂滿足；
　　祂是真大衛，為著神國度，率領我們爭戰出入，
　　我們跟隨祂前往，這位要來的君王，把神國度帶到地上。

五、至終祂要將我全人都醫治，有分祂生命分賜，
　　使我新又活，勝過所有的乾枯，我生命徹底恢復；
　　捆綁全解脫，死亡再不留，我今得享榮耀自由；
　　這個救恩太全備，我們要舉救恩杯，齊聲向祂發出讚美！

但要叫你們知道人子在地上有赦罪的權柄—於是對癱子說，起來，拿你的
臥榻回家去罷！那人就起來，回家去了。
但我告訴你們，在這裏有比殿更大的。還有，你們若明白甚麼是「我要的
是憐憫，不是祭祀，」就不會定無罪的為有罪了。

　　　　　　　　　　　　　　　　　　　　——太九6-7，十二6-7

24 活水泉源

一、我已尋到一生命泉源，來自天上，湧流人間，
　　歷經十架，將我苦水變甜，在復活裏，流進我裏面；
　　纔知這是我久所渴望，因這生命泉源喜樂、歡暢，
　　我的滿足隨它逐日深廣，它的豐富是無法測量。

（副）
　　請來取用這活水泉源，無須代價，只要你願，
　　祂賜活水甘甜，供應無限，必能使你意足心滿。

二、我因信得到救恩泉源，過犯、罪愆全得赦免，
　　寶血洗淨，有權進到神前，基督作我公義和完全；
　　每當我疲倦、困乏心灰，從這救恩泉源歡然取水，
　　使我有分神的神聖豐美，重新得力，憑信再跟隨。

三、我常來到這醫治泉源，照我本相，尋求愛憐，
　　它的供應允盈、溫馨超凡，勝過地上人來的恩典；
　　它是我每日生活祕訣，為這醫治泉源滿心感謝，
　　願我所有在此一一了結，主來居衷，並作我一切。

四、我今常飲於喜樂泉源，作我力量，詩歌，救援，
　　將我充滿，如同江河溢漫，榮耀之光照耀我魂間；
　　草必枯乾，而花必凋謝，喝這喜樂泉源，何來所缺，
　　主已應許，祂泉永不枯竭，一直湧流，成為我基業。

那日，必有一泉源為大衛家和耶路撒冷的居民開啟，洗除罪與污穢。
看哪，神是我的拯救；我要信靠祂，並不懼怕；因為主耶和華是我的力
量，是我的詩歌，祂也成了我的拯救。所以你們必從救恩之泉歡然取水。
人若喝我所賜的水，就永遠不渴；我所賜的水，要在他裏面成為泉源，直
湧入永遠的生命。

　　　　　　　　　　　　　　　──亞十三1，賽十二2-3，約四14

25 標明

一、你在永遠裏就是神兒子，那時並無人的本質，
　　一日，藉童女從聖靈而生，穿上人性，成為肉身；
　　為成功救贖，你來經過死，復活，標明為神兒子，
　　像一粒種子埋葬土下，結果開滿生命紅花。

二、你在復活裏，且成為那靈，今來分賜神聖生命，
　　我們因聽信，由那靈重生，如同你有兩種性情；
　　主，我們成為你的眾弟兄，在同樣標明過程中，
　　知道有你作我們模型—神許多眾子的說明。

三、軟弱又醜陋像我這等人，帶著墮落，罪的肉身，
　　竟能一步步變化且成聖，至終要得榮全像神；
　　我心要讚美神聖別的靈，將我天然變為神聖，
　　使我有分你復活大能，享受這標明的過程。

四、看，得贖之日就快要來到，神的眾子都進榮耀，
　　我卑賤身體得改變形狀，模成神兒子的形像；
　　哦，這是何等全備的救恩，得享完滿兒子名分，
　　神獨生愛子同神後嗣，完全彰顯神到永世。

論到祂的兒子，我們的主耶穌基督：按肉體說，是從大衛後裔生的，按聖
別的靈說，是從死人的復活，以大能標出為神的兒子。
因為神所豫知的人，祂也豫定他們模成神兒子的形像，使祂兒子在許多弟
兄中作長子。祂所豫定的人，又召他們來；所召來的人，又稱他們為義；
所稱為義的人，又叫他們得榮耀。

——羅一3-4，八29-30

26 來自更美家鄉的歌

就在第一次，我還記得，聽見一首首動人的歌，
隨著旋律不覺唱著，我心充滿平安喜樂；
於是就愛口唱心和，自從我靈與主聯合，
千山萬水，日夜跋涉，陪我走過崎嶇坎坷。

（副）

這是來自更美家鄉的歌，伴著所有天程的旅客，
他們暫居陋室寒舍，知道地上不過是影兒；
所以更加愛唱更美家鄉的歌，一路吟唱不離不捨，
引我遠處望見，比前更為顯赫。
喔，神的聖城光輝四射。

（尾奏）

等我進到聖城的那一刻，天地齊唱更美家鄉的歌。

你們要向耶和華唱新歌；全地都要向耶和華歌唱。
要向耶和華歌唱，頌讚祂的名，天天傳揚祂的救恩。
要在列邦中述說祂的榮耀，在萬民中述說祂的奇事。
因耶和華為大，當受極大的讚美；祂在萬神之上當受敬畏。

——詩九六 1-4

27 唱我們的歌

一、平常也會無意的哼著，那天一起唱的那首歌，
　　心中湧流喜樂的江河，解除人生所有的乾渴，
　　是那麼動人又詳和，原是屬於所有蒙愛者，
　　就在眾人期待的這一刻，同來響應唱我們的歌。

（副）
　　我們的歌有滿足的喜樂，我們的歌有永遠的福樂，
　　我們不會不唱，不會割捨，無論何種境地何種時刻；
　　有了祂，我們越享受越真，因著祂，我們越相愛越深，
　　為著祂，我們無法割分，向著祂永世的冠冕直奔。
　　我們的歌有滿足的喜樂，我們的歌有永遠的福樂，
　　但願愛主的人都來唱和，好使遠近的人也都記得。

二、我們歡聚盡情的唱著，無論身處順境或坎坷，
　　在此與主緊緊的聯合，享受主的憐憫和恩澤，
　　主大愛實豐富難測，不斷吸引每個蒙召者，
　　直到面見我王的那一刻，還要一起唱我們的歌。

耶和華阿，你一切所造的，都要讚美你；你的虔誠人也要頌讚你。

他們要講說你國的榮耀，談論你的大能，

好叫世人知道你大能的作為，並你國度的威榮。

——詩一四五10-12

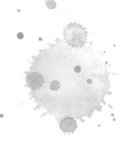

㉘ 發光如星

滿天星星都在對我微笑，為我每個夜空閃耀，
溫暖我心，使我全靈明亮，引我行在回家路上；
我不害怕，無論路多崎嶇，知道不遠夢要實現，
我不孤獨，因主愛不渝，再不久黎明要顯在眼前。
求主使我也能發光如星，直到顯在父的國裏！

通達人必發光，如同穹蒼的光輝；那使多人歸義的，必發光如星，直到永
永遠遠。

——但十二3

29　哼著詩歌的旋律

昂首闊步走向前去，哼著詩歌美妙旋律，
就算天空有風也有雨，我是天程的背包客旅；
漫步在救恩的自由和歡愉，享受神聖生命的療癒；
不時洋溢著永遠之愛的樂曲，自從與主相遇；
我們都是天程客旅，哼著詩歌美妙旋律，
願我們的心追隨祂，永不渝，直到那日在主前歡聚。

你們要稱謝耶和華，呼求祂的名，在萬民中傳揚祂的作為。
要向祂唱詩、歌頌，談論祂一切奇妙的作為。
要因祂的聖名誇耀；尋求耶和華的人，心中應當喜樂。
要尋求耶和華與祂的能力，時常尋求祂的面。

——詩一0五1-4

30 唱一首旅人之歌

一、這世界非我家，不再戀慕，我動身正前往我父的家，
　　我聽見耶穌說：「我是道路」，吸引我撇世界，來跟從祂；
　　哦，祂是我詩歌、生命、力量，伴著我歷艱辛，憂懼逃竄，
　　雖有時跋涉苦，引聲歌唱，祂恩典如江河，供應不斷。

（副）
　　教我唱一首旅人之歌，好讓我憑信昂首前行，
　　接續古聖們口唱心和，眾天使夜間也在聆聽；
　　我們一路唱著上行詩，與耶穌同行直到路終，
　　頌讚受造、被贖的故事，洋溢在回家的行列中。

二、生命原是一趟信仰之旅，從悔改到得榮，感恩頌揚，
　　是所有天路客心愛旋律，在每日生活中不住吟唱；
　　嚮往著與聖民一同過節，我們登神的山，到神的殿，
　　得享神與我們立的盟約，所有心願、期盼，就要實現。（接副歌）

（尾聲）
　　哦，就讓這首旅人之歌，在心中一直唱著，更加深刻……

我們在萬軍之耶和華的城中，就是我們神的城中，所看見的，正如我們所
聽見的。神必堅立這城，直到永遠。
神阿，我們在你的殿中，想念你的慈愛。
神阿，你受的讚美，正如你的名一樣，直到地極；你的右手滿了公義。
　　　　　　　　　　　　　　　　　　　　　　　——詩四八8-10

受苦得益
苦難中的安慰

7

月 July

我們進入神的國，必須經歷許多患難。　　　　　——徒十四22

我們這短暫輕微的苦楚，要極盡超越的為我們成就永遠重大
的榮耀。　　　　　　　　　　　　　　　　　　——林後四17

不久就無誤會怒罵與凌辱　　　就無孤單寂寞離別
我當寶貝這些不久的祝福　　　我藉這些與你聯結

主我羨慕早日看見你臉面　　　那是實在好得無比
但是我也不願免去你試煉　　　失去如此交通甜蜜

　　　　　　　　　　　　　　　　　　　——倪柝聲

01 恩典彀我用

一、哦，我主，你旨意叫人真難測度：
　　為何愛你的人常感覺軟弱，
　　為何世福得不著，亨通道路未見過，
　　為何許多患難還必須經過；
　　多少等待都落空，禱告也無影蹤，
　　長久苦痛卻依然在身中；
　　原來不是你不救，忍心不顧我淚流，
　　乃要照你旨意，不照我所求。

二、我知道凡你所作必定是最好，
　　我願我的心在你前常受教；
　　不是要你刺挪去，乃是求你恩加多；
　　主，得著我，一生惟靠恩而活；
　　我深處已能領會，你愛同你智慧，
　　使我甘心在此處你卑微；
　　是的，恩典彀我用，抓住主話作保證，
　　我今安枕在你能力覆庇中。

他對我說，我的恩典彀你用的，因為我的能力，是在人的軟弱上顯得完全。所以我極其喜歡誇我的軟弱，好叫基督的能力覆庇我。

——林後十二9

02 服在神大能的手下

一、任波浪洪濤漫過我身，藉損失、剝奪銷毀我人，
　　惟苦難、憂患速速來到，平坦、富裕瞬間脫逃；
　　獨陷入絕境，四圍封閉，好困迫我心向神而去，
　　因我所遭遇的是出於你，我就肅靜，默然不語。

二、神，願你煉淨我的渣滓，又願你除盡我的雜質，
　　既然這一切是你定奪，叫我得著基督更多；
　　使我行公義並好憐憫，而心存謙卑與神同行，
　　日復一日，將我變化、更新，那日模成我主榮形。

（副）
　　我服在神大能的手下，像祂愛子走向各各他，
　　心腸肺腑祂都鑑察，從最深處醫治、救拔；
　　我投靠在祂翅膀的陰下，安然等候，信祂話語必不差，
　　衰微的是我，興旺的是祂，惟願基督在我身顯大。

所以你們要謙卑，服在神大能的手下，使祂到了時候，可以叫你們升高。
神阿，求你恩待我，恩待我；因為我的心投靠你；我要投靠在你翅膀的陰
下，等到災害過去。

——彼前五6，詩五七1

(03) 原來

一、我曾走到了絕境，所有努力、掙扎都停，
　　若非苦難困我心，我人怎會俯首並稱臣；
　　你是主，是我的主，當我承認並求呼，
　　我竟得救、蒙恩並受惠，原來，你心中早已定規。

二、我曾多次的祈禱，祈禱之中迫切求討，
　　至終仍舊是落空，只得歎息，望天，天不動；
　　你是神，是我的神，我心敬拜並求懇，
　　你賜救贖、能力和智慧，原來，你都有萬全豫備。

三、我曾以為的順利，人所看為美好利益，
　　無法與你來相比，為我你有完美的設計；
　　你是愛，是我的愛，情愛深深，永不改，
　　在我一生度過的年歲，原來，你常是恩愛加倍。

（副）
　　原來，苦難是神化裝的祝福，如同火鍛煉我的魂生命，
　　原來，逆境是神最好的家僕，要使我的肉體得潔淨；
　　我今放手，全然信託，交在神大能的手中，
　　生死禍福，我亦不躲，跟隨主一直到路終。

但那全般恩典的神，就是那曾在基督耶穌裏召你們進入祂永遠榮耀的，等你們暫受苦難之後，必要親自成全你們，堅固你們，加強你們，給你們立定根基。
鼎為煉銀，爐為煉金；惟有耶和華熬煉人心。

——彼前五10，箴十七3

(04) 祂要救我到完全

一、想不到會有這改變，像一座城接連的塌陷，
　　我的所有化成了灰煙，強忍淚水，無言可問天；
　　當身處絕境的深淵，耶穌來到我虛空心間，
　　像黑夜中晨光出現，我的黑暗終於有了光線。

二、信主後，我漸漸發現，我的寶藏是珍藏於天，
　　不能朽壞、玷污或衰殘，奪我心眼，引我時望天；
　　當活在這美善之源，我的追求已全然改變，
　　我就脫離世俗、天然，逐日像祂更為聖別、屬天。

（副）
　　我就時常來到祂座前，一再從祂受憐憫，得恩典，
　　祂是長遠活著，高過諸天，要將自己傳輸到我裏面；
　　知道祂必照料我條件，在神前為我代求並美言，
　　我心因祂已經在天，祂是愛我，要救我到完全。

所以我們只管坦然無懼的來到施恩的寶座前，為要受憐憫，得恩典，作應時的幫助。
所以，那藉著祂來到神面前的人，祂都能拯救到底；因為祂是長遠活著，為他們代求。
因為祂一次獻祭，便叫那些得以聖別的人永久完全。
　　　　　　　　　　　　　　　　　　　——來四16，七25，十14

05 我心等候神

一、我的心阿，你當等候神，因我的盼望是從祂而來，
　　惟有祂是我魂的救恩，是我的磐石、盾牌和高臺；
　　神阿，你對我既是一往情深，就以恩典為我年歲的冠冕，
　　我的拯救、榮耀都在於神，我的避難所是在你裏面。

二、我的心阿，你當稱頌神，祂從灰塵裏抬舉貧寒人，
　　多方施恩，使其蒙恩寵，得以同坐在尊貴的人中；
　　神阿，求使我的心堅定恆忍，以你恩手領我一直到路終，
　　惟有你能使我滿足、歡欣，我一生的事都在你手中。

（副）
　　求你顧念我的呻吟，垂聽我呼求的聲音，
　　即使洪濤漫過我身，我仍要信靠，因你是我的神；
　　我心等候神，勝於守夜的等候天明，
　　等候你來臨，將我整個人全都復興。

我的魂哪，你當默默無聲，專等候神，因為我的盼望是從祂而來。惟獨祂是我的磐石和我的拯救，是我的高臺，我必不動搖。我的拯救和我的榮耀，都在於神；我力量的磐石，我的避難所，是在神裏面。
耶和華阿，我仍舊信靠你；我說，你是我的神。我一生的事在你手中；求你救我脫離仇敵的手，和那些追逼我的人。
我的魂等候主，勝於守夜的等候天亮，勝於守夜的等候天亮。

　　　　　　　　　　　　　——詩六二5-7，三一14-15，一三○6

06 一個更深的喜樂

一、哦主，你是人中聖者，雖然一生短暫、坎坷，
　　你與你的父始終相合，處處事事以祂為樂；
　　縱使勞碌是徒然無益，盡心盡力卻沒有功績，
　　「然而，我當得的賞報和公理，是在我神耶和華那裏。」

二、你的心裏謙卑、柔和，我要學你，負你的軛，
　　因為你的軛是容易的，你的擔子是輕省的；
　　雖然遭受非議和不屑，甘心捨己竟被人棄絕，
　　卻奪不走祂的安息和純潔，祂仍對神發出了感謝：

（副）
　　父阿，天地的主，我頌揚你和你意旨，
　　父阿，是的！因為你的美意本是如此。

（結）
　　我的心要跟著唱和，不為自己求任何所得，
　　一切是我神的恩澤，我有一個更深的喜樂；
　　我的靈要與神聯合，祂的道路是我所選擇，
　　順服神，將「我的」全捨，因祂是我更深的喜樂。

我卻說，我勞碌是徒然，我盡力是虛無虛空；然而我當得的公理是在耶和華那裏，我的賞報是在我神那裏。
那時，耶穌回答說，父阿，天地的主，我頌揚你，因為你將這些事，向智慧通達人藏起來，向嬰孩卻啟示出來。父阿，是的，因為在你眼中看為美的，本是如此。

　　　　　　　　　　　　　　　　——賽四九4，太十一25-26

07 我宣告

日光下少有新事能叫人滿足、安適，
經不住歲月，年日，衰敗中，逐漸消逝；
世上的功名、利祿，從未助你多些愛主，
反倒使人無法脫俗，進窄門並走狹路。

即便如此，凡信靠主的人必不至羞愧，
祂總不撇下我為孤兒，必要為我解危；
即或不然，我仍要仰望那保護我的必不打盹，
祂的愛如死之堅強，嫉妒如陰間之殘忍。

（副）

我宣告：在祂並無轉動的影兒，祂是神，是信實的大能者，
就算落在諸般的試煉中，我也要以為大喜樂；
我宣告：祂的應許都是「是的」，
並且對我也都是「阿們的」，
祂必信守諾言，創始且成終，哦，我的心日夜唱凱歌。

我的弟兄們，無論何時你們落在諸般的試煉中，都要以為大喜樂。
一切美善的賜與、和各樣完備的恩賜，都是從上頭，從眾光之父降下來
的，在祂並沒有變動，或轉動的影兒。
因為神的應許，不論有多少，在基督裏都是是的，所以藉著祂，對神也都
是阿們的，好叫榮耀藉著我們歸與神。

—— 雅一2，17，林後一20

08 知足

一、飽足也好，飢餓也好，富足也好，缺乏也好，
　　我知道怎樣處卑賤，也知道怎樣處豐富；
　　經過各樣事我都在學，在一切事上，我已得了祕訣。

二、貧苦祂受，患難祂受，羞辱祂受，釘死祂受，
　　祂嘗盡人生的滋味，成了我救恩與安慰；
　　跟隨祂腳蹤，討祂喜悅，所有的際遇，祂是我的祕訣。

（副）
　　我在那加力者的裏面，凡事都能作，都可以知足。

我並不是因缺乏說這話，因為我已經學會了，無論在甚麼景況，都可以知
足。我知道怎樣處卑賤，也知道怎樣處富餘；或飽足、或飢餓、或富餘、
或缺乏，在各事上，並在一切事上，我都學得祕訣。我在那加我能力者的
裏面，凡事都能作。

──腓四11-13

09 隨你而走

一、捨不得阿，心愛和家園，捨不得阿，親人和懷念，
　　無數溫情的畫面重顯在眼前，只是如今我不再留戀；
　　從未想到會有的巨變，從未想到會有這今天，
　　一張張恩慈笑臉仍依稀可見，就在此時我珍重再見。

二、向前走阿，默然拭眼淚，向前走阿，忍住心傷悲，
　　昔日友伴的反對、規勸或定罪，都更助我堅定而不悔；
　　我真知道所信的是誰，我真知道祂有新供備，
　　凡是祂心所喜悅若向著去追，就會看見神大能作為。

（副）
　　主耶穌，我願隨你而走，我決意向過去揮手，
　　雖然一切都得再從頭，我不害怕，卑微尋求、等候；
　　主耶穌，我被你愛所奪，祭壇火來將我鍛煉過，
　　使我忠誠，擔負起你的付託，餘下年日，為你所愛而生活。

於是耶穌對門徒說，若有人要跟從我，就當否認己，背起他的十字架，並
跟從我。

——太十六24

10 應許

一、有多少應許可以成真，無心的言語一諾千金，
　　當相信神，祂不像世人，說過的話永遠可靠可信；
　　人的軟弱失敗和遲鈍，絲毫不改變祂的真，
　　萬物更替改遷或變陳，但神的話像祂自己，依然如新。

二、有千萬應許都已成真，是神的話語震古爍今，
　　無論多少，盡都是阿們，你若信神就當信祂所云；
　　縱然人會失敗並失信，神仍顧念屬祂的人，
　　就算萬物改遷都變陳，惟神的話堅定在天，如日之恆。

（副）

　　任憑苦難如火鍛煉金銀，在神爐中煉我愈精，
　　將神應許抓牢緊緊，總不疑惑滿心確信；
　　與主同行在世為人，不憑眼見只憑信心，
　　靠主恩力站立得穩，直到應許實現，榮耀歸神。

因為神的應許，不論有多少，在基督裏都是是的，所以藉著祂，對神也都
是阿們的，好叫榮耀藉著我們歸與神。
總沒有因不信而疑惑神的應許，反倒因信得著加力，將榮耀歸與神，且滿
心確信，神所應許的，祂也必能作成。
　　　　　　　　　　　　　　　　　　　　——林後一20，羅四20-21

⑪ 基督為至寶

一、在之前我年少滿懷壯志，忙著盤算，極力奔跑，
　　多年後人看我不可一世，所有想要盡都得到；
　　但有天，一強光從天啓示，照我全身，主前仆倒，
　　我因祂，將萬事看作損失，得著基督，纔是上好。

（副）

　　世界的事我雖嘗試，世上的好對我心已死，
　　日光之下並無一新事，不過是功名、利祿、權勢；
　　與祂相比只是渣滓，我心鑑賞祂超絕、奇妙，
　　我將萬事看作損失，因我以認識基督為至寶。

二、我從前以為是贏得的事，我因基督算為虧負，
　　但如今我因祂虧損萬事，看作糞土，贏得基督；
　　至於我，只有一件事，就是：忘記背後，努力面前，
　　我要向上去得神的賞賜，竭力追求，直奔標竿。

只是從前我以為對我是贏得的，這些，我因基督都已經看作虧損。不但如
此，我也將萬事看作虧損，因我以認識我主基督耶穌為至寶；我因祂已經
虧損萬事，看作糞土，為要贏得基督。

弟兄們，我不是以為自己已經取得了，我只有一件事，就是忘記背後，努力
面前的，向著標竿竭力追求，要得神在基督耶穌裏，召我向上去得的獎賞。

——腓三7-8，13-14

⑫ 獻上讚美的祭

一、在腓立比的監牢裏，陰暗、潮濕，絕望之地，
    半夜傳出詩歌聲四溢，歡然獻上讚美的祭；
    忘卻疼痛、羞辱和逼迫，監門全開，鎖鍊盡脫落，
    靈裏高昂穿越過災禍，衝破一切限制，摸著寶座。

二、在提哥亞的曠野處，歌者穿著聖潔禮服，
    走在軍前向神齊稱祝：祂的慈愛永久常駐；
    正當眾人舉起歡呼手，大聲發出得勝的歌謳，
    仇敵滅絕，無一可逃走，我神是耶和華，大施拯救。

（副）

    我要開口，時時向祂讚美，以讚美為祭，一天獻上七回，
    儘管所處境遇叫人心灰，力不能勝，我也不後退；
    知道神並沒有改變或退位，仍坐在寶座上，信實、不悖；
    祂是良善、可稱頌一位，永遠不會錯，惟有祂是配；
    抬起頭，望著天，我心能領會：祂是愛我，顧念我卑微，
    願我一生讚美而敬畏，顯出神的榮耀，永不頹。

約在半夜，保羅和西拉禱告唱詩讚美神，眾囚犯也側耳聽他們。忽然地大震
動，甚至監牢的地基都搖動了，監門立刻全開，眾囚犯的鎖鏈也都鬆開了。
所以我們應當藉著耶穌，常常向神獻上讚美的祭，這就是承認主名之嘴唇
的果子。
但你耶和華是我四圍的盾牌，是我的榮耀，又是叫我抬起頭來的。
　　　　　　　　　　　　　　　——徒十六25-26，來十三15，詩三3

⑬ 耶穌的步伐

一、神子耶穌從天來臨，離棄寶座，撇下祂榮華，
　　歷經人世憂患、艱辛，從伯利恆直到各各他；
　　親近、救助痛悔的人，處處彰顯神的愛無價，
　　為了作成神的救恩，祂捨自己，將我們救拔。

（副）

　　十架上，祂張開雙手，替罪人承受了刑罰，
　　成救贖，祂垂下了頭，神從此可將人接納。

二、故當昂首，奮勇前進，一心追隨耶穌的步伐，
　　難免苦難試煉全人，我是門生，怎能高過祂；
　　儘管天空佈滿黑雲，雲中深藏神的愛何大，
　　都將化作恩雨降臨，全是憐憫，我一生所誇。

（副）

　　在那日，賞賜我晨星，得穿上日頭的光華，
　　我要像精金般純淨，返照主，得完全像祂。

（尾聲）

　　在永世，我依然愛祂，記念祂，耶穌的步伐。

祂雖然為兒子，還是因所受的苦難學了順從；祂既得以成全，就對凡順從
祂的人，成了永遠救恩的根源。
使我認識基督、並祂復活的大能、以及同祂受苦的交通，模成祂的死。

——來五8-9，腓三10

(14) 跟隨耶穌苦難的腳步

一、原是剛愎、自負的頑石，竟蒙救贖，勝過罪與死，
　　但我生命真實的性質，就像摻著雜質的金子；
　　即便遭受諸般的試煉，如同經過煎熬的火焰，
　　我不害怕，因有主同行，靠祂恩典越煉我越精。

（副）
　　跟隨耶穌苦難的腳步，死亡、邪惡已被祂征服，
　　看哪，祂張開施恩的手，垂下了荊棘刺破的頭；
　　不知罪的替我成為罪，作我忍耐、勇氣和謙卑，
　　我不孤單，有祂親自安慰，那日昇祂要擦乾我眼淚。

二、前面就是死蔭的幽谷，迫使我能堅定信靠主，
　　同祂歷經苦難的煉爐，就能同祂承受神國度；
　　火焰並不燒著在我身，目的是要煉淨我這人，
　　無論境遇多黑暗、殘忍，祂仍是神，祂是我的神。

所以那照神旨意受苦的人，也要在善行上，將他們的魂交與那信實的創
造主。
堅固門徒的魂，勸勉他們恆守信仰，又說，我們進入神的國，必須經歷許
多患難。
因為寶座中的羔羊必牧養他們，領他們到生命水的泉；神也必從他們眼中
擦去一切的眼淚。

——彼前四19，徒十四22，啟七17

⑮ 同祂患難與共

一、思念祂，獨自木上垂掛，為世人受盡罪的刑罰，
　　哀嚎中，父神離棄了祂，公義神得以將我接納；
　　祂替我擔當地獄之苦，我救主完成神的救贖，
　　以苦難終結邪惡、咒詛，祂的愛叫人無法測度。

二、在十架，愛與公義相遇，我看見神救恩的確據，
　　祂的手毫無保留給與，祂的愛完全得勝有餘；
　　苦難中我已學了順從，尊榮祂何其全智、全能，
　　煉淨我純然像祂成聖，憑著信，同祂患難與共。

（副）
　　在烈火之中，祂伴我同行，任苦難逞能，我也不驚恐，
　　因僕人不能高過他主人，耶穌成為我救恩的模型；
　　今所受苦楚至暫又至輕，將來的榮耀永久且極重，
　　當振作奮勇，不死就不生，至終要模成基督榮形。

你們蒙召原是為此，因基督也為你們受過苦，給你們留下榜樣，叫你們跟
隨祂的腳蹤行。
因為我們這短暫輕微的苦楚，要極盡超越的為我們成就永遠重大的榮耀。
愚昧的人，你所種的，若不死就不能生。
　　　　　　　　　　　　　——彼前二21，林後四17，林前十五36

⑯ 勿讓歌唱離你生活

一、勿讓歌唱離你生活，有時聲調雖微弱，
　　若無一事值得歡樂，停止歎息來唱歌；
　　縱然陰雲遮蔽方向，一時籠罩頭上太陽，
　　只要你肯用靈歌唱，陰雲消散，顯露光芒。

二、無人體會你的心境，惟有耶穌表同情，
　　生命相聯，苦樂與共，祂心與你能共鳴；
　　只管盡情向祂發聲，直到能力充滿你靈，
　　隨祂而往冉冉上升，迎向自由、喜樂、光明。

三、如何能懂喜樂可貴，若從不知愁苦味，
　　如何能覺白晝明媚，若未遇見深夜黑；
　　正當前景黯淡險惡，就是歌唱最好時刻，
　　要讓生命輝煌振作，勿讓歌唱離你生活。

（尾聲）
　　我要歌唱，再要歌唱，歌唱使我脫去捆綁，
　　主愛何大，主恩深廣，從我全人釋放。

我要一生向耶和華唱詩；我還活的時候，要向我神歌頌。
願祂以我的默念為甘甜；我要因耶和華喜樂。

——詩一〇四33-34

17 更深的醫治

一、我生命中碰到了難題，因而承受許多的苦，
　　幸好聽見大喜的信息，我心悔改，信了耶穌；
　　祂醫治我身體的痼疾，釋放我這罪的囚徒，
　　至於深藏內心的決意，還是牢牢由我作主。

二、生活之中我極力追求，有日脫離平凡、庸碌，
　　欲望無窮，只想要更有，常將願望當成救主；
　　願望實現，卻虛空依舊，徒留傷悲、殘缺事物，
　　但我的主仍安慰，俯就，來救治我心靈深處。

（副）
　　祂是神，賜下憐憫和恩典，我的所有罪祂都已赦免，
　　親自來實現我心之所願，滿足我內心所有的缺欠；
　　我拿起褥子，喜樂向前行，享受祂所賜美好的生命，
　　祂為我寫下人生新故事，如何成為我更深的醫治。

（尾聲）
　　當我行在這罪惡塵世，活在肉身，未見祂面時，
　　依然渴望祂生命的分賜，多方的拯救，更深的醫治。

耶穌見他們的信心，就對癱子說，孩子，你的罪赦了。
但要叫你們知道人子在地上有赦罪的權柄——就對癱子說，我吩咐你，起來，拿你的褥子回家去罷！

——可二5，10-11

18 平靜風和海

一、我的生活向來不存僥倖，我只想要掌控自己人生，
　　當主前來召我與祂前行，想必前途充滿一片美景；
　　途中忽然遇到狂風大作，暴雨肆虐，我船險些沉沒，
　　就在以為即將喪命之時，祂命令風和海全都靜止。

二、這人是誰，能力如此浩大，為何連風和浪都聽從祂，
　　誰也不能驚擾祂的安息，對祂信心能否不被搖曳；
　　哦，祂纔是那更大的約拿，為成救贖至終被釘十架，
　　親自捲入死亡終極風暴，拯救我們脫離風雨飄搖。

（副）
　　恩主，在我人生的路途上，有你在我不怕任何風浪，
　　平安之中緊緊隨你前行，苦樂不離，同你禍福與共；
　　同走過必經的無情風雨，愛著你、思念你，至死不渝，
　　深知你永不會與我分離，即便死臨到我也不放棄。

（尾聲）
　　主，你是掌管一切的主宰，能平靜我人生的風和海。

耶穌醒來，斥責風，又向海說，安靜罷！不要發聲！風就止住，大大的平
靜了。耶穌對他們說，為甚麼這樣膽怯？你們怎麼沒有信心？他們就大大
的懼怕，彼此說，這人到底是誰，連風和海也聽從了祂？

——可四39-41

⑲ 尊祂為大

一、是否我的道路從神隱藏，我的冤屈或許祂已忽略，
　　但你是神我心並不驚惶，你既揀選就斷不會棄絕；
　　我要抬起頭向高處舉目，究竟是誰創造如此萬象，
　　是你按數目將它們領出，一一點名，使其排列、發光。

二、是誰鋪張諸天，建立地基，且用手心測量諸水的深，
　　萬民就像水桶裏的一滴，又算猶如天平上的微塵；
　　這樣的知識實浩瀚、奇妙，我心仰望，救恩就已不遠，
　　看哪，主必像全能者臨到，祂的膀臂必要為祂掌權。

（副）

　　再大的艱難大到像高山，也大不過我神的指頭，
　　祂說過的話從來不徒然，祂以公義緊握我的手；
　　永遠的神創造地極的主，祂並不困倦，也不疲乏，
　　祂的聰明是我無法測度，我全心敬拜，尊祂為大。

（尾聲）

　　等候祂的必重新得力，他們必如鷹展翅上騰。

雅各阿，你為何說，以色列阿，你為何言，我的道路向耶和華隱藏，我的
冤屈被我的神忽略了？你豈不知道麼？你豈不曾聽見麼？永遠的神耶和
華，創造地極的主，並不疲乏，也不困倦；祂的聰明無法測度。疲乏的，
祂賜能力；無力的，祂加力量。就是少年人也要疲乏困倦，年輕人也必力
竭跌倒；但那等候耶和華的必重新得力；他們必如鷹展翅上騰；他們奔跑
卻不困倦，行走卻不疲乏。
願一切尋求你的，因你歡喜快樂；願那些愛你救恩的，常說，當尊神為大！
——賽四十27-31，詩七十4

⑳ 背起自己的十字架

一、主死而復活的事實，成了信徒事奉的原則，
　　主在世的日子，總是不活自己而向神活著；
　　祂不求自己的意思，存心順服來負神的軛，
　　不擅自說話並行事，一直聯於那差祂來者。

二、主公然向世人表示：子從自己不能作甚麼，
　　主如此盡祂的職事，我是僕人怎可以越過；
　　背起自己的十字架，不容讓魂獨立而逞能，
　　否認己，天天跟從祂，主的生命在心裏上升。

（副）
　　當轉換能力的源頭，因為肉體是無益的，
　　經過死就會有豐收，復活的纔被神認可；
　　立在倚靠神的地位，逐日模成基督的死，
　　願一生受靈的支配，珍賞主十架的價值。

（尾聲）
　　身上常帶著耶穌的治死，耶穌的生命也從我顯明。

耶穌對他們說，我實實在在的告訴你們，子從自己不能作甚麼，惟有看見
父所作的，子纔能作；父所作的事，子也照樣作。
我從自己不能作甚麼；我怎麼聽見，就怎麼審判；我的審判也是公平的，
因為我不尋求自己的意思，只尋求那差我來者的意思。
身體上常帶著耶穌的治死，使耶穌的生命也顯明在我們的身體上。
　　　　　　　　　　　　　　　　　　——約五19，30，林後四10

㉑ 得救與得勝

一、回首過往，罪惡轄我心，活著迷惘腳步遠離神，
　　但神愛我差愛子來尋，替我受死，救我免沉淪；
　　平息了律法的控訴，脫開了罪惡的捆束，
　　不再因怕死而為奴，我歡然得救歸耶穌。

二、復活的主今作我生命，何等生命，全有並全能，
　　在我裏面時光照、供應，無需我作，惟讓祂運行；
　　勝過了罪惡的權勢，消除了死亡的毒刺，
　　全是神生命的恩賜，祂使我得勝，永無止。

三、當我信心經過了試驗，神要照我所信的成全，
　　並非自己有甚麼改變，拒絕接受撒但的謊言，
　　今活著已不再是我，我因信神兒子而活，
　　喜歡誇自己的輭弱，好叫主能力覆庇我。

（副）
　　祂已賜我完全的救恩，就是基督作我一切，
　　是本於信且以至於信，使我全人與祂聯結；
　　我是如何信祂而得救，也就如何靠祂得勝，
　　不自為力我全然放手，獻上自己歸神為聖。

兒女既同有血肉之體，祂也照樣親自有分於血肉之體，為要藉著死，廢除那掌死權的，就是魔鬼，並要釋放那些一生因怕死而受挾於奴役的人。

死的毒刺就是罪，罪的權勢就是律法。感謝神，祂藉著我們的主耶穌基督，使我們得勝。

祂對我說，我的恩典夠你用的，因為我的能力，是在人的輭弱上顯得完全。所以我極其喜歡誇我的輭弱，好叫基督的能力覆庇我。

　　　　　　　　　　　　——來二14-15，林前十五56-57，林後十二9

㉒ 不為著未知憂慮

一、我不為著未知憂慮，未知的明天非我掌管，
　　過往既已隨風而去，所以當珍惜現有今天；
　　生命不是為著憂慮，因憂慮不能改變甚麼，
　　一心信靠天父應許，交祂手親自為我掌握。

（副）
　　是禍福，是得失或貴賤，祂的愛，祂的面，我所要，
　　牽我手經黑夜，歷苦難，煉淨我，得像祂，顯榮耀，
　　所有事的臨到，非偶然，我一生，祂已替我分好。

二、我不為著未知憂慮，因憂慮不能成就甚麼，
　　全人安穩在主話語，全由祂作主，為我定奪，
　　我心歡奏甜美樂曲，讚美祂，一路將我提握。

所以我告訴你們，不要為生命憂慮，喫甚麼，喝甚麼；也不要為身體憂
慮，穿甚麼。生命不勝於食物麼？身體不勝於衣服麼？
——太六25

㉓ 我不求

一、我不求今生在世通達，我身上帶著耶穌印記，
　　每當我凝望救主十架，思念祂為我費盡心力；
　　生於馬槽，終留空墓，傾倒自己，完成父旨意，
　　我怎可以先我的主，貪享世福，讓自己安逸。

二、我不求從人來的榮耀，不過是虛浮，不久變質，
　　心一旦被主深深擁抱，你就會越發愛祂不止；
　　一人不能事兩個主，追逐地樂，又要天賞賜，
　　那真自由總有約束，祂之於我甜美又真實。

（副）
　　願主十架作工在我身，像一烈火鍛煉我愈精，
　　與主同死，罪惡離我心，我漸衰減，我主漸擴增；
　　我既得到這宇宙至寶，竭力追求，夜以繼晝，
　　是祂滿足我心靈需要，愛祂事祂是我所求。

祂必擴增，我必衰減。

沒有人能事奉兩個主；因為他不是恨這個愛那個，就是忠於這個輕視那
個。你們不能事奉神，又事奉瑪門。

—— 約三30，太六24

24 贖回光陰

一、如浮雲，像流水，消失無蹤，來匆匆，去匆匆，似已成空，
　　日成月，月成年，年成一生，多勞苦，多愁煩，在不言中；
　　若非神諸般的憐憫，我何能蒙愛又蒙恩，
　　因著信，進入救恩門，我成為神珍愛的人。

二、在主前，人中間，常受福、恩，今聖靈藉主話光照顯明，
　　是憑己，是靠主，捫心自問，回首望來時路，歎息聲聲；
　　若非神寬容與恆忍，我怎能站立而生存，
　　惟靠主大愛和宏恩，我在神的道上直奔。

（副）
　　願主榮耀和美德，就此將我常吸引，
　　單單愛你和你的，脫離自我為中心；
　　縱然天地成一室，我在主裏被拘禁，
　　我心自由且安適，只要有你來親近。

（尾聲）
　　求我主所有的愛與恩，助我贖回逝去的光陰。

要贖回光陰，因為日子邪惡。
所以不要作愚昧人，卻要明白甚麼是主的旨意。
不要醉酒，醉酒使人放蕩，乃要在靈裏被充滿。

——弗五16-18

25 你的神就是我的神

一、此生走到了盡頭，因神懲治的手，
　　只是我心意已決，儘管指望都絕；
　　不要催我離開你，回去，不跟隨你，
　　除非死就此臨及，能使你我分離。

二、因愛，陪同你歸回，輕看屬地富貴，
　　只求能與你為伴，期盼神的眷憐；
　　我竟在神前蒙恩，如此卑微的人，
　　歸入了王室血脈，全是神的主宰。

（副）
　　不再回頭歡然揀選，你的神就是我的神，
　　作神產業是我所羨，你的民就是我的民；
　　是神作成美好姻緣，匹配給至親的親屬，
　　神的憐憫深廣無限，我竟得在基督的家譜。

路得說，不要催我離開你回去不跟隨你。你往那裏去，我也往那裏去；你
在那裏住宿，我也在那裏住宿；你的民就是我的民，你的神就是我的神。
你在那裏死，我也在那裏死，也葬在那裏。除非死能使你我相離，不然，
願耶和華重重的降罰與我。

——得一16-17

(26) 仍然相信

一、整夜勞苦，竟都成空，為何造化將人捉弄，
　　但依從我主的話，重新將魚網再撒下；
　　同樣的地點和等待，是祂將魚群都帶來，
　　親眼見證神蹟發生，撒下所有惟祂是從。

二、依常理看，無多希望，按邏輯想，前景渺茫，
　　惟祂是磐石、盾牌，作我避難所和高臺；
　　我要定睛在祂身上，祂有超自然的力量，
　　惟有我主說的纔是，持守信心，讚美不止。

（副）
　　縱然事情盡都不順，眼前環境令人下沉，
　　不憑眼見，眼見不全是真，不憑感覺，感覺常是矛盾；
　　在逆境中我選擇相信，仍然相信祂凡事都能，
　　祂是全能，我的上好福分，必要領我到祂豐盛之境。

耶穌站在革尼撒勒湖邊，群眾擁擠祂，要聽神的話。祂看見兩隻船停在湖
邊，打魚的人卻離開船，洗網去了。有一隻船是西門的，耶穌就上去，請他
把船撐開，稍微離岸，就坐下，從船上教訓群眾。祂講完了，對西門說，把
船開到水深之處，下網打魚。西門回答說，夫子，我們整夜勞苦，並沒有打
著甚麼，但依從你的話，我就下網。他們這樣作，就圍住一大群魚，網幾乎
裂開。他們便招呼另一隻船上的同夥來幫助。他們就來把魚裝滿了兩隻船，
甚至船要沉下去。西門彼得看見，就俯伏在耶穌膝前，說，主阿，離開我，
因我是個罪人。他和一切同在的人，都希奇這一網所打的魚。西門的夥伴，
西庇太的兒子雅各和約翰也是這樣。耶穌對西門說，不要怕，從今以後你要
得人了。他們把兩隻船靠了岸，就撒下一切，跟從了耶穌。

——路五1-11

(27) 這是正路

一、當你處在生命的轉角，左右為難，重擔壓心頭，
　　恐懼、慌張在心中翻攪，四處尋求幫助和援救；
　　主雖以艱難給你當餅，並以困苦給你當水，
　　但祂的恩慈終必顯明，只要你肯轉身，歸回。

二、倘若你或向左或向右，必會聽見後面聲音說：
　　「這是正路，當憑信持守，你要行在其間而振作；」
　　祂必然等候施恩與你，留在高處要憐恤你，
　　凡等候祂的便為有福，得勝、喜樂，力量十足。

（副）
　　得救在於回轉和安息，得力在於平靜和信靠，
　　向祂唱歌，像守聖節期的夜間一樣；
　　拋開所有憂傷和悲淒，投入祂的膀臂和懷抱，
　　心中喜樂，像人按笛聲而行進，前往。

（尾聲）
　　我們要去耶和華的山，到以色列的磐石那裏。

主耶和華以色列的聖者如此說，你們得救在於歸回安息；你們得力在於平
靜信靠；你們竟自不肯。

主雖以艱難給你當餅，以困苦給你當水，你的教師卻不再隱藏，你眼必看
見你的教師。你或向左、或向右，耳中必聽見後邊有話說，這是正路，要
行在其間。

你們必唱歌，像守聖別節期的夜間一樣；並且心中喜樂，像人按笛聲前
行，去耶和華的山，到以色列的磐石那裏。

　　　　　　　　　　　　　　　　　　　　——賽三十15，20-21，29

(28) 約瑟一生的事

一、默想約瑟一生的事，心裏純潔，為人正直，
　　自幼受父格外恩寵，又把夢境講給人聽；
　　遭受排擠，引起眾忌，他兄長們因嫉生恨，
　　藉機將他扔在坑裏，狠心出賣，亡命異地。
二、從一愛兒淪為家奴，內心從無怨歎、苦毒，
　　待王內臣如同主人，善盡自己管家本分；
　　不肯接受情慾誘惑，面對試探斷然逃脫，
　　心存敬畏，不行大惡，反倒顯為剛正不阿。
三、縱然蒙受不白之冤，身繫囹圄也不牛怨，
　　依然照顧身旁的人，歲月不改他的堅貞；
　　關愛他人過於自己，靜待等候拯救之期，
　　即便有日被升為高，依然謙遜，不自為傲。
四、通過神的豫言試驗，幼時異夢終於實現，
　　罪囚榮登一國宰相，萬人之上，倍受景仰；
　　知道解夢、治理之能，非出於他，是神所成，
　　財富、權力集於一身，不擅自取，全然歸神。
五、骨肉之親愛中相認，極其寬容，待以慈仁，
　　願以饒恕代替報復，無限恩情，慰藉、安撫；
　　深信一切是神主宰，有神奇妙、美好安排，
　　所有苦樂、卑賤榮華，只為完成神的計畫。
（結）
　　他的道路險阻、坎坷，在在顯出卓越品格，
　　或在低谷或在高峰，都見他的良善、忠誠；
　　他乃耶穌活的畫像，足以作主信徒榜樣，
　　願神在我生命長成，實現你在我身上的命定。

這樣看來，差我到這裏來的不是你們，乃是神。祂又立我作法老的父，作
他全家的主，並埃及全地的統治者。

——創四五8

㉙ 你們要完全

一、神的兒子成為人，為使人成為神的兒子，
　　祂是神聖的標本，要從祂產生許多複製；
　　耶穌說：你們要完全，像天父完全，一樣一式，
　　這是神註定的終點，要在你身上作成這事。

二、照神心意所喜悅，祂終必完成豫定計畫，
　　否則，祂不會停歇，無論要付出怎樣代價；
　　只要你信入祂裏面，許多事就會步入正軌，
　　順服祂，跟從祂向前，必然會使你臻至完美。

（副）
　　這命令不是妄想、虛談，也不是要人自行完成，
　　祂要讓自己的話實現，使我們成為祂的繁增；
　　個個如同一面明鏡，光彩奪目，毫無瑕疵，
　　返照祂的榮耀、權能、喜樂、良善，完美之至。

（尾聲）
　　這過程雖然會很漫長，其中的苦痛叫人難當，
　　但神的信實作人食糧，我要時時引聲頌揚。

所以你們要完全，像你們的天父完全一樣。
你當信靠耶和華而行善；住在地上，以祂的信實為糧。
你要以耶和華為樂，祂就將你心裏所求的賜給你。
當將你的事交託耶和華，並信靠祂，祂就必成全。
祂要使你的公義如光發出，使你的公平明如正午。

　　　　　　　　　　　　　　　——太五48，詩三七3-6

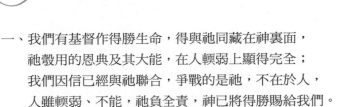

(30) 得勝的標記

一、我們有基督作得勝生命，得與祂同藏在神裏面，
　　祂夠用的恩典及其大能，在人輭弱上顯得完全；
　　我們因信已經與祂聯合，爭戰的是祂，不在於人，
　　人雖輭弱、不能，祂負全責，神已將得勝賜給我們。

二、我們要因你的救恩誇勝，在神的名裏豎立旌旗，
　　當一開口讚美，神就作工，我們的眼目單仰望你；
　　以色列的得勝必不說謊，祂不像世人，絕不後悔，
　　祂是至高的神，坐著為王，配得我們的所有讚美。

（結）
　　有祂在，我們不驚慌、憂慮，信靠祂，凡事上得勝有餘；
　　心雖苦痛，靈卻讚美不已，我們攜帶得勝的標記。

（尾聲）
　　祂賜與錫安悲哀的人，華冠代替灰塵，
　　喜樂油代替傷痛，讚美衣代替下沉的靈。

我們要因你的救恩得勝歡呼，在我們神的名裏豎立旌旗。願耶和華成就你
一切所求的。

賜給錫安悲哀的人，華冠代替灰塵，喜樂油代替悲哀，讚美衣代替下沉
的靈。

基督是我們的生命，祂顯現的時候，你們也要與祂一同顯現在榮耀裏。

祂對我說，我的恩典夠你用的，因為我的能力，是在人的輭弱上顯得完
全。所以我極其喜歡誇我的輭弱，好叫基督的能力覆庇我。

　　　　　　　　　　　　——詩二十5，賽六一3上，西三4，林後十二9

㉛ 得勝的旌旗

義人雖有許多患難，但神必要救他脫離；
當倚靠祂奮勇爭戰，支取祂為你贏得的勝利。
肉體時常試探欺凌，要攔阻那奔跑天路之人，
藉機與神聖靈相爭，你只要回轉順從你的神。

（副）

祂是主耶和華，我們得勝的旌旗，
呼求祂的名罷，祂已勝過眾仇敵；
不管爭戰再大，祂是耶和華尼西，
我們讚美高舉祂，贏得所有的勝利。

義人多有患難，但耶和華救他脫離這一切。

耶和華對摩西說，我要將亞瑪力的名號從天下全然塗抹；你要將這話寫在
書上作記念，又念給約書亞聽。摩西築了一座壇，起名叫耶和華尼西。

——詩三四19，出十七14-15

前行
追求並長進

8月 August

從聖經看，有今世（現今的世代）、來世（千禧年）、永世
（新天新地），我們每個人也就有今生、來生和永生。

神為我們豫備的全備救恩，依時代的經綸可分作三個階段：
靈的重生、（約三5~7、）魂的救恩、（彼前一9、）以及身
體得贖。（羅八23，腓三21。）

新約聖經許多地方都為我們證實，信主乃是一生的事、天天
的事，不僅關係生命的成長，（彼後一5~11，）更是一個向
前奔跑的賽程。（來十二1，腓三12~14。）這需要我們竭力
追求、長進而繼續前行。

01 跟隨

一、當我跟隨耶穌在地腳蹤，十字架深深印我心中，
　　步步看見祂是如何捨己，神生命從祂表露無遺；
　　祂像晨光從天放明，照亮罪人幽暗心靈，
　　使疲困心來歇祂愛胸臆；我們所有罪惡祂已忘記。

二、祂有最高同情，最深憐恤，祂知道每種人生境遇，
　　就是在悲慟人悽愴心底，也能見祂愛撫摸痕跡；
　　我今追想已過年日，處處都是你愛故事，
　　靈中逐日與你同行同止，深願有日與你一樣一式。

我魂緊緊的跟隨你；你的右手扶持我。

——詩六三8

02 應當一無罣慮

一、只要凡事藉著禱告祈求，帶著感謝，向神訴說、請願，
　　祂的平安如同軍隊駐守，必要保衛你的心懷意念；
　　救你脫離一切罣慮、憂愁，使你不受攪擾和侵犯，
　　祂已替你背負痛苦、罪咎，誠然擔當你我的憂患。

（副）
　　應當一無罣慮，因為主是近的，
　　要在主裏安居，就能常常喜樂。
　　將我們所要的告訴神，而活出謙讓宜人，
　　將一切的憂慮卸給神，因為祂顧念我們。

二、所有受壓、破碎、痛苦的心，都可以來向祂坦然親近，
　　憂慮罣心不是你的本分，祂恩賜的平安你可有分；
　　祂是信實、慈仁，永不會錯，你有權利盡力的祈求，
　　將你的事全然放心交託，交給祂那曾被釘的手。

當叫眾人知道你們的謙讓宜人。主是近的。應當一無罣慮，只要凡事藉著
禱告、祈求，帶著感謝，將你們所要的告訴神；神那超越人所能理解的平
安，必在基督耶穌裏，保衛你們的心懷意念。
你們要將一切的憂慮卸給神，因為祂顧念你們。

——腓四5-7，彼前五7

03 在瓦器裏有寶貝

一、無奈力量漸衰退，使我輭弱，常感覺心灰，
　　無奈生命和驕貴，在痛楚的身軀中漸憔悴；
　　就在我奮力掙扎已疲憊，哦，是你前來抱起，將我贖回，
　　你的愛給我溫暖、安慰，將我更新又來住在我心內。

二、從此不再有自卑，沒有感傷、悲歡和眼淚，
　　從此憐憫和恩惠，在悠悠的歲月中時相隨；
　　原來你神聖計畫早定規，是要我學習認識你的作為，
　　我的心如今已能領會，惟一所求是能與你相匹配。

（副）
　　哦，在瓦器裏有寶貝，正是我人生的描繪，
　　儘管外面的人一日日逐漸式微，裏面的人卻更有主榮美；
　　哦，在瓦器裏有寶貝，祂總是有神聖的供備，
　　儘管各面遭難，要將我這人銷毀，彰顯復活大能永不頹；
　　哦，主耶穌！我的寶貝，深願我能顯出你榮耀光輝。

但我們有這寶貝在瓦器裏，要顯明這超越的能力，是屬於神，不是出於
我們。

——林後四7

04 回到起初

一、當我走到了盡頭，常是驚恐、無助、煩憂，
　　我已是一無所有，回想過往，滿臉慚羞；
　　我是何等的虛空，只能獨自忍受苦痛，
　　我軟弱，無法力從，有一聲音，發自心中：
　　「起來！我依然愛你，前來！進入我的安息，
　　你身上有聖靈為印記，同來享受你的福氣。」
　　是主來將我撿起，從那懊悔塵土之地，
　　惟有祂始終不棄，是我遠離，狠心不理。

二、我又回到了起初，如何被愛、蒙恩、受福，
　　我有的何其豐富，喜樂、平安、心滿意足；
　　我要永遠在其中，向神讚美、敬拜、稱頌，
　　服事主，忠信、順從，討祂歡喜，直到路終。
　　主阿！我真是愛你，主阿！你是我的安息，
　　我身上有聖靈為能力，同來彰顯你的自己；
　　我已認識了自己，今生活在神計畫裏，
　　我一生跟隨不離，亦步亦趨，全心全意。

所以要回想你是從那裏墜落的，並要悔改，行起初所行的。

—— 啟二5上

05 數算自己的日子（詩篇九十篇）

你將我們的罪孽擺在你面前，
將我們隱藏的罪擺在你面光之中。
我們經過的日子，都在你盛怒之中；
我們度盡的年歲，好像一聲歎息。
我們一生的年日是七十歲，若是強壯可到八十歲；
但其中所矜誇，不過是勞苦愁煩，轉眼成空，
我們便如飛而去。
求你指教我們怎樣數算自己的日子，
好叫我們得著智慧的心，得著智慧的心。
求你使我們在早晨飽得你的慈愛，
好叫我們一生歡呼喜樂，一生歡呼喜樂！
求你照著你使我們受苦的日子，照著我們遭難的年歲，
叫我們喜樂，叫我們喜樂！

求你指教我們怎樣數算自己的日子，好叫我們得著智慧的心。

我打發到你們中間的大軍隊，就是群蝗、舔蝗、毀蝗、剪蝗，那些年所喫
的，我要補還你們。你們必多喫而得飽足，就讚美那奇妙對待你們之耶和
華你們神的名；我的百姓必永不羞愧。

——詩九十12，珥二25-26

06 無論景況如何

在追求信仰的道路上，有時晴空無雲，偶是陰，
常是寬闊、平坦，心歡暢，或遇艱難、險阻，靈下沉；
縱然四面受敵，不驚惶，因有耶穌作我避難所，
我在夜間憑信仍歌唱，安然躺臥在牀，全交託。

（副）
默想耶穌一生的行徑，細看許多信徒的見證，
他們無論在何種處境，總是活出優越的情形；
不是人的智慧和幹才，乃是神的信實和大愛，
祂也同樣愛我，不稍改，與我無間時刻的同在。

（尾聲）
無論我的景況如何，我心依然會唱詩歌，
哦，主耶穌—加我能力者，願我全魂充滿你的喜樂。

若不是耶和華幫助我，我的魂早已住在寂靜之中了。
我正說我失了腳，耶和華阿，那時你的慈愛扶持了我。
我裏面思慮繁多，那時你的安慰使我的魂歡樂。

——詩九四17-19

⑦ 神保守的能力

一、我信神既已施恩、拯救，也必施恩將我保守，
　　靠著主，我今天依然強壯，爭戰、出入都是一樣；
　　看，我的難處隨時都在，爭戰隨處也都會來，
　　但是我的力量那時如何，蒙神保守，現在還是如何。

二、所以，我不怕爭戰、難處，是要作我滋養食物，
　　只要我越過了高山峻嶺，有祂同在，足能得勝；
　　因主的手比萬有都大，有祂保守，我不害怕，
　　任憑誰都不能使我畏懼，不能從祂手中將我奪去。

（副）
　　你這蒙神能力保守的人，要專一跟從你的神，
　　仰望祂的應許必然成真，得著將要顯現的救恩；
　　因為知道我所信的是誰，也深信祂能保守我所託付的，
　　都必完整、全備，直到那日，進入神的國。
　　但願全人，靈與魂與身子，都蒙保守，合祂所要，
　　成為無可指摘，無瑕無疵，歡歡樂樂面見祂榮耀。

今天我還是強壯，像摩西打發我去的那天一樣；無論是爭戰，是出入，我的力量那時如何，現在還是如何。

那把他們賜給我的父，比萬有都大，誰也不能從我父手裏把他們奪去。

為這緣故，我也受這些苦難；然而我不以為恥，因為知道我所信的是誰，也深信祂能保守我所託付的，直到那日。

且願和平的神，親自全然聖別你們，又願你們的靈、與魂、與身子得蒙保守，在我們主耶穌基督來臨的時候，得以完全，無可指摘。

　　　　　　　　　　　——書十四11，約十29，提後一12，帖前五23

08 披戴基督

一、因著信，我成為神的兒子，且有了兒子的名分，
　　藉著浸，我舊人與主同死，我進而穿上了新人；
　　出於神，我今得在基督裏，站立在全新的地位，
　　在靈裏，我與祂聯結為一，這救恩可誇又全備。

二、基督是我生命，活在我裏，滿帶愛安家我心房，
　　之於我是何其親切、實際，像衣服穿在我身上；
　　享受祂無間時刻的同在，甚願在各面顯明祂，
　　配得過祂的選召和恩待，穿上祂，我蒙神悅納。

（結）
　　願主將我充滿、浸透，思想行為謙讓宜人，
　　全人向你歸順、倚投，行你旨意，討你歡心；
　　這是嶄新的生命樣貌，活出救恩而披戴基督，
　　彰顯耶穌的品德、美好，在我生活的事事處處。

總要穿上主耶穌基督，不要為肉體打算，去放縱私慾。
你們凡浸入基督的，都已經穿上了基督。

——羅十三14，加三27

⑨ 在得救的路上

一、記得那一天聽見福音，神的靈使我心生悔恨，
　　神因我的信稱我為義，我接受耶穌作挽回祭；
　　從罪的刑罰得赦免，靈裏重生有了真自由，
　　是神的憐憫和恩典，因祂的死，我已經得救。

二、當我進入神救恩之門，在信心路上持續前進，
　　因神是聖的，我當聖潔，在生活各面顯為聖別；
　　從罪的權勢得釋放，魂的救恩引我漸成熟，
　　在神生命中同作王，因祂的活，我一再得救。

三、我愛我救主，向你而活，交出了自己與你合作，
　　將身體獻上作一活祭，像奴僕服事，討主歡喜；
　　永恆的盼望，在那日身體得贖，今熱切等候，
　　脫離了敗壞的挾制，主一再來，我全然得救。

（副）
　　我的得救是一生的事，全然本於信以至於信，
　　神的救恩要達到極致，將我作成神恩愛標本；
　　是神在我心裏運行，使我作成自己的救恩；
　　求主將我全人復興，我在得救的路上直奔。

（尾聲）
　　天天奔走在得救的路上，我心我靈與身子都舒暢；
　　漸漸的模成主的形像，直到全人透出主榮光。

你們若持守我所傳與你們為福音的話，也必藉這福音逐漸得救，除非你們
是徒然相信。
得著你們信心的結果，就是魂的救恩。
不但如此，就是我們這有那靈作初熟果子的，也是自己裏面歎息，熱切等
待兒子的名分，就是我們的身體得贖。
　　　　　　　　　　　　　　　——林前十五2，彼前一9，羅八23

10 我在得救的過程中

一、信主多年，我纔看見得救是一生的經驗，
　　神的救恩何其完滿，它並非一次而永遠；
　　全都出於神的恩典，否則，我焉能有今天，
　　因信稱義，罪得赦免，卻要照行為受審判。

二、我曾迷惘，走到盡頭，正是神動工的時候，
　　心轉向主，向祂祈求，拯救我脫罪而自由；
　　因信蒙神能力保守，保全我在祂的能手，
　　我就不再冷淡、退後，一心認定祂向前走。

（副）
　　我當戰兢，信而順服，從稱義、成聖到得榮，
　　歡然行走生命窄路，長久在神的恩慈中；
　　在人不能，在神卻能，為我信心創始且成終，
　　奮力前進，直到見主，我在得救的過程中。

（尾聲）
　　我當善盡自己的責任，與神合作堅定而恆忍，
　　逐日脫離罪惡的影響，直到全然像主的模樣。

不但如此，就是我們這有那靈作初熟果子的，也是自己裏面歎息，熱切等待兒子的名分，就是我們的身體得贖。因為我們是在盼望中得救的；只是所見的盼望不是盼望，誰還盼望他所見的？
因為我們眾人，必要在基督的審判臺前顯露出來，叫各人按著本身所行的，或善或惡，受到應得的報應。

　　　　　　　　　　　　　　——羅八23-24，林後五10

⑪ 生活在基督的自由中

一、我的天性放蕩，不受拘束，任性驕縱，我行我素，
　　主竟為我釘死，成了咒詛，救我免去神的忿怒；
　　祂釋放了我得以自由，不再受奴役的軛挾制，
　　我心不再有焦慮、罪咎，得享神平安，喜樂終日。

二、我因聽信福音接受真理，罪得赦免，被神稱義，
　　基督作我生命，活在我裏，祂是愛我，為我捨己；
　　既在基督裏得到自由，就當在其中站立得穩，
　　不輕易讓它悄悄溜走，停下人的力，以信為本。

（副）
　　哦，蒙召原是為得自由，我從靈入門，繼續持守，
　　非行律法而得神稱許，靠聖靈治死肉體、私慾；
　　凡所行都應當出於愛，流露出對鄰舍的關懷，
　　藉著信讓愛充滿活力，熱切等候所盼望的義。

（結）
　　聖靈的風吹拂在臉龐，神恩如陽光灑在身上，
　　我們憑著聖靈而行走，享有不犯罪的真自由，
　　實行「愛人如己」的誡命，生活在基督的自由中。

基督釋放了我們，叫我們得以自由；所以要站立得住，不要再受奴役的軛
挾制。
弟兄們，你們蒙召原是為得自由；只是不可將自由當作放縱肉體的機會，
倒要憑著愛互相服事。

　　　　　　　　　　　　　　　　　　　　　　　——加五1，13

⑫ 奔向榮耀的自由

一、當我重生聖靈內住我裏，但我依舊帶著罪的身體，
　　肉體之中非但沒有良善，使我心思時常與惡交戰；
　　我認我是敗壞趨向流蕩，惡者、試探我是無力抵擋，
　　懇求赦罪的主施恩，救拔，投入你懷，我就不再掙扎。

二、神的兒子已經顯現出來，成功救贖，作我救恩元帥，
　　祂已得勝，消除魔鬼作為，救我脫害，不再受其支配；
　　我有基督在我心裏安家，祂比那在世界上的更大，
　　所需一切祂已為我成就，住在主裏，得享真正自由。

（副）
　　　堅定行走生命窄路，絲毫不給魔鬼留地步，
　　　不被惡者詭計蒙蔽，拿起屬靈爭戰的兵器；
　　　斷開所有黑暗枷鎖，衝破容易纏累的網羅，
　　　靠主負起應盡責任，作成一切並站立得穩，
　　　活在靈裏儆醒謹守，歡然奔向榮耀的自由。

犯罪的是出於魔鬼，因為魔鬼從起初就犯罪。為此，神的兒子顯現出來，
是要消除魔鬼的作為。

孩子們，你們是出於神的，並且勝了他們；因為那在你們裏面的，比那在
世界上的更大。

所以要拿起神全副的軍裝，使你們在邪惡的日子能以抵擋，並且作成了一
切，還能站立得住。

　　　　　　　　　　　　　　　　　　　　——約壹三8，四4，弗六13

13 僅此一生

一、生命何苦短，如過客匆匆，心頭常承受喘息的沉重，
　　在每個人生所經歷程中，追求我人的喜悅與成功；
　　既然已畫籌，就不容變更，心一旦謀定，便汲汲營營，
　　形單影隻，我踽踽獨行，僅此一生，我當受此題醒。

二、主，我真渺小，短視且虛空，卻常妨礙你在我身作工，
　　求聖靈照亮我心中眼睛，超越受限的時空與環境；
　　你手可拆毀我先前建築，全照你計畫，重排我前途，
　　獻上生命，我甘心順服，僅此一生，我願為你傾注。

（副）
　　主阿，你愛何深，遠超人能懂，但我的情心深深被打動，
　　我向你回應，求將我復興，渴望能與你同心並同行；
　　主，願你愛傾倒，好將我提升，使我靈剛強，常靠你誇勝，
　　就讓它成為我心的捆繩，因為知道我僅此一生。

我知道神一切所作的都必永存；無可增添，無可減少。神這樣行，是要人
在祂面前敬畏祂。

——傳三14

⑭ 討主的喜悅

一、一個曾遭受殘害的罪奴，有一天竟成了神愛的俘虜，
　　所有的愁苦因祂變歡欣，就在我心回轉，聽信了福音；
　　祂用大能的手拯救了我，又以榮耀、美德吸引我，
　　就願一生作祂忠信僕人，活出祂的寬宏與慈仁。

二、深知我乃是重價所贖買，哦，是我的救主流血的大愛，
　　如同一浪子失去又復得，是祂替我受死，今因主活著；
　　充滿感激之情，溢於言表，如此大愛我難以回報，
　　就願愛祂、事祂永不停歇，一心一意討主的喜悅。

（副）
　　求主賜給我順服的心，存心遵照你真理而行，
　　因僕人不能大於主人，走你的道路，堅定、恆忍；
　　我不愛從人來的榮耀，過於愛我神的榮耀。
　　就輕看羞辱，甘作卑小，我直望那日主的稱好。

所以我們也懷著雄心大志，無論是在家，或是離家，都要討主的喜悅。

——林後五9

⑮ 因信而活

一、回想信主的許多年間，跟隨祂的道路每個時段，
　　只是後來的真實經驗，枯燥、乏味的心情也會出現；
　　喜樂的濃度漸漸淡，鼓舞的時候漸漸短，
　　似在低谷，偶在高山，感覺常是起伏不斷。

二、這些都不是出於偶然，是神帶領的手其中掌管，
　　好叫我勝過人的情感，要我因信而活著，不憑眼見；
　　不以自己的需要看，看神的榮耀而向前，
　　相信祂是永不改變，祂的話語堅定在天。

（副）
　　因為義人必本於信，得生並活著，
　　我的心單單只要神，以神為樂；
　　求主用真理抓住我，學習憑著主，因主而活，
　　經過了試煉和琢磨，生命的榮美因主而閃爍。

只是義人必本於信得生。
因為神的義在這福音上，本於信顯示與信，如經上所記：「義人必本於信
得生並活著。」

——哈二4下，羅一17

⑯ 持守這一點敬虔

一、主阿，我在你面前承認，我是個一無是處的人，
　　我的無知、無有並無能，卻常使我羞愧、蒙塵；
　　求你寶血將我遮藏，願你的靈就來加強，
　　使我時常抬頭細望，你那審判臺前亮光。

二、我不知明天將會如何，不強求幸福怎樣贏得，
　　下一刻事有誰能掌握，終點一到，還剩甚麼；
　　道理只是蘆葦兵器，知識不過禾稭外衣，
　　望斷一切以及於你，主，我心纔有真安息。

（副）
　　我知道是誰掌管明天，我也知道幸福的來源，
　　所以，只管活在主面前，來持守這一點敬虔，
　　再強的壯士也難自舉，再大的成就終成空虛，
　　求拯救我脫離自欺、人愚，單單揀選基督，此生不渝。

耶和華我的磐石，我的救贖主阿，願我口中的言語，心裏的意念，在你面前蒙悅納。

——詩十九14

17 我心所誇

聽，涼風吹過，有一微聲輕喚著我，
任憑多次藏躲，再硬的心也會裂破；
看，晨光升起，照耀在我死蔭之地，
為我帶來神救恩無極，無一憂傷祂不能醫。

有何比這心更切，引頸期盼浪子歸，
凡信祂者總不棄絕，完滿救恩已齊備；
祂早豫知我膽怯，想要跟隨卻違背，
縱然否認主而失跌，「你心雖痛，切莫後退。」

（副）
我今仰望各各他，渴求贖罪的救法，
不禁潸然淚下，當我凝視你的十架；
所有追憶都成感慨，主，我藏身在你胸懷，
依然是恩，依然是愛，深深對我不曾稍改。

（尾聲）
主，你和你的十字架，永遠是我心所誇。

因為我曾定了主意，在你們中間不知道別的，只知道耶穌基督，並這位釘
十字架的。

——林前二2

⑱ 歸回

鳥兒飛得再高，總是要回到窩巢，
船隻航行路遙，需要有港灣停靠；
凡是出於塵土，終必歸於塵土，
既是受造之物，始終歸屬造物主。

走過年少，走過青春，雖也懵懂，偶似單純，
人生大半勞苦、勤奮，功名、利祿空留幾分；
曾是夢寐以求，求得，反覺不殼，
甚麼纔是「永久」，惟有主，我心為你保留。

（副）
求你發出你的亮光和真實，好引導我能歸回，
歸回你的聖山，歸回你榮美的居所；
求你指教我關乎生命的事，使我的心能敬畏：
敬畏你的權能，敬畏你的公義寶座；
求你悅納我餘下的年日，我的心阿，惟你是追，
一心追隨你，主，豐豐富富進入神永遠的國。

求你發出你的亮光和真實，好引導我，帶我到你的聖山，到你的帳幕。
神的神能，藉著我們充分認識那用祂自己的榮耀和美德呼召我們的，已將
一切關於生命和敬虔的事賜給我們。
這樣，你們就必得著豐富充足的供應，以進入我們主和救主耶穌基督永遠
的國。

——詩四三3，彼後一3，11

⑲ 叫飢餓的得飽美物

一、主，在你面前我何等淺薄，求你更深的來將我剝奪，
　　好使我成空，在我身工作，離了你，我就不能作甚麼。

二、已往的經歷雖豐富、美好，使我不自覺變得更自傲，
　　纔知我真是貧窮又渺小，求我主為我創造新需要。

三、所有的飽足原來自飢餓，再沒有器皿，油就止住了，
　　求聖靈動工，再造我飢渴，我需要重新與你辦交涉。

（副）
　　求主為我造「要你」的心，使我經歷你更多更深，
　　因你的憐憫，我得以更新，得享你自己逐日更甚；
　　飢渴慕義的真是有福，因主應許他必得飽足，
　　求不讓我失去對你的渴慕，好叫我一再得飽美物。

叫飢餓的得飽美物，叫富足的空著回去。
飢渴慕義的人有福了，因為他們必得飽足。

　　　　　　　　　　　　　　　　　——路一53，太五6

20 我的主我的至愛

一、世界上有許多可愛的事物，名和利與愛情，任人追逐，
　　但只是我的心似乎已死，因我所愛的祂不在此；
　　所留下的只是苦架和空墓，其他的我不愛，是我態度，
　　我向著世界存寡婦的心，再沒有事物使我歡欣。

（副）
　　哦！我的主，我的至愛，你真愛我，是以永遠的愛，
　　每一天，每一分鐘，想望、依戀、愛慕無終；
　　哦！我的主，我的至愛，我真愛你，生生世世，不改，
　　從今時直到來世，感恩、讚美、頌揚不止。

二、我已經信福音，歸入了救主，承受神的基業，樂享豐富，
　　在祂的聖名裏都是權益，我所需要的，祂全供給；
　　我喜歡倚靠祂並尊崇主名，或安樂或悲苦，與祂同行，
　　祂是我丈夫，是我的一切，祂沒有甚麼不能解決。

三、我現今等候祂那日的迎娶，同作祂的心愛—貞潔童女，
　　我已經許配了獨一丈夫，全心全意的獻給基督；
　　祂的愛因嫉妒以至於忌恨，我存著單一且純潔的心，
　　我全心全人已被祂所奪，其他都不要來攪擾我。

但就我而論，除了我們主耶穌基督的十字架，別無可誇；藉著祂，就我而
論，世界已經釘了十字架；就世界而論，我也已經釘了十字架。

我們若活著，是向主活；若死了，是向主死。所以我們或活或死，總是主
的人。

我以神的妒忌，妒忌你們，因為我曾把你們許配一個丈夫，要將一個貞潔
的童女獻給基督。

因為造你的，是你的丈夫；萬軍之耶和華是祂的名。救贖你的，是以色列
的聖者；祂必稱為全地的神。

——加六14，羅十四8，林後十一2，賽五四5

㉑ 深處的生活

一、生命的種子撒在人心裏，有的卻落在土淺石頭地，
　　土既不深，見它發苗最快，但經不起日頭的一曬；
　　只因心火熱，卻沒有根，無法充分的吸收主水分，
　　一旦有了患難、逼迫、試煉，站立不住，以至於枯乾。

二、求主挖去我心中硬石頭，拯救我脫離浮淺與稚幼，
　　在你面前有隱藏的生活，能以往下扎根並結果；
　　作一個時常與神親近，聽見主的話而戰兢的人，
　　仰望那在環境背後的主，引領我到豐盛的地步。

（副）
　　願我的心成為你關鎖的園，禁閉的井，封閉的泉，
　　全為你保留，只供你欣賞，惟獨你是超乎萬人之上；
　　願我就像黎巴嫩的香柏樹，在你裏扎根，發旺如五穀，
　　其中的榮華、枝條和香氣，滿足你心，怡悅你意。

我妹子，我新婦，乃是關鎖的園，禁閉的井，封閉的泉。

——歌四12

(22) 學主的樣式

走過了曲折、坎坷，人疲憊，心痛、悲哀，
常以為盼望絕了，我人生出路何在；
聽，有一呼召，奇特：（滿帶著憐憫和愛），
「凡勞苦、擔重擔的，可以到我這裏來，」
引我心轉悲為樂，信靠主，投入祂懷，
我竟能與神聯合，新人生就此展開。

祂是最美的一位，彰顯神榮耀和美德，
祂賜安息，真甜美，是為著每個信祂者；
心裏柔和又謙卑，不曾有威嚇或苛責，
總是俯就並安慰，帶來神恩典，你能得。

（尾聲）
愛主，真願與你相調和，前來負你擔子和你軛，
處處事事學你的樣式，心裏謙和，使人得安適。

凡勞苦擔重擔的，可以到我這裏來，我必使你們得安息。我心裏柔和謙卑，因此你們要負我的軛，且要跟我學，你們魂裏就必得安息；因為我的軛是容易的，我的擔子是輕省的。

——太十一28-30

㉓ 奔跑賽程

看哪，我們救恩元帥，坐在神寶座的右邊，
祂已清償世人罪債，抵達了路程的終點；
為我們供備的福分，都是更美，在諸天上，
新盟約與祭司職任，真帳幕和屬天家鄉。

（副）
故當忘斷以及於耶穌，我信心的創始、成終者，
我今為祂輕看羞與辱，揮別世途，擺脫罪中樂；
奔那擺在前頭的賽程，我常在夜間來歌唱，
一路跟隨開路的先鋒，吸引我向上去得獎賞。

（尾聲）
下垂的手，發酸的腿，憑著信挺起來，
沉重的擔，纏累的罪，因著愛全拋開，
奔跑賽程，不稍後退，直到面見我心愛。

祂是神榮耀的光輝，是神本質的印像，用祂大能的話維持、載著並推動萬
有；祂成就了洗罪的事，就坐在高處至尊至大者的右邊。
所以，我們既有這許多的見證人，如同雲彩圍著我們，就當脫去各樣的重
擔，和容易纏累我們的罪，憑著忍耐奔那擺在我們前頭的賽程，望斷以及
於耶穌，就是我們信心的創始者與成終者；祂為那擺在前面的喜樂，就輕
看羞辱，忍受了十字架，便坐在神寶座的右邊。
所以你們要把下垂的手，癱弱的膝挺起來。

——來一3，十二1-2，12

(24) 思念上面的事

一、這世界有許多美好事物，牽引人們的夢想和幸福，
　　但背後多隱藏貪婪之惡，少有人可以超脫而割捨；
　　人的心像洋海深廣無限，很難有長久滿足和稱羨，
　　使偶像漸成為生命重心，篡奪神在人心中的位分。

（副）
　　耶穌以死救贖我這罪奴，這代價何其大誰能償付，
　　祂是神無條件、犧牲的愛，我全人當向祂讚美、敬拜；
　　認定祂是人中之第一人，今聖靈開我眼並奪我心，
　　我的心常思念上面的事，寄情於祂所作和祂價值。

二、我何難將世界釘在十架，不再被欲望、貪念所管轄，
　　當如何把偶像逐出心扉，不是因勸勉、立志或懊悔；
　　若不是認識神信實廣大，就不曾獻上心愛的以撒，
　　那蒙福的記號：自覺攤弱，是蒙神憐憫和愛的一摸。（接副歌）

（尾聲）
　　我的心像洋海深廣無限，基督成為我滿足和稱羨。

所以你們若與基督一同復活，就當尋求在上面的事，那裏有基督坐在神的
右邊。你們要思念在上面的事，不要思念在地上的事。

——西三1-2

㉕ 我求一件事

一、我求一件事，就是每一天，都蒙記念，都能算數，
　　這是我禱告，也是我心願，求主成全，免我虛度；
　　願你鑑察我，心思和意念，脫離虛妄、無你事物，
　　你恩賜我用，藉愛來掌權，聖化我心，供你居住。

（副）
　　主阿，求你施恩與我，時常顧念我的輭弱，
　　賜給我長久的忠誠，並使我認識你權能；
　　願你逐日維持的力，領我進入甜美、安息，
　　我的心願你全滿足，榮美之主從我活出。

二、現今的日子，邪惡又危險，叫人迷惘，不易跟隨，
　　求主保守我，不遇見試探，時刻儆醒，不稍後退；
　　在每件事上，平順或為難，依然喜樂，信而順服，
　　在每個時候，如願或悲歡，靠恩而活，是我所慕。（接副歌）

（尾聲）
　　願我所祈求的這件事，蒙主垂聽，從今時到那日。

我愛耶和華，因為祂聽了我的聲音，我的懇求；祂既向我側耳，我一生要
呼求祂。

——詩一一六1-2

26 像慷慨的父一樣

一、我曾在罪的野地為奴，生性貪婪，高傲又自私，
　　但神以恩典將我救贖，為我捨了祂獨生愛子；
　　想到如今擁有的一切，都因著神是我賜與者，
　　油然生發出滿滿感謝，恩待我這忘恩、作惡的。

二、主耶穌翻轉我的生命，使我蒙福，心繫神國度，
　　同活在救贖的喜樂中，在財務上尊榮神救主；
　　積攢財寶在諸天之上，真知道神是我獎賞者，
　　願我像慷慨的父一樣，到神的殿，獻上當納的。

（副）
　　懇求神在我心裏動工，賜我一個無私、慷慨心，
　　將無定錢財投於永恆，在受託的小事上忠信；
　　追隨與天父的心合拍，好好盡我管家的職分，
　　將聖物從家裏拿出來，讓祂多多賜福給別人。

（尾聲）
　　哦，我的神既慷慨又大方，捨去愛子也不吝惜，
　　但願我能像天父一樣，無所保留，獻上為祭。

但你們要愛你們的仇敵，也要善待他們；並且要借給人，不指望償還；你
們的賞賜就必大了，你們且要成為至高者的兒子，因為祂恩待那忘恩的和
作惡的。
只要為自己積蓄財寶在天上，天上沒有蟲蛀、鏽蝕，也沒有賊挖洞偷竊。
　　　　　　　　　　　　　　　　　　　　　——路六35，太六20

27. 蒙福的人生

一、我阿，生來就是予取予求，總是盡力籠羅一切所有，
　　生活之中卻常罣慮、憂愁，不得自由，直到蒙恩之後；
　　認識了神奇妙、慷慨的愛，捨了愛子，為要將我贖回，
　　就願學習像祂，將手鬆開，讓主在我生命中居首位。

二、我當記念耶和華，我的神，得財富的力量是祂給的，
　　求賜給我無私、慷慨的心，將祂富足向人多多施捨；
　　我的所有都是神的賜福，祂是主人，我只是祂管家，
　　以財物和一切初熟之物，一心尊榮我的神，耶和華。

（副）

　　今我回應神美好應許：（奉獻財物在神的國裏），
　　你的倉房必充滿有餘，你的酒醡有新酒盈溢；
　　就願脫去貪婪和自私，作個管道傳遞神豐盛，
　　珍賞給與和分享的價值，從此擁有蒙福的人生。

（尾聲）

　　從起初，豐富且慷慨的神，就已定意要賜福給人，
　　人若遵行神賜福的法則，必定會有滿足的喜樂。

所以你要謹守耶和華你神的誡命，行祂的道路，敬畏祂。

你要記念耶和華你的神，因為得財富的力量是祂給你的，為要堅定祂向你
列祖起誓所立的約，像今日一樣。

你要以財物，和一切初熟的出產，尊榮耶和華。這樣，你的倉房必充滿有
餘，你的酒醡必盈溢新酒。

——申八6，18，箴三9-10

㉘ 更是奇恩

一、藉著榮耀、羞辱，藉著美名、惡名，
　　似乎是迷惑人的，卻是真誠的；
　　似乎不為人知，卻是人所共知，
　　似乎天天在死，卻是活著的。

二、似乎受了管教，卻是不被治死，
　　似乎是憂愁不樂，卻常常喜樂；
　　似乎貧窮、困苦，卻叫多人富足，
　　似乎一無所有，卻擁有萬有。

（副）
　　神的基督活在我裏，這乃是神救恩的奧祕，
　　看來似乎是矛盾，卻叫生命長進；
　　祂是寶貝在瓦器裏，要顯明這超越的能力，
　　全然是屬於神，並不是出於人，看似矛盾，更是奇恩。

但我們有這寶貝在瓦器裏，要顯明這超越的能力，是屬於神，不是出於我
們；我們四面受壓，卻不被困住；出路絕了，卻非絕無出路；遭逼迫，卻
不被撇棄；打倒了，卻不至滅亡；身體上常帶著耶穌的治死，使耶穌的生
命也顯明在我們的身體上。因為我們這活著的人，是常為耶穌被交於死，
使耶穌的生命，也在我們這必死的肉身上顯明出來。

—— 林後四7-11

29 不再是我乃是基督

一、我在基督的死裏，已經被釘死，
　　基督在祂的復活裏，活在我的裏面；
　　並非兩個生命替換，乃是生命的接枝，
　　正如樹與枝子結聯，在祂與我之間。

二、藉這神聖的切割，我已經死了，
　　得與祂生機的聯合，現今向神活著；
　　祂的生命征服、吞滅，我的軟弱與缺陷，
　　得享祂的豐富、卓越，還要從我彰顯。

（副）
　　主，藉你復活生命之靈，以大能產生新造的我，
　　與你同有一個生命，與你同過一個生活；
　　當我離開你，向你單獨，失去神同在，不能作甚麼，
　　就願與你相聯相屬，經歷與你同死同活。

我已經與基督同釘十字架；現在活著的，不再是我，乃是基督在我裏面活
著；並且我如今在肉身裏所活的生命，是我在神兒子的信裏，與祂聯結所
活的，祂是愛我，為我捨了自己。

——加二20

30 耶穌—我的主人

一、我曾在罪的世界裏浮沉，在名和利的追逐中打滾，
　　每當夜深人靜，清醒時分，聲聲歎息，盡是愁悵、悔恨；
　　有一日，無意聽見了福音，我心終於有了平安與溫馨，
　　我就起身呼求，擦去淚痕，欣然接受主奇妙的救恩。

（副）
　　耶穌！我歡喜承認，今生今世，你是我的主人，
　　你愛你恩難以言陳，無人像你如此親切、慈仁，
　　耶穌！我甘心委身，在神家中作一聽命僕人，
　　尊你為大，盡我本分，愛你事你，討你歡心。

二、我寶貴在基督裏的身分：我是個罪人竟蒙了主恩，
　　知道你對我是一往情深，我願交出，對你更加認真；
　　每早晨樂於聽見你聲音，我歡喜瞻仰你，在殿裏求問，
　　追尋你的豐富，逐日更甚，也能顯在我這不配之身。

倘若奴僕明說，我愛我的主人和我的妻子兒女，不願意自由出去；他的主
人就要帶他到審判官那裏，又要帶他到門或門框那裏，用錐子穿他的耳
朵，他就永遠服事主人。

——出二一5-6

㉛ 生死之交

一、初次與你在恩中相會，我心懇求赦免我的罪，
　　知你為我親嘗死味，我細望你十架的光輝；
　　為拯救我能出死入生，甘願降卑好將我提升，
　　因愛而來，終將命喪，帶我脫黑暗，進你奇妙之光。

（副）
　　因為愛如死之堅強，嫉妒如陰間之殘忍，
　　在我心上銘刻你形像，配作你恩愛的標本；
　　這愛眾水不能熄滅，這愛洪水也不能淹沒，
　　經過生死之交的歲月，有分你榮耀的天國。

二、從此將我擁在你心懷，無視我的頓弱與敗壞，
　　願你興盛而我衰微，好活出你生命的榮美；
　　今為使你能悅納、歡心，我背十架、捨己，喪失魂，
　　安家我心，逐日雕琢，有日能達到那傑出的復活。

求你將我放在你心上如印記，帶在你臂上如戳記；因為愛如死之堅強，嫉妒
如陰間之殘忍；所閃的光是火的閃光，是耶和華的烈焰。這愛，眾水不能熄
滅，洪水也不能淹沒。若有人拿家中所有的財寶要換這愛，就全被藐視。
使我認識基督、並祂復活的大能、以及同祂受苦的交通，模成祂的死，或
者我可以達到那從死人中傑出的復活。

　　　　　　　　　　　　　　　　　　　　——歌八6-7，腓三10-11

教會生活
肢體關係

9月 September

根據新約聖經的記載，從主耶穌出來盡職，呼召、選立並培訓門徒起，直到釘死、復活、升天，我們看見了教會的雛型。到了五旬節那天，聖靈澆灌下來，教會就產生了。從行傳、書信和啟示錄，整個可說是教會的發展和擴增，同時也是教會生活的實行和寫照。

基督是神的奧祕，（西二2，）教會是敬虔的奧祕，（提前三15～16，）基督與教會是極大的奧祕。（弗五32。）基督是頭，教會是祂的身體，我們每個信徒乃是身體上的肢體。可見，過正當的教會生活，其重要性不言而喻。

這樣，你們不再是外人和寄居的，乃是聖徒同國之民，是神家裏的親人。

——弗二19

01 歡迎你

一、不管你來自何地，不管你要去那裏，
　　既在主裏相遇，讓我們盡情歡聚；
　　事情縱有不如意，心情空轉多歎息，
　　拋開煩惱和憂慮，哼一哼詩歌旋律。

（副）
　　我親愛的朋友，歡迎你來到這裏，
　　我們都愛你，因耶穌最愛你，
　　召會生活需要你，這裏一切都屬你，
　　期待你再來這裏，記得我們都會想念你。

二、歇下你重擔勞力，放開你束縛壓抑，
　　唱出高興歡喜，呼吸清新的空氣；
　　享受聖潔的情意，品嘗甜美和安息，
　　平安喜樂帶回去，好不再煩悶、空虛。

你們若照著經上「要愛鄰舍如同自己」的話，成全這君尊的律法，你們就
作得好了。

——雅二8

02 我們成為一家人

一、我們成為一家人，因著父神彼此親近，
　　都是神家的親人，每次見面倍覺歡欣；
　　因著父神蒙恩寵，因著父神得成聖，
　　因著父神同承受榮耀基業的豐盛，
　　進入神子的交通，滿心喜悅來歌頌，
　　我們愛中聯結，活在生命的光中。

二、我們成為一家人，因著耶穌同受吸引，
　　都是神愛的奇珍，聚在一起享恩無盡；
　　因著耶穌得潔淨，因著耶穌入光明，
　　因著耶穌同彰顯死而復活的生命，
　　喜樂榮耀同分享，苦難憂傷同擔當，
　　我們愛中建造，願神的家更興旺。

這樣，你們不再是外人和寄居的，乃是聖徒同國之民，是神家裏的親人。

——弗二19

03 愛使我們相聚一起

因著愛，我們又再次相聚，訴說恩典、安慰和鼓勵；
享受靈的交通、慈心、憐恤，我們喜樂、滿足且洋溢。
愛裏沒有懼怕，完全的愛把懼怕驅除；
同作肢體，相互提攜、接納，同蒙天召，奔跑生命路。

愛使我們相聚一起，彼此相愛，心心相繫，
有聖潔情意，讓世人都知道：這愛是在基督耶穌裏！
愛使我們建造一起，持守真實，聯調為一，
有生命實際，讓世人都看見：永遠的愛就是神自己！

所以在基督裏若有甚麼鼓勵，若有甚麼愛的安慰，若有甚麼靈的交通，若
有甚麼慈心、憐恤，你們就要使我的喜樂滿足，就是要思念相同的事，有
相同的愛，魂裏聯結，思念同一件事。
是高，是深，或是別的受造之物，都不能叫我們與神的愛隔絕，這愛是在
我們的主基督耶穌裏的。
愛神的，也當愛他的弟兄，這是我們從祂所受的誡命。

——腓二1-2，羅八39，約壹四21

288　清晨的日光

04　神的家屬於你和我

一、我們蒙召來自各方，在主裏融合為一，
　　主已拆毀隔斷的牆，將我們緊緊相繫；
　　患難中同魂更能忍受，爭戰中同靈更加堅守，
　　彼此服事相互信任，在主裏我們是一家人。
　　讓冰冷心變得溫馨，讓愁苦人得以歡欣，
　　讓生命的祝福在此永遠常新；
　　讓弟兄們剛強開拓，讓姊妹們歡喜快活，
　　讓天父的家屬於你和我。

二、我們蒙召不再流蕩，在家裏生活　起，
　　神的愛在心裏流淌，神的靈澆灌滿溢；
　　生命中一同追求長大，身體中一同事奉配搭，
　　一人受苦眾人心傷，一人得榮眾人靈高昂。
　　讓主的名被尊為聖，讓主的話大大得勝，
　　讓生命的水流因此加倍豐盛；
　　讓神的心尋得安息，讓神的殿興旺不已，
　　讓我們永遠同心並合意。

因祂自己是我們的和平，將兩下作成一個，拆毀了中間隔斷的牆，就是仇恨。
因為藉著祂，我們兩下在一位靈裏，得以進到父面前。這樣，你們不再是外人和寄居的，乃是聖徒同國之民，是神家裏的親人。
　　　　　　　　　　　　　　　　　　　　——弗二14，18-19

05 嚮往

那是我心嚮往地點，在神選立榮美錫安聖山之巔，
住著一位可愛超凡，祂的聖徒和眾天使圍繞其間。
那裏有歡樂頌讚，交織著恩愛無限，
因著祂，世上一切都變得美好甘甜。
光輝溢漫映著容顏，阿，我的心所有的渴求飄向那邊。

我又來到嚮往地點，何等快樂，現今又能歡欣如願，
喜見你們得享平安，柔愛溫情在我眼前真實重現。
我們同在主裏面，相愛相親又相聯，
本於祂，彼此建造更顯為美麗屬天。

因為耶和華揀選了錫安，願意當作自己的居所，
說，這是我永遠安息之所；我要住在這裏，因為是我所願意的。
我要豐厚的賜福與其中的糧，使其中的窮人飽得食物。
我要使其中的祭司披上救恩，其中的虔誠人大聲歡呼。
我要叫大衛的角在那裏長出；我為我的受膏者豫備明燈。

——詩一三二13-17

06 當彼此洗腳

一、耶穌知道自己即將離世，就要歸回天父，
　　祂豫備好要為世人受死，完成神的救贖；
　　祂既愛世間屬自己的人，就愛他們到底，
　　我主集愛與權力於一身，反倒降卑自己。

二、看哪，我主顯得何其謙遜，像一奴僕束腰，
　　脫下外衣，親自離席、屈身，來為門徒洗腳；
　　屬地的污穢因此得潔淨，與祂一同坐席，
　　歡喜前來享愛筵，有交通，並能彼此維繫。

（副）
　　祂是主，尚且謙卑自己，我們也當彼此洗腳，
　　祂顧念每個心的希冀，就願我們互相關照；
　　若有人想要為大、居上，就當為僕，為眾人服事，
　　祂已給我們立了榜樣，願我因愛，也像祂如此。

耶穌知道父已將萬有交在祂手裏，且知道自己是從神出來的，又要往神那
裏去，就起身離席，脫了外衣，拿一條手巾束腰。隨後把水倒在盆裏，就
開始洗門徒的腳，並用自己所束的手巾擦乾。
我是主，是夫子，尚且洗你們的腳，你們也當彼此洗腳。我給你們作了榜
樣，叫你們照著我向你們所作的去作。

——約十三3-5，14-15

07 陳列你的死

一、主，我們聽你當日囑咐，同心來聚集，
　　無不是受你愛的催促，同赴你的筵席；
（副）
　　　一次次我們陳列你的死，一步步被你取替，直到那日。
　　　當我們注視桌上表記，滿心是感激，
　　　知你為我來親臨死地，將你自己捨棄。

二、身掛木架如餅被擘開，你將命倒出，
　　水血和愛流自你胸懷，為我你受咒詛；
（副）
　　　一次次我們陳列你的死，一步步被你取替，直到那日。
　　　所以我們纔蒙神赦免，不再被定罪，
　　　歡喜、平安來到神面前，同領救恩福杯。

三、你死釋放神聖的生命，今在復活裏，
　　一粒麥子成為一個餅，卻仍是你自己；
（副）
　　　一次次我們陳列你的死，一步步被你取替，直到那日。
　　　主，這餅就是你眾弟兄，與你成為一，
　　　是你擴大、繁殖並加增，作你奧祕身體。

四、主，我們今喫餅又喝杯，讓你來充滿，
　　靈裏飽嘗你生命豐美，愛中將你思念；
（副）
　　　一次次我們陳列你的死，一步步被你取替，直到那日。
　　　如此豐富、奇妙的救恩，我口難言陳，
　　　但這永遠滿溢的福分，我心一再重溫。

你們每逢喫這餅，喝這杯，是宣告主的死，直等到祂來。

——林前十一26

08 我們常聚首

一、我們常聚首，好似良朋和密友，在每一個可能的時候，
　　盡情來享受主的生命和所有，哦！我心真自由；
　　詩歌好多首都是我們愛歌謳，那是世上最美的溫柔，
　　主恩像膏油，主愛似美酒，哦！祂真是豐厚。

（副）
　　我感到溫情滿懷，喜樂滿口，天上平安不停湧自我心頭，
　　何等生活，甘美饒優，藍天白雲任我遊；
　　我看到良辰美景，讚美不休，天程旅伴同心竭力來奮鬥，
　　聽哪！正是主凱旋節奏，昂首大步，我們齊奔走。

二、我們常聚首，好似良朋和密友，在無數個黑夜與白晝，
　　盡情來享受，忘卻煩惱和憂愁，世界丟在背後；
　　願天長地久，珍惜滿足的緣由，你我都是生命的骨肉，
　　一心來追求，一生的守候，作主心愛佳偶。

那時，敬畏耶和華的彼此談論；耶和華側耳而聽，且有記念冊在祂面前，記錄那些敬畏耶和華並留意祂名的人。萬軍之耶和華說，在我所豫備的日子，他們必屬我，作我自己的珍寶；我必顧惜他們，如同人顧惜那服事自己的兒子。

——瑪三16-17

09 唱一首錫安之歌

一、同我唱一首錫安之歌，否則我心怎會喜樂，
　　它不禁使我想到神的國，和其中選立祂名的居所；
　　我曾和同伴彈琴奏樂，讚美著進入神的院，
　　我們歡喜快樂一同守節，向祂還我所許的願。

（副）
　　我的心向著寶座，我的眼眺望聖山，
　　甘心過著客旅的生活，因我一切全在於錫安；
　　聽！至高者正呼喚我，凡屬祂者都一一數點，
　　歌唱的同跳舞的都要說，「我的泉源都在你裏面。」

二、同我唱一首錫安之歌，唱出救恩如同江河，
　　我們同走在錫安大道上，所有的困苦、憂傷早遺忘；
　　神阿，我愛你所住的殿，和你榮耀所居之處，
　　我們擊鼓跳舞在你座前，盡情享受聖殿美福。

因為在那裏，擄掠我們的要我們唱歌，苦待我們的要我們作樂，說，給我
們唱一首錫安歌罷。我們怎能在外邦地唱耶和華的歌呢？
但論到錫安必說，這一個那一個生在其中；而且至高者必親自堅立這城。
歌唱的同跳舞的都要說，我的泉源都在你裏面。

——詩一三七3-4，八七5，7

294　清晨的日光

10 一個愛的名字

一、弟兄，一個愛的名字，時常觸動我心不止，
　　我主為此親臨塵世，受苦忍辱直到釘死，
　　一句「和彼得」情深恩慈，清晨在海邊心靈交織，
　　一路往以馬忤斯相識，夜間為多馬顯為真實；
　　每一位都是神所賜，主這樣稱呼並不以為恥，
　　即便是最卑微小子，也都有他的蒙恩故事。

二、弟兄，我心也真愛你，最好就是靈靈交契，
　　同作肢體彼此顧惜，何種關係可與相比，
　　想見你面的切切心意，引我到主前代禱屈膝，
　　每當同你們相聚一起，我的喜樂纏滿足洋溢；
　　讓我們相愛永不移，同奔主道路，扶持且鼓勵，
　　在愛裏生根又立基，那日同顯現在榮耀裏。

耶穌對她說，不要摸我，因我還沒有升到父那裏；你往我弟兄那裏去，告訴他們說，我要升到我的父，也是你們的父那裏，到我的神，也是你們的神那裏。

因那聖別人的，和那些被聖別的，都是出於一；因這緣故，祂稱他們為弟兄，並不以為恥。

——約二十17，來二11

愛弟兄

這是神所賜的新命令:「你若愛神就當愛弟兄,」
同為一位愛的神所生,骨肉相連命相同;
愛的生命在心中流通,越過仇恨,撫平傷痛,
愛的命令像曙光照明,我們已經出死入生。

愛使我們相愛相親,越有苦難越靠近,
若能為愛喪失,何有損,但求我弟兄更歡欣;
願神的愛滿我情衷,直到全心再無可容,
我要跟隨主捨己腳蹤,與祂同行在光中。

愛神的,也當愛他的弟兄,這是我們從祂所受的誡命。

再者,我寫給你們的是一條新誡命,這在主並在你們都是真的;因為黑暗
漸漸過去,真光已經照耀。

那愛他弟兄的,就住在光中,在他並沒有絆跌的緣由。

我們因為愛弟兄,就曉得是已經出死入生了。不愛弟兄的,仍住在死中。

——約壹四21,二8,10,三14

12 愛的服事

一、一有熱心就去服事，看見需要就來盡職，
　　以為是在遵行神旨，心常受壓，力不能支；
　　原來我是不愨真實，不像我主—卑微人子，
　　全然傾倒，捨己至死，哦，學生不能高過為師。

（副）
　　一切都由心開始，有愛纔有真服事，
　　惟有無我並無私，纔能憑愛來盡職；
　　我或澆灌或種植，叫人生長的纔是，
　　原來服事的真價值，全都在神愛的分賜。

二、我若能有先知恩賜，明白一切奧祕、知識，
　　又捨己身，濟眾博施，變賣一切，分給人喫；
　　並有全備的信行事，能以移山、趕魔、救治，
　　若沒有愛，不過只是如鳴鑼、響鈸，虛而無實。（接副歌）

（尾聲）
　　因此，求主成全我所是，滿有你心腸，活出你樣式。

可見我種的算不得甚麼，澆灌的也算不得甚麼，只在那叫他生長的神。
我若能說人和天使的方言，卻沒有愛，我就成了鳴的鑼、響的鈸。我若有
申言的恩賜，也明白一切的奧祕，和一切的知識，並有全備的信，以致能
夠移山，卻沒有愛，我就算不得甚麼。我若將我一切所有的變賣為食物分
給人喫，又捨己身叫我可以誇口，卻沒有愛，仍然與我無益。
　　　　　　　　　　　　　　　　　　　　　　——林前三7，十三1-3

⑬ 為僕最喜樂

一、有沒有一件事可以作一輩子，而能樂此不疲，甘之如飴，
　　有沒有一些人值得交往而認識，從此能成為終生的知己；
　　有沒有一地方可以去無數次，總是流連忘返，興緻盎然，
　　是否你也嚮往那樣生活方式，不要心灰，不必感歎。

（副）

　　在耶穌的愛裏，給了卻更多，誰能捨得誰就有幸福，
　　惟願我弟兄更歡暢，全人更穩妥，我願你過得比我更好；
　　在耶穌的國裏，為僕最喜樂，知道服事就等於滿足，
　　但求神的家更興旺，高唱救恩歌，唱出我人生美好、奇妙。

二、我知道人一生有件最美的事，就是照亮別人，燃燒自己，
　　也知道主耶穌一生捨己的故事，激勵我們成為祂的活祭；
　　我已經探尋到永存的真價值，就是「愛人如己」，好得無比，
　　朋友，你會羨慕甘心為僕服事，心靈滿足，常享安息。

但你們中間不是這樣；反倒你們中間無論誰想要為大，就必作你們的僕
役；你們中間無論誰想要為首，就必作你們的奴僕。正如人子來，不是要
受人的服事，乃是要服事人，並且要捨命，作多人的贖價。

——太二十26-28

⑭ 以基督耶穌的心為心

一、要以基督耶穌的心為心，彼此思念相同，愛也相同，
　　祂是身體生活的根與本，顯出愛的安慰，靈的交通；
　　知道祂本有神的形像與神同等，卻不緊持不放，
　　反而倒空自己，取了奴僕的形狀，所以我當看別人比自己強。

二、祂既虛己，穿上人的樣式，就願與人相處，甘受限制，
　　捨棄所有，以神旨意為是，甘心交出自己，順服至死；
　　我們眾人以祂為榜樣，常常思念祂的胸懷、心腸，
　　我們學習看重別人的優點、特長，主的榮美和喜樂在此顯彰。

（尾聲）
　　要以基督耶穌的心為心，要以基督耶穌的心為心。

你們裏面要思念基督耶穌裏面所思念的：祂本有神的形狀，不以自己與神
同等為強奪之珍，緊持不放，反而倒空自己，取了奴僕的形狀，成為人的
樣式；既顯為人的樣子，就降卑自己，順從至死，且死在十字架上。
　　　　　　　　　　　　　　　　　　　　　　　　　　——腓二5-8

(15) 遇見你們

一、遇見耶穌，我纔相信，有一種愛果真沒有條件；
　　愛使祂來救我並住我心，背負我的輭弱，醫治甘甜。
　　遇見你們，我纔知道，我的產業竟是如此豐盛；
　　弟兄姊妹如同雲彩圍繞，我真滿足活在幸福之中。
　　祂的愛情不會毀損，祂的信實從不短缺；
　　生命供應全備、常新，帶我與祂身體聯結。
　　為祂我願撇下世界，因我有更榮耀基業；
　　主已應許我得生命，換來百倍，就在今生。

二、奔跑路上，主恩豐滿，應時、多方，你們供應無限；
　　你們愛主，常激勵我向前，也用這愛愛我，何其深遠；
　　輭弱，陪我同哭主前；失敗，也要跌在你們中間；
　　走過日子，我心只有感恩，我的成長、喜悅都在你們。
　　我心讚美，為著你們，弟兄姊妹最愛最親；
　　我靈、我魂、我整個人，樂意全然信託你們。
　　我們成為一個活祭，主前侍立，討主歡喜；
　　無論何往，放膽舉步，有弟兄處，就有活路。

光照你們的心眼，使你們知道祂的呼召有何等盼望；祂在聖徒中之基業的
榮耀，有何等豐富。

所以，我們既有這許多的見證人，如同雲彩圍著我們，就當脫去各樣的重
擔，和容易纏累我們的罪，憑著忍耐奔那擺在我們前頭的賽程。

所以弟兄們，我藉著神的憐恤勸你們，將身體獻上，當作聖別並討神喜悅
的活祭，這是你們合理的事奉。

耶穌說，我實在告訴你們，人為神的國，撇下房屋、或是妻子、弟兄、父
母、兒女，沒有不在今世得許多倍，且要在來世得永遠生命的。

　　　　　　　　　　　　　　——弗一18，來十二1，羅十二1，路十八29-30

16 花費

一、光陰好似流水，當彌足珍貴，切莫蹉跎而無所謂，
　　人生短暫路程不抓住機會，轉眼一過徒增懊悔；
　　我當從上得著屬天的智慧，知道如何數算自己的年歲，
　　為基督與教會，將自己花費，人生纔是最好最美。

二、那宏偉的建築，非一日造成，無數血汗可作見證，
　　這美麗的花叢非昨日栽種，多少心力灌溉其中；
　　我當全人投身神新約經營，從此竭力追求，再不敢稍停，
　　在生命裏長大，變化且成聖，逐日模成基督榮形。

三、看哪，前面就是主康莊大道，吸引我們向前奔跑，
　　父神要完成祂救恩的目標，帶領眾子進入榮耀；
　　我當欣然答應我主的呼召，天天憑信跟隨，討主的歡笑，
　　打破玉瓶香膏，為我愛傾倒，神的心意成我所要。

願神憐憫我們，賜福與我們；願祂用臉光照我們；〔細拉〕好叫人在地上
得知你的道路，在萬國中得知你的救恩。
原來萬有因祂而有，藉祂而造的那位，為著要領許多的兒子進榮耀裏去，
就藉著苦難成全他們救恩的創始者，這對祂本是合宜的。

──詩六七1-2，來二10

17 我們一起走過

一、我們曾在一起過教會生活，在一段成長歲月中度過，
　　數不清多少唱過的詩歌，無盡的代禱日夜相伴著；
　　有時艱難如高山座落，有時經歷在曠野漂泊，
　　我們沒有退縮，雖曾遇見困惑，早已忘記過錯，繼續拼搏。

（副）
　　風雨，我們一起走過，堅持，是我們彼此承諾，
　　無法忘懷，在一起笑過也哭過，化成淚水滋潤心靈寂寞；
　　風雨，我們一起走過，堅持，是我們彼此承諾，
　　一心一意同為著神的國，祂必保全我們所交託。

二、我們期盼喜樂能就此停泊，並祈禱平安充滿這居所，
　　生命的祝福如活水江河，真理的亮光處處照耀著；
　　知道主應許不曾空說，知道祂旨意不會失落，
　　我們擺上更多，日子不曾蹉跎，因為一起走過，有你相佐。

為這緣故，我也受這些苦難；然而我不以為恥，因為知道我所信的是誰，
也深信祂能保守我所託付的，直到那日。

——提後一12

18 我愛我所選擇

一、因著愛，我選擇了你，在主裏相識，結連理，
　　就像基督與教會合為一，兩個人聯合成一體；
　　這是神憐憫的至極，將我這罪人救到底，
　　又能與你匹配，相愛相依，一生同活在基督裏。

（副）
　　我愛我所選擇，是不變的選擇，
　　同奔主天路，同負主軛，國度獎賞我們同得；
　　我愛我所選擇，有永遠的福樂，
　　我們靈歡暢，口唱心和，洋溢著救恩詩歌。

二、因著愛，我來服事你，在主裏相伴，同提攜，
　　效法基督為教會捨自己，彰顯神極大的奧祕；
　　這是神心愛的美意，建造在基督身體裏，
　　因此，我們欣然獻上自己，一生同活在教會裏。

作丈夫的，要愛你們的妻子，正如基督愛召會，為召會捨了自己。
丈夫也當照樣愛自己的妻子，如同愛自己的身體；愛自己妻子的，便是愛
自己了。

——弗五25，28

19 為你守候

人生只有一次，有許多要作的事，
名利享樂權勢，何者是我的價值；
一切終將流逝，惟有愛所作纔是，
所以就願就願在此學習愛，學習服事。

親愛的，我能與你相識，實在是神最大恩賜，
原諒我，過去輕忽無知，但我相信不會太遲；
親愛的，願我今生此世，全然為你在旁隨侍，
愛著你，以主生命樣式，為你守候每個日子。

我妹子，我新婦，你奪了我的心。
我妹子，我新婦，你的愛情何等美麗！你的愛情比酒更美！你膏油的香氣
勝過一切香品！

——歌四9上，10

⑳ 你是我的喜樂冠冕

一、當你喜獲新生從罪釋放，我為你心喜靈歡，
　　當你為主見證滿口頌揚，我與你一同感讚，
　　當你獻上自己隨主前往，我時常主前記念：
　　願你身心和靈逐日茁壯，你是我的喜樂、冠冕。

二、回顧你這一路成長歷程，我得享主的榜樣，
　　時有勞苦忍耐守候儆醒，我懷著父母心腸，
　　其中雖有艱苦為難重重，今都已化作詩章，
　　願神施恩保守直到路終，那口同在主前頌揚。

（副）
　　讚美神將愛澆灌我心，又把你放在其上，
　　全憑祂所施恩慈憐憫，陪伴你一同成長。

我們主耶穌來臨的時候，我們在祂面前的盼望、喜樂、或所誇的冠冕是甚
麼？不就是你們麼？因為你們就是我們的榮耀、我們的喜樂。

　　　　　　　　　　　　　　　　　　　——帖前二19-20

㉑　願我作你榮耀冠冕

一、當我徬徨無助，是你引我尋得活神，
　　在我相信之初，是你帶我從靈入門，
　　陪我住在愛裏，享受神的完全救恩，
　　領我同活於身體，認識神的新約經綸。

（副）
　　榮耀救主雖未謀面，卻在你身顯為可見，
　　主話何寶主愛何甜，藉你將我成全；
　　思想及此無限感念，求主使我忠誠進前，
　　直等那日國度顯現，願我作你榮耀冠冕。

二、我雖幼稚、易變，你卻未曾失望不耐，
　　我常軟弱、冷淡，而你總是背負擔待，
　　你那慈祥的臉，使我倍感親切、安全，
　　你那和善的雙眼，對我常是深情指點。

弟兄們，我們還請求你們，要敬重那些在你們中間勞苦，並在主裏帶領你們，勸戒你們的人。

——帖前五12

(22) 來看今日的伊甸

一、我有一甜美家，既溫馨又可愛，
　　神將我帶來，滿足我的心懷；
　　常扶持我供應我，我真得其所哉，
　　我心傾投，不再別歸，我終生所倚賴。

二、這是生命園子，既光明又美麗，
　　我歡喜不止，歸入神的安息；
　　時澆灌我栽培我，使我成長建立，
　　我命我愛歡然獻上，在此發旺不已。

三、歡迎你到這裏，神與人的樂園，
　　盡情來享受，處處都是恩典；
　　是神命定的福分，真正喜樂之源，
　　從此你會愛上這裏，同樣喜歡伊甸。

（副）

　　來看今日的伊甸，喜樂無邊，享受無限，
　　就像一首愛的詩篇，叫人怎麼不思念；
　　是那麼豐富、甘甜，真的能滿足人心願，
　　若是你投身在其間，你一定會發現。

神阿，你的慈愛，何其寶貴！世人投靠在你翅膀的蔭下。他們必因你殿裏
的肥甘得以飽足，你也必叫他們喝你樂河的水。因為在你那裏，有生命的
源頭；在你的光中，我們必得見光。

——詩三六7-9

23 今日的伊甸園

花兒哭了，鳥兒不再唱歌，太陽隱藏，四圍孤單、淒涼，
離開伊甸，何能再得赦免，身負罪債，走向不知未來；
有一日來此，聽見「信的故事」，我心終回轉，答應祂呼喚，
我與神和好，哦！祂的愛何奇妙，全是恩典，引我回到伊甸。

花兒笑了，鳥兒一同唱歌，天光明亮，前途一片希望，
生命水河配上生命樹果，盡情安享，作神團體活像。
請來到今日的伊甸園，神與人相愛又相聯，
這裏有安息，處處都甘甜，滿足你我人生所有意願。

倘若我耽延，你也可以知道在神的家中當怎樣行；這家就是活神的召會，
真理的柱石和根基。

——提前三15

(24) 黎明的光

一、跟隨我主走一程，向上去得獎賞，
　　正直愛主過一生，如同黎明的光；
　　揮別世途和都城，選這光明一程，
　　投身開展行列中，作主爭戰弟兄。
　　一步邁開又一步，走出主恢復前途，
　　見它日日更輝煌，直到普照四方。

二、跟隨耶穌的腳蹤，一路洋溢歌聲，
　　各處宣揚主得勝，美好微曦上升；
　　輕舉腳步向前行，肩負我主使命，
　　福音徧傳，主擴增，光芒越照越明。
　　今日勝過了昨日，開創主恢復歷史，
　　寫下嶄新的一頁，至終光輝烈烈。

但義人的途徑好像黎明的光，越照越明，直到日午。

——箴四18

25 踩下信心的腳步

一、即使大山橫阻我面前，稠雲綿綿，不見晴朗天，
　　四圍波濤要將我溢漫，有神同在，我堅立不變；
　　既已蒙召，若想要退後，雖可安樂，全人必蒙羞，
　　惟有雙手扶犁向前走，生死禍福我都不回頭。

二、大山，聽哪，你就此離去，在我眼前投在深海裏，
　　狂風巨浪對我何足懼，主一吩咐，一一都平息；
　　我們的神，祂專作新事，有祂同在，宣告變真實，
　　看哪，榮耀又要再顯示，就在我們信從祂之時。

（副）
　　看，我們踩下信心的腳步，扛抬神約櫃，河中開道路，
　　洪水立成壘，為我們歡呼，上去得美地並所有祝福。

等到抬全地之主耶和華約櫃的祭司，把腳掌踏在約但河水裏，約但河的
水，就是從上往下流的水，必然斷絕，立起成壘。

抬耶和華約櫃的祭司在約但河中的干地上站定，以色列眾人就從干地上過
去，直到國民盡都過了約但河。

——書三13，17

（26）要緊是作新造

一、我蒙基督的救贖，並由聖靈重生，
　　神將自己來分賜，我有新的構成；
　　現今我在基督裏，成為神的新人，
　　所得豐富真享受，我有兒子的名分。

（副）
　　靠主十架肉體已了了，我蒙拯救脫離死宗教，
　　對我，律法已無關緊要，要緊是作神的新造；
　　哦！這是神生命的傑作，為著那靈撒種的結果，
　　我們與神聯結，與神調和，直到全人都變成新的。

二、我從一切轉向主，我的獨一中心，
　　凡事以你居首位，佔有我的全人；
　　口復　口更賞識，神的新約經綸，
　　與你全然成為一，渴望同來彰顯神。

受割禮不受割禮，都無關緊要，要緊的乃是作新造。

——加六15

㉗ 我的國不屬這世界

一、主公然宣示：（在受死之前），「我的國不屬這世界，」
　　祂為此而生，親自來世間，被舉起，釘死在加略；
　　罪惡被清除，世界受審判，世界的王也被趕出去，
　　萬人受吸引，成為祂同伴，一同受膏作國度延續。

二、我們為真理，同作主見證：「我的國不屬這世界，」
　　世上的不義、不法和虛榮，在那日，都要到終結；
　　但我的國籍是在諸天上，不朽壞的寶藏和權益，
　　我心已在彼，追尋並嚮往，與主一同顯在榮耀裏。

（副）
　　你喜愛公義，恨惡不法，你國的權杖是正直的，
　　今臣服在你管治之下，從我活出你人性美德；
　　你的國已顯在人間，藉著愛和生命掌權，
　　願你生命之光全照亮，神的國出現在全地上。

（尾聲）
　　主，你的年數沒有窮盡，政權與平安必加增無窮。

耶穌回答說，我的國不屬這世界；我的國若屬這世界，我的臣僕必要爭
戰，使我不至於被交給猶太人；只是我的國不是來自這裏的。

我們的國籍乃是在諸天之上，我們也熱切等待救主，就是主耶穌基督，從
那裏降臨。

神阿，你的寶座是永永遠遠的；你國的權杖是正直的權杖。你愛公義，恨
惡邪惡；所以神，就是你的神，用歡樂的油膏你，勝過膏你的同夥。

祂的政權與平安必加增無窮，祂必在大衛的寶座上，治理祂的國，以公平
公義使國堅定穩固，從今時直到永遠。

——約十八36，腓三20，詩四五6-7，賽九7

28 我們是一粒粒「麥子」

一、我們是一粒粒「麥子」，裏面含有大能的生命，
　　經過死的破碎、限制，就要顯出復活的榮景；
　　只要埋下，置魂生命於十架，
　　就要結實，神的生命繁殖。
　　我們是一粒粒「麥子」，裏面含有大能的生命，
　　經過死的破碎、限制，就要顯出復活的榮景。

二、我聽主一次次招呼，今願跟隨我主的腳步，
　　使我不再完整如故，惟願生命在我有出路；
　　將我種下，直到復活的萌芽，
　　結成滿穗，一粒擴增百倍。
　　我聽主一次次招呼，今願跟隨我主的腳步，
　　使我不再完整如故，惟願生命在我有出路。

我實實在在的告訴你們，一粒麥子不落在地裏死了，仍舊是一粒；若是死了，就結出許多子粒來。愛惜自己魂生命的，就喪失魂生命；在這世上恨惡自己魂生命的，就要保守魂生命歸入永遠的生命。若有人服事我，就當跟從我；我在那裏，服事我的人也要在那裏。若有人服事我，我父必尊重他。

——約十二24-26

㉙ 願你更愛主

一、我們在此，蒙神揀選，一同成為主身上肢體，
　　在生命中相顧相愛相聯，我們是一；
　　一人心傷，眾人淚淌，一人成長，眾人同歡暢，
　　主前彼此代禱，一路相互提攜，
　　愛中同被建造，成為基督身體。

二、在主裏面，你們是我最親愛的骨肉和親人，
　　我的喜樂、冠冕（因愛交託），全在你們；
　　蒙神呼召，稱義聖別，一同成為神榮耀基業，
　　願你更蒙祝福，願你凡事興盛，
　　願主領你前途，使你剛強，得勝。

三、相逢有時，離別有時，我們聚散都有主定意，
　　我們為祂滿懷豪情壯志，各奔東西；
　　共度所有美好時光，滿滿恩愛我不會或忘，
　　今日在此離散，實有千萬不捨，
　　期盼更蒙恩湛，更為長進、喜樂。

（尾聲）
　　無論你在那裏，愛主是你惟一，
　　我們相互激勵，守住你我聖潔情意。
　　願你的愛洋溢，更加愛主自己，
　　同活在教會裏，直到那日主前聚集。

在敬虔上供應弟兄相愛，在弟兄相愛上供應愛。

——彼後一7

30 願恩典與平安隨著你

一、你這蒙神救贖的人，來得神兒子的名分，
　　神這目的終必完成，全在祂恩典的供應；
　　不是遵守而是聽從，因得救原是本乎恩，
　　活在神的恩典之下，參與神拯救的計畫。

（副）
　　主的軛既輕省又容易，要到祂這裏來享安息，
　　只要你將自己全交託，你就能過自由的生活；
　　恩典為道路，平安是福，都成為你成長的記錄，
　　每一天為你向神求祈，願恩典與平安隨著你。

二、你這蒙神呼召的人，來得神完全的救恩，
　　不是人的定意、奔跑，乃是祂憐憫的臨到；
　　平安之中隨主前行，使你持守住這身分，
　　願你喜樂，凡事興盛，傳遞神美善的福分。（接副歌）

（尾聲）
　　願恩典與平安隨著你，直到長成歸入祂自己。

願平安與愛同著信，從父神並主耶穌基督歸與弟兄們。願恩典與一切在不
朽壞之中，愛我們主耶穌基督的人同在。

—— 弗六23-24

聖靈的運作
為著團體的見證

10月 October

信仰是一件極其個人的事，無法替代，也不能遺傳。從悔改、相信、重生，到追求、長進、變化以至成熟，都需要自己在神面前，在主裏面的操練、學習並委身。

但另一面，就真實的經歷和實際的應用而言，卻又是團體性的，教會性的。從聽信福音，離棄偶像，脫離世界，服事活神到亨受豐富並且承受基業，直到豫備主來，個人很難為之。

這是因為我們個人的經歷與得著，每一部分、每一階段，都與神的神聖經綸有著密不可分的關係，並且全然也都是為著成就神永遠的目的。

⓪1 聖靈的水流

一、神在每個時代聖靈的水流，從未中斷，一直有；
　　流過古聖，又流到眾召會裏頭，看哪，祂正前進不停留。
　　祂在尋求往前的出口，有誰願作踏腳的石頭，
　　跟著聖靈一直向前走，讓神旨意完全得著成就。
　　現今是身體的時代，一千兩都要擺出來，
　　尊崇聖靈的主宰，跟隨榜樣的領率；
　　讓聖靈水流的澎湃，不受到你我的阻礙，
　　使主新路的見證大大展開。

二、主，我輭弱、可憐光景已戤久，我要起來蒙拯救；
　　我不守舊，也不以現有為足戤，求主倒空並將我挖透。
　　投進投進聖靈的水流，沒有一事能叫我蒙羞，
　　跟上跟上，惟恐再落後，面如堅石，一去絕不回頭。
　　我憑信大膽的宣告，主應許我們必達到，
　　乘上聖靈的浪潮，任何消極摸不著；
　　雖時有勞苦又煎熬，得賞的心志不動搖，
　　願主召會的建造滿了榮耀。

三、蒙神憐憫，新約職事得有分，我們只求顯忠信；
　　作神管家，按時把糧食分給人，使千萬人因此同蒙恩。
　　如此事奉，直到主來臨，祂要說「好，我良善僕人，
　　我的喜樂，你可同有分；與我同席，快進來同歡欣！」
　　哦，讓我們同心合意，推廣主職事不止息，
　　建造基督的身體，使主新婦妝飾齊；
　　推廣者，開拓要積極，一心並一口，無異議，
　　直到國度的福音傳遍全地。

四、當將你的糧食撒在水面上，日久必定能得償；
　　殷勤撒種，憑信把主豐富釋放，不必看風，連雲也不望。
　　務要撒種，早晨或晚上，因主作為實無法測量；
　　或是這樣，或者是那樣，只管撒種，主必使其發旺。
　　哦，讓我們挨家挨戶，傳佈神話語不止住，
　　分賜基督的豐富，無論何時不躊躇；
　　推廣者，開展不畏苦，以成功神旨為前途，
　　只願主話日擴長，帶進國度。

　　（木詩第四節部分歌辭係出自傳道書十　章　至六節）

願在召會中，並在基督耶穌裏，榮耀歸與祂，直到世世代代，永永遠遠。
阿們。

——弗三21

02 繁茂復活的春天

一、冬天已經過去，雨水也已止息，
　　再見清新翠綠，大地一片生機。
　　看，地上百花開放，聽，百鳥鳴叫不休，
　　葡萄樹開花放香，無花果漸漸成熟。

二、揮別舊時悲情，斷絕屬世糾纏，
　　從未如此堅定，隨主一去不返。
　　看，神的聖靈水流，看，流到我們境內，
　　長久渴望的守候，如今已大得安慰。

（副）
　　起來，衝破一切黯淡，全人激奮放聲歌唱，
　　這繁茂復活的春天，帶來全新活的盼望；
　　我們投進聖靈水流，願它更加澎湃洶湧，
　　帶著我們大步前走，直到復興溢漫全境。

我良人回應我說，我的佳偶，我的美人，起來，與我同去；因為冬天已
過，雨水也止住過去了。地上百花開放，百鳥鳴叫的時候已經來到；斑鳩
的聲音在我們境內也聽見了。無花果樹的果子漸漸成熟，葡萄樹開花放
香。我的佳偶，我的美人，起來，與我同去。

——歌二10-13

03 最好的朋友

一、當我徬徨無助，裹足不前，你總是扶持與共並嘉勉，
　　當我意志消沉，心力交瘁，你總是在旁輔助並安慰；
　　今藉你話語，開啟我心眼，使我看見你救恩何無限，
　　並以你恩情觸動我的靈，使我感受神的愛，神之聖。

（副）
　　你是我的在天中保，也是我的靈中恩膏，
　　在神右邊為我常代求，是我一生最好的朋友；
　　願我的心緊緊跟隨，凡事不再自我本位，
　　一生與你同心並同行，被你佔有，逐日成聖。

二、永遠與我同在，直到路終，因你已化身在我生命中，
　　時時鼓勵幫助，處處引導，使我配得過所蒙的呼召；
　　已為我成全完美的公義，我心坦然在神前，享安息，
　　懷抱我進入完全的平安，顧我軟弱，時恩眷，常相伴。（接副歌）

（尾聲）
　　哦，我生命的故事緣由，正是有一位最好的朋友。

以後我不再稱你們為奴僕，因為奴僕不知道主人所作的事；我乃稱你們為
朋友，因我從我父所聽見的，都已經告訴你們了。

　　　　　　　　　　　　　　　　　　　　　　　　　——約十五15

04 回到源頭

一、回到源頭，當我裏面稍有不安、憂愁，
　　回到源頭，聯於元首；
　　回到源頭，停下所有掙扎，全然放手，
　　不用苦候，不必哀求。
　　主名輕聲呼求，平安湧現心頭，
　　主愛溫柔，恩光顯露；
　　主的恩典足彀，常是應時、豐厚，
　　祂的一切供我享受。

二、回到源頭，這個生活充滿喜樂、自由，
　　回到源頭，聯於元首；
　　回到源頭，我無別的祕訣，就是持守，
　　靈中交流，隨主而走。
　　我要大大張口，拋開所有煩憂，
　　將我充滿，將我浸透；
　　我要舉起雙手，日夜向祂歌謳，
　　我心所愛，我心倚投。

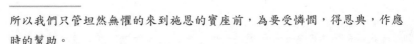

所以我們只管坦然無懼的來到施恩的寶座前，為要受憐憫，得恩典，作應
時的幫助。
你們當在聖所舉手，頌讚耶和華。

——來四16，詩一三四2

05 活水再湧流

一、主，我心回轉，靈中有悲歡，我有了過犯，求赦免，
　　掩面不看我罪心與罪行，求為我造清潔心、正直靈；
　　主寶血洗淨，主大愛臨及，我愛主，更新獻給你，
　　斷開荊棘纏，挖去硬石頭，全靈釋放，使活水再湧流。

（副）

　　主阿，我聽你命令，現在就起來，就從死人中站起來！
　　蒙主光照而行動，活力就展開，就從我們身上展開！

二、一心信靠你，天天能持守，純誠到你前來祈求，
　　常受主憐憫，仰望主祝福，為此拚上，好讓你能有路；
　　我們同為伴，與主心合拍，福音上勞苦，多忍耐，
　　行走活力路，作個得勝者，勝過死沉、不火熱、不結果。

三、主，將我挖透，不再有保留，使活水從我再湧流，
　　流向乾渴魂，流向罪人心，供應基督，使人得生命恩；
　　主，我心已許，日夜在呼籲，不救一靈魂不稍逾，
　　還我福音債，散播神大愛，結出美果，到神前同奏凱。

求你掩面不看我的罪，塗抹我一切的罪孽。神阿，求你為我造清潔的心，
使我裏面重新有正直的靈。
所以祂說，睡著的人哪，要起來，要從死人中站起來，基督就要光照你了。
　　　　　　　　　　　　　　　　　　　　——詩五一9-10，弗五14

06 為神永遠的經綸

一、主呼召我們在這裏，是為神永遠的經綸，
　　這是我人生的目的，是我生活的中心！
　　三一神化身成為人，為使人變化成為神，
　　祂釘死、復活成為那靈，今在我靈裏作我分。

（副）
　　願神這永遠經綸異象，定住我心中每個方向，
　　光照我，使我靈裏發旺，更剛強，
　　好模成基督榮耀形像，在生命中作王，將聖城撒冷帶到地上。

二、哦，在這蒙福的境地，神與人聯調成為一，
　　留在基督這美地裏，享受基督作實際；
　　珍惜這無上的權利，建造主生機的身體，
　　作基督顯身團體大器，將見證普及在各地。

三、站在這異象的高峯，心裏真歡欣，靈卻重：
　　我需要復活的大能，需要真實的復興；
　　時時照著靈而行動，處處為那靈來撒種，
　　成為神在地團體模型，如同主當日所實行。

四、我向自己死，向神活，憑調和的靈而活著，
　　舊生命從此全擺脫，罪、肉體、世界消沒；
　　主，我願作個得勝者，以此為目標、為警策，
　　與眾聖徒過神人生活，同基督顯於神的國。

因為神所豫知的人，祂也豫定他們模成神兒子的形像，使祂兒子在許多弟
兄中作長子。祂所豫定的人，又召他們來；所召來的人，又稱他們為義；
所稱為義的人，又叫他們得榮耀。
若因一人的過犯，死就藉著這一人作了王，那些受洋溢之恩，並洋溢之義
恩賜的，就更要藉著耶穌基督一人，在生命中作王了。
　　　　　　　　　　　　　　　　　　　——羅八29-30，五17

07 同活在主身體中

一、我們都是主身上肢體，彼此相聯永不離，
　　同來關心主在地權益，為此事奉纔合理，
　　雖然在途中，經過許可的損失、疼痛，
　　有分許多的患難交通，越發堅定而順從；
　　沒有人單獨行動，你我都是弟兄，
　　當一人受主感動，全體跟著向前衝，
　　彼此扶持，苦樂與共，我只求這一生與你們同活在主身體中。

二、就像迦勒陪同約書亞，爭戰為以色列家，
　　並以利沙跟隨以利亞，同心放膽說主話，
　　配搭的榜樣，保羅、西拉在靈裏剛強，
　　身陷牢中仍讚美歡唱，神救恩人得顯彰；
　　看我們臉上榮光更加有福、盼望，
　　同領受一個異象，沒有不同的方向，
　　跟上時代隨主前往，使新路更開廣，願為神國度福音走四方。

三、我們知道眼前所奔跑，非屬地康莊大道，
　　還要經過主一再焚燒，煉淨我天然、愛好，
　　儘管我渺小，常是軟弱，會沮喪跌倒，
　　你們卻又把我帶回到主那起初的懷抱；
　　我真是歡喜跳躍，有主作我至寶，
　　又能與你們聯調，沒有比這更美好，
　　我要時時向外宣報，讓更多人進入基督與召會永遠的榮耀。

所以弟兄們，我藉著神的憐恤勸你們，將身體獻上，當作聖別並討神喜悅
的活祭，這是你們合理的事奉。

——羅十二1

08 在耶穌的國度裏

一、耶穌耶穌——憂患之子，是神穿上僕人樣式，
　　祂來是為罪人服事，受盡差辱苦難不辭；
　　耶穌耶穌——救贖之子，捨命為作多人贖價，
　　是神的愛愛至如此，看哪，且死在十字架。

（副）
　　在耶穌的國度裏，是以基督為生命，
　　祂本是王竟作僕役，原來富足卻成貧窮；
　　藉著犧牲勝過罪惡，經由喪失贏得一切，
　　處處是公義、和平、喜樂，顯為神的新造世界。

二、耶穌耶穌——復活之子，戰勝死亡、陰間權勢，
　　完成神的永世定旨，並使神的生命得釋；
　　耶穌耶穌——再來之子，地上萬民都要目睹，
　　在榮耀中親臨塵世，建立神的公義國度。（接副歌）

（尾聲）
　　看，我們同享受國度實際，見證福音本是神大能，
　　這是全新的僕人群體，迎來全面更新與復興。

你們知道我們主耶穌基督的恩典，祂本來富足，卻為你們成了貧窮，叫你
們因祂的貧窮，可以成為富足。
兒女既同有血肉之體，祂也照樣親自有分於血肉之體，為要藉著死，廢除
那掌死權的，就是魔鬼。

——林後八9，來二14

09 憑著靈而行

一、當基督釋放了我，就有了真正自由，
　　我不願再受迷惑，讓自由悄悄溜走；
　　持守住恩典地位，不再作律法奴僕，
　　勝過了肉體支配，在靈裏堅定站住。

二、既脫開罪的挾制，凡事上被靈引導，
　　憑著愛互相服事，渴望能顯為新造；
　　不隨從舊人私慾，棄絕了肉體的事，
　　照著靈運行的律，好結出聖靈果子。

（副）
　　生活之中憑著靈而行，享受神所賜應許之福，
　　一步一步我與神同行，聖靈掌管我每一步武；
　　我們同心憑著靈而行，並肩齊步隨主向前走，
　　步伐一致，行在平安中，一同活出神子的自由。

我說，你們當憑著靈而行，就絕不會滿足肉體的情慾了。
我們若憑著靈活著，也就當憑著靈而行。

——加五16，25

⑩ 我知道我自己

一、我知道我知道自己，受造有神聖最高目的，
　　我是神榮耀的器皿，豫備好盛裝神的生命；
　　我呼喊我主耶穌聖名，我的心聖潔、光明，
　　我每天常如此呼吸，來吸取祂的豐富、實際。

二、我知道我知道自己，得救是因著父神心意，
　　有分神新約的經綸，得享受神的完全救恩；
　　我信靠祂，憑著靈而行，常禱告、相調、晨興，
　　勝過世界、罪惡、自我，好天天活出神人生活。

三、我知道我知道自己，蒙召是為著基督身體，
　　我是主身上的肢體，要與眾聖徒配搭一起；
　　脫離本位，自我和單獨，實行神命定的路，
　　盡上我寶貴的功用，使教會得著建造、擴增。

（副）
　　我真是歡喜，我真是感激，我在基督裏，活著滿意義，
　　我獻上身體，當作一活祭，為主在地權益，榮耀真無比。

我藉著所賜給我的恩典，對你們各人說，不要看自己過於所當看的，乃要
照著神所分給各人信心的度量，看得清明適度。

——羅十二3

⑪ 行走人生康壯大道

一、起初神就定下祂永遠的計畫，為自己得一個家來彰顯祂，
　　因此，在人身上實施神聖經綸，好將自己分賜給人；
　　逾越神的審判，得蒙血的救贖，羔羊肉和無酵餅為我果腹，
　　我們滿得能力，就從世界走出，無罪生活歡然進入。

二、每日嗎哪降下，從來都不遲誤，作我們天來食物，陪同甘露，
　　隨行磐石裂開，活水即時湧出，開懷暢飲是靈基督；
　　在西乃我看見祂神聖的藍圖，全心為神的居所建造會幕，
　　神人同心同靈，共享一切祭物，見證其中所有豐富。

（結）
　　這是神目標，要帶領我們達到，神人聯調且互相建造，
　　跟隨教會中基督的聖潔、榮耀，行走我人生康莊大道。

這就是耶和華所說，在親近我的人中，我要顯為聖別；在眾民面前，我要
得著榮耀。

——利十3

(12) 主阿是我就是我

一、聽哪！遠方傳來消息，莊稼已成熟滿地，
　　任憑鐮刀、禾田哭泣，無人顧念神的心意；
　　請不要再因循、安逸，或是僅僅空言、歎息，
　　起來！與主站在一起，主阿，是我，在這裏。

二、有誰願意接受付託，將福音向外傳播，
　　是否你願挑旺愛火，為神的國剛強開拓；
　　不問代價為神工作，帶職事奉，向主而活，
　　有一呼聲向著寶座：「主阿！是我，就是我！」

（結）
　　看哪！從天來的異象，照耀我如日明亮，
　　在身體裏向前直往，一步步肯定方向；
　　國度開展我許下願望，為它，我願澆奠在其上，
　　明日見它更顯光芒，我的人生多豪壯。

我又聽見主的聲音，說，我可以差遣誰呢？誰肯為我們去呢？我說，我在
這裏，請差遣我。
耶穌說，我的食物就是實行差我來者的旨意，作成祂的工。

——賽六8，約四34

(13) 我為國度而生

一、按照神的形像和樣式，從神手中我已被造作，
　　憑著祂的先見和豫知，千萬人中祂竟揀選我；
　　萬世之前，就已被命定，來得父神兒子的名分，
　　生命、性情都與祂相同，我就成為神所要的新人。

（副）
　　聽哪，我為國度被造，我已蒙神親自選召，
　　身分、地位何其崇高，神的榮耀是我目標；
　　世界、財富終成過往，惟有事奉我主我王，
　　享你同在，隨侍在旁，願你國度早日而降。

二、神以智慧、奇妙的方式，在我途中親自來尋我，
　　就在某個特別的日子，帶我歸入神愛了的國；
　　我心敬拜，我口要讚美，我已成為神國的子民，
　　經過所需訓練與裝備，渴望能作主合用的器皿。

（副）
　　聽哪，我為國度而生，我裏面有王的生命，
　　恩典、平安與日俱增，當我凡事尊崇主名；
　　世界、財富終成過往，惟有事奉我主我王，
　　享你同在，隨侍在旁，願你國度早日而降。

三、向前直往，我面如堅石，為祂作工還能有幾多，
　　帶著聖靈印記和憑質，去到人群的每一角落；
　　哦，我的國不屬這世界，我的盼望全都在於神，
　　定睛奔向永世的基業，為祂，我要再救一個靈魂。

（副）
　　聽哪，我為國度蒙召，向著標竿竭力奔跑，
　　忠信、良善，不辭辛勞，一心要得我主稱好；
　　世界、財富終成過往，惟有事奉我主我王，
　　享你同在，隨侍在旁，願你國度早日而降。

感謝父，叫你們彀資格在光中同得所分給眾聖徒的分；祂拯救了我們脫離
黑暗的權勢，把我們遷入祂愛子的國裏。

　　　　　　　　　　　　　　　　　　　　　　　　　　──西一12-13

⑭ 能同你們

一、我若能與基督同在，那實在是好得無比，
　　但若能為你們存在，更是要緊，別有意義；
　　我以基督的愛愛你們，生命中親愛的心上人，
　　同樣是神重價所買來，能有你們，喜樂洋溢。

二、就算我能擁有萬有，失去基督，終成虛無，
　　這世上有許多享受，沒有你們，總不滿足；
　　看，這是神新造的作為，個個裏面有主的榮美，
　　我今在主道上齊奔走，能同你們，最是富足。

（副）
　　但願我們立下雄心大志，一心要討主的喜悅，
　　彼此相愛，懷著基督的心思，好成為祂榮耀的基業。

所以我們也懷著雄心大志，無論是在家，或是離家，都要討主的喜悅。

—— 林後五9

15 彼此作基督肢體

一、我們眾人同有一個生命，我們因此同屬一個身體，
　　這生命的性質是何神聖，這身體的生活是何實際；
　　神已將你和我安置一起，就好比骨和肉聯結為一，
　　任憑誰都不能單獨離異，我們是彼此作基督肢體。

（副）
　　你若是在主裏堅定站立，我整個人就會歡喜快活，
　　我們同在主裏生根立基，就像葡萄枝子纏繞、交錯；
　　一同活在主裏得神歡喜，為神家的興旺盡心竭力，
　　我們同在主裏一心一意，但願神的旨意通行全地。

二、我們眾人同有一個生命，我們寶愛同活一個身體，
　　這生命有大能供應無窮，這身體是基督，神的奧祕；
　　你享受的基督成我供給，我經歷的基督使你得力，
　　在神的道路上互相提攜，事奉神、愛慕神、彼此激勵。

就如身體是一個，卻有許多肢體，而且身體上一切的肢體雖多，仍是一個
身體，基督也是這樣。
但如今神照著自己的意思，把肢體俱各安置在身體上了。
你們就是基督的身體，並且各自作肢體。
因為現今你們若在主裏站立得住，我們就活了。我們在我們的神面前，因
著你們甚是喜樂，為這一切的喜樂，能用何等的感謝，為你們報答神？
　　　　　　　　　　　　　　　——林前十二12，18，27，帖前三8-9

16 事奉伯特利的神

一、漂流的雅各在曠野以石為枕，在他的夢中，竟遇見了神，
　　清早就在神的殿，在天之門，他許下心願求神賜福分；
　　他奮鬥多年，歷經了破碎後，回到了當初他的伯特利，
　　於是立起柱子，澆油奠酒，神就應許他土地與後裔。

（副）
　　雅各不再是原來的雅各，他已變化成神的以色列，
　　真希奇！一生都在抓奪的，卻傾倒自己，只求神喜悅；
　　主阿，我一心遵行你意旨，靠你恩而活，滿足你聖心，
　　好成為我神殿中的柱子，一生事奉你，伯特利的神。

二、蒙神的憐憫，如今已不再是我，乃是神新造，由恩典所成，
　　為著神永遠心意，永遠居所，我心中一直都有這個夢；
　　我已投身在今天的伯特利，不再感孤獨，享受神安息，
　　甘心獻上自己，當作奠祭，活在這夢的神聖實際裏。

雅各睡醒了，就說，耶和華真在這地方，我竟不知道。他就懼怕，說，這
地方何等可畏！這不是別的，乃是神的家，也是天的門。雅各清早起來，
把所枕的石頭立作柱子，澆油在上面。
得勝的，我要叫他在我神殿中作柱子，他也絕不再從那裏出去；我又要將
我神的名，和我神城的名，（這城就是由天上從我神那裏降下來的新耶路
撒冷，）並我的新名，都寫在他上面。

——創二八16-19上，啟三12

⑰ 信心的見證人

一、因著信，他領受神的應許，蒙神呼召，就遵命出去，
　　常向神築壇，以帳棚寄居，承認自己在地上是客旅；
　　因著信，他年邁如同已死，妻子生育斷絕竟懷孕生子，
　　獻上了心愛，在試驗之時，以順從回應神的信實。

二、因著信，他獻祭與神同行，得著應許為義的見證；
　　他蒙神指示，豫備一方舟，脫離洪水，使他全家得救；
　　因著信，他棄絕罪的喜愛，寧可和神百姓一同受苦害，
　　不畏懼王怒，率會眾離開，既立了逾越又過紅海。

三、因著信，當耶利哥城塌陷，有一家人得倖免於難，
　　有人經歷神堵住獅子口，烈火窯中有神同行、保守；
　　因著信，他們施行了公義，又制服了列國，軟弱得加力，
　　爭戰顯大能，脫開刀劍刃，是世界不配得著的人。

（副）
　　看哪！既有這許多的見證人，如同雲彩圍著我們，
　　就當脫去各樣的纏累和沉重，奔那擺在前頭的賽程；
　　仰望祂，為我信心創始成終，思量祂，免得我疲倦灰心，
　　跟隨祂，進入神永遠榮耀中，信靠祂，更美的事必完成。

所以，我們既有這許多的見證人，如同雲彩圍著我們，就當脫去各樣的重
擔，和容易纏累我們的罪，憑著忍耐奔那擺在我們前頭的賽程，望斷以及
於耶穌，就是我們信心的創始者與成終者；祂為那擺在前面的喜樂，就輕
看羞辱，忍受了十字架，便坐在神寶座的右邊。

——來十二1-2

(18) 信心賽程中的雲彩

一、想要跟隨，我人卻力不從心，這段路程倍感艱辛，
　　責任趨使，我心志漸漸消沉，溫情熱愛也都已經變陳；
　　聖靈引我來到主前安坐，追憶一生每個蒙恩經過，
　　看見許多聖徒（服事過我），在世如何為主生活工作。

二、忠信、敬虔，且顯為可愛可親，日夜服事，勞苦殷勤，
　　良善、捨己，事奉上堅定、恆忍，成為耶穌信心的見證人；
　　論到苦難，他們受得更多，向著教會的愛從不頹弱，
　　以主生命之恩常澆灌我，使我自從年少被主得著。

（副）

　　思念及此，心中不禁感慨，當注視耶穌，我救恩的元帥，
　　既然接續主見證的血脈，我們是迎接主回來的一代；
　　何等蒙福，可享受主同在，看，還有信心賽程中的雲彩，
　　當竭力奔跑，一心討主喜愛，好與他們同得，豫備主來。

所以，我們既有這許多的見證人，如同雲彩圍著我們，就當脫去各樣的重
擔，和容易纏累我們的罪，憑著忍耐奔那擺在我們前頭的賽程，望斷以及
於耶穌，就是我們信心的創始者與成終者；祂為那擺在前面的喜樂，就輕
看羞辱，忍受了十字架，便坐在神寶座的右邊。

　　　　　　　　　　　　　　　　　　　　　　　　——來十二1-2

(19) 雲彩

一、我的生命不再揮霍，自從我看見雲彩，
　　越過一片死寂荒漠，遠遠的顯現出來；
　　它像光明火柱，照亮黑暗道路，
　　燃起人生新希望，定住我的腳步。

二、我的人生變得充實，正當我迎向雲彩，
　　宇宙萬物真理柱石，千百年歷久不衰；
　　它是神所經營，活神顯於肉身，
　　給我無比信心，給我無比溫馨。

三、我的生活何等豪邁，因我已擁有雲彩，
　　弟兄姊妹堅強的愛，圍繞我不至搖擺；
　　真理照亮我的靈，恩典無窮無盡，
　　從此我心有所歸，不再歎息徘徊。

四、我與你們已經融合，也化為這朵雲彩，
　　天空多麼燦爛明亮，不怕那彎曲世代；
　　讓我大步向前去，將這見證高舉，
　　願它光采更壯麗，直到永世不渝。

（尾聲）
　　主，噢！主，噢！讓我放下各樣重擔，生活在光明的雲彩。

註：「雲彩」一辭採自希伯來十二章一節，指許多見證人。

所以，我們既有這許多的見證人，如同雲彩圍著我們，就當脫去各樣的重擔，和容易纏累我們的罪，憑著忍耐奔那擺在我們前頭的賽程。
　　　　　　　　　　　　　　　　　　　　——來十二1

⑳ 這是信仰之家

一、是神將我們帶在一起，成為神的家，滿有信心，
　　這信心全然出於神自己，我們憑信心行事為人；
　　祂對我們是何等實際，比任何所見都更確真，
　　有祂作我們相信的能力，得享祂美善逐日更甚。

（副）
　　哦，這是信仰之家，神與人同住的地方，
　　看，我們個個愛慕主話，最是歡喜來聽信仰；
　　藉著信，將神來實化，享受完滿兒子的名分，
　　愛慕祂，事奉祂，彰顯祂，實行神永遠的經綸。

二、我們跟隨主信的腳蹤，立志作神的信心後裔，
　　天天生活在神的交通中，祭壇和帳棚一生標記；
　　不忘為弟兄前去爭戰，並尋找機會向人行善，
　　好使神的家興旺並擴展，神終必得著團體彰顯。

所以我們有了時機，就當向眾人行善，尤其是向信仰之家的人。

——加六10

㉑ 神生命的種子

一、神生命的種子已經撒在我心裏，
　　它是福音內涵，也是國度的實際；
　　我要讓它長大，直到成熟並結果，
　　擴展在我全人每一角落。
　　我向著國度竭力來奔跑，一心嚮往，
　　世界丟背後，屬地的人情也難阻擋；
　　我心只望忠誠，一步一步跟隨從天來的呼召，
　　為進神國度，全人強奪得到。

二、教會生活就是要來國度的豫嘗，
　　我今投身其中，行在變化的路上；
　　還要榮上加榮，模成基督的形像，
　　等到國度實現，救恩全享。
　　主，要來的王，我向你歸順，尊你為大，
　　願你來掌權，在我心安家，將我變化；
　　使你僕人儆醒，時時刻刻豫備，等候你的再來，
　　那日面見你，永遠享你同在。

凡從神生的，就不犯罪，因為神的種子住在他裏面；他也不能犯罪，因為他是從神生的。

從施浸者約翰的日子直到現在，諸天的國是強力奪取的，強力的人就奪得了。

但我們眾人既然以沒有帕子遮蔽的臉，好像鏡子觀看並返照主的榮光，就漸漸變化成為與祂同樣的形像，從榮耀到榮耀，乃是從主靈變化成的。

　　　　　　　　　　　　──約壹三9，太十一12，林後三18

㉒ 神的安息

一、甚麼能使神得安息，甚麼是祂心所繫，
　　並不是在天上的座位，乃是在地的教會；
　　基督是全宇宙之主，有何能使祂滿足，
　　莫非是祂受死所救贖，祂的心愛，祂新婦。
　　是的！榮耀的教會，無何比妳更寶貴，
　　萬世之前神計畫，豫定她成為永恆的家，
　　這是歷代的奧祕，隱藏在神的心裏，
　　今藉聖靈我領會，彰顯神萬般的智慧。

二、到何時，萬物纔復興，不受苦，不被奴役，
　　當眾子同顯於榮耀中，萬有基督裏歸一；
　　惟你是基督的奧祕，祂豐滿，祂的身體，
　　你也是神團體的彰顯，是神帳幕在人間。
　　惟你能把地收回，推翻撒但的權位，
　　讓神旨意得實現，在地上為祂執掌王權，
　　當我認識你價值，就願永遠留於此，
　　我心我命與我力，全為你花費，不足惜。

並將那歷世歷代隱藏在創造萬有之神裏的奧祕有何等的經綸，向眾人照明，
為要藉著召會，使諸天界裏執政的、掌權的，現今得知神萬般的智慧。

——弗三9-10

23 真葡萄樹

一、主是真葡萄樹，我們是祂的枝子，
　　父神栽培照護，我得吸取祂的肥汁；
　　主用話語的修剪，使我能結果子更多，
　　住在主裏不間斷，離了祂，我就不能作甚麼。

二、生命交流不停，我需祂，時刻不離，
　　遵守我主命令，如此住在祂的愛裏；
　　長出多汁的葡萄，彰顯祂各面的豐富，
　　父就因此得榮耀，主喜悅，我的喜樂也滿足。

（副）
　　主既然從世界中，把我們揀選出來，
　　就賜下新的誡命：「你們要彼此相愛；」
　　如同祂愛我們一樣，把我們當作祂的朋友，
　　將一切捨去並分享，凡我們祈求都必成就。

（尾聲）
　　主是真葡萄樹，我們是祂的枝子。

我是真葡萄樹，我父是栽培的人。凡在我裏面不結果子的枝子，祂就剪
去；凡結果子的，祂就修理乾淨，使枝子結果子更多。
我是葡萄樹，你們是枝子；住在我裏面的，我也住在他裏面，這人就多結
果子；因為離了我，你們就不能作甚麼。
你們多結果子，我父就因此得榮耀，你們也就是我的門徒了。
　　　　　　　　　　　　　　　　　　　　　　——約十五1-2，5，8

(24) 禧年的生活

一、哦，讓我們揚聲歡呼，角聲徧地發出，
　　同宣告神救贖之日，人生從今開始；
　　出黑暗，脫捆綁，我這罪囚大得釋放。
　　哦，讓我們揚聲歡呼，角聲徧地發出。

二、哦，讓我們擊鼓跳舞，踏著喜悅腳步，
　　同進入神恩典禧年，前途美好無限；
　　我權益都恢復，重歸自由，產業豐富。
　　哦，讓我們擊鼓跳舞，踏著喜悅腳步。

三、哦，讓我們盡情享受，去罷，煩惱、憂愁，
　　將你喜樂快快敞開，神自己必進來；
　　祂豐富充滿我，如同大水，全人漫過。
　　哦，讓我們盡情享受，去罷，煩惱、憂愁。

四、哦，讓我們喫喝快樂，父家滿了詩歌，
　　祂是我們完全的愛，我們一生年代；
　　來安家神居所，天天過著禧年生活。
　　哦，讓我們喫喝快樂，父家滿了詩歌。

你們要將第五十年分別為聖，在遍地向一切的居民宣告自由。這年必為你
們的禧年，各人要歸回自己的產業，歸回本家。第五十年要作為你們的禧
年；這年不可耕種，地中自長的不可收割，沒有修剪的葡萄樹也不可摘取
葡萄。因為這是禧年，對你們是聖別的；你們可以喫田地的出產。在這禧
年，你們各人要歸回自己的地業。
主的靈在我身上，因為祂膏了我，叫我傳福音給貧窮的人，差遣我去宣揚被
擄的得釋放，瞎眼的得復明，叫那受壓制的得自由，宣揚主悅納人的禧年。

──利二五10-13，路四18-19

㉕ 祂正需要你和我

一、看哪！我主坐在寶座上，管轄列國執掌祂權杖，
　　千萬天使總隨侍在旁，地上罪人何竟失喪；
　　祂今安息在榮美之處，常受眾聖感恩並頌揚，
　　滿足之中卻仍感不足，心愛浪子還在浪蕩。

（副）
　　有誰願背負我們主的軛，同心為祂前去結果，
　　看哪，滿田金穀等待收割，祂正需要你和我；
　　去引領浪子回到父的家，來吸引新人願樂意留下，
　　我們配搭，帶來成捆的莊稼，一心將榮耀、讚美歸給祂。

二、我們起來答應主呼喚，不忍讓祂一再受限制，
　　與主合拍把地聯於天，作一勤奮福音祭司；
　　你會看見主應許成真，當你因愛再多給一點，
　　神賜祝福豐盛而無盡，神的羊群更為增添。

於是對門徒說，莊稼固多，工人卻少；所以要祈求莊稼的主，催趕工人收
割祂的莊稼。

──太九37-38

26 今日的方舟

一、親愛主，你召我們，在此敞開你心，
　　何喜樂！聽你招呼，進入方舟，享恩；
　　蒙拯救，日復一日，我心不再他尋，
　　在你裏，我們上升，勝過罪惡世代沉淪。

（副）
　　感謝主，使我們在你眼前蒙恩，
　　我們前來敞開心親近；
　　無視朋友冷嘲譏笑或是非議，
　　哦，主耶穌！我們愛你。

二、曾追求地樂、世福，離你獨自歡飲，
　　親愛主，我們纔知這使你心不忍；
　　今前來，回轉歸你，生出悔改的心，
　　哦，再次獻上自己，與你同在方舟藏隱。

三、在你裏何其安然，你外死水翻滾，
　　曾愛慕許多事物，都已埋葬、消沉；
　　親愛主，保守我們，不致迷失方寸，
　　這一生安家教會，與今日的方舟有分。

好使你們不再從人的情慾，只從神的旨意，在肉身中度餘下的光陰。因為
已過隨從外邦人的心意，行邪蕩、情慾、醉酒、荒宴、群飲、並不法可憎
拜偶像的事，時候已經彀了；在這些事上，你們不與他們奔入同樣放蕩的
洪流中，他們就以為怪，毀謗你們。

——彼前四2-4

27 進入今日的方舟

一、挪亞的日子怎樣，人子來臨也要怎樣，
　　人們沉迷於喫喝與嫁娶，一昧隨從肉體的情慾；
　　惟有他在神前蒙恩典，被神稱義，活出敬虔，
　　作一完全人，日日與神同行，成為世代相反的見證。

（副）
　　凡神所啟示他全都遵照，按著神要求豫備一方舟，
　　因為地上充滿了邪惡、強暴，一切肉體將到盡頭；
　　挪亞因著信，傳揚神的義，從罪的世界蒙保守，
　　直到洪水淹沒全地，他一家八口得拯救。

二、神的話豫言怎樣，現今世代也是這樣，
　　人們只知愛自己、愛錢財，並愛宴樂，盡都是敗壞；
　　神以祂的榮耀和美德，呼召我們與祂同得，
　　神生命、性情我竟全然有分，同作耶穌復活見證人。

（副）
　　脫離這世代彎曲和墮落，竭力來進入今日的方舟，
　　我們實行正當的教會生活，作成救恩夜以繼晝；
　　憑主而活著，並活出基督，勝過了世界和潮流，
　　渴望那日被提，進入主巴路西亞，同享受。

挪亞的日子怎樣，人子來臨也要怎樣。因為就如在洪水以前的那些日子，人又喫又喝，又娶又嫁，直到挪亞進方舟的那日，並不知道審判要來，直到洪水來了，把他們全都沖去；人子來臨也要這樣。

這樣，我親愛的，你們既是常順從的，不但我與你們同在的時候，就是我如今不在的時候，更是順從的，就當恐懼戰兢，作成你們自己的救恩。

——太二四37-39，腓二12

(28) 神需要得勝者

一、神使用施浸者約翰，他放下所誇，離開家，
　　棄絕了當時那宗教的世代；
　　從一切老舊轉向主，並放膽講說神的話：
　　「神的國近了，當悔改！」

（副）
　　哦，神需要得勝者，作耶穌親密的愛者，
　　活著能為轉移這世代；
　　哦，神需要得勝者，作耶穌親密的愛者，
　　藉著他們終結這世代。

二、神呼召大數的掃羅，為著神永遠的目的，
　　成使徒保羅，執行主的旨意；
　　他看見屬天的異象，建造主合一的身體，
　　無任何分裂和離異。（接副歌）

三、神呼召少年提摩太，與保羅同魂同前往，
　　他常常禱告，讓主話來浸潤；
　　他的靈如火般挑旺，主，我的靈也要這樣，
　　好成為得勝的神人。（接副歌）

（尾聲）
　　求使我們成為得勝者，基督新婦，時代轉移者，
　　藉著我們終結這世代。

　　註：譯自二〇一五年美國大專聖徒特會新詩。

那靈向眾召會所說的話，凡有耳的，就應當聽。

　　　　　　　　　　　　　　　　　　　　　　　—啟二7上

㉙ 選擇作得勝者

一、挪亞敬虔度日享受神恩典，為神所用轉移時代；
　　因信建造方舟，堅定不改變，無畏抵抗世界敗壞。

（副一）
　　你願否選擇作今時代得勝者，並不以愛耶穌為恥，
　　反倒更加火熱，喫生命樹而活著，並飲於生命水河？
　　你願否選擇作今時代得勝者，寧捨世界並獻上全人，
　　單單與主聯合，為著祂的再來，將自己全捨？

二、摩西蒙神呼召，並被神命定，用以轉移那個時代；
　　成為神的同伴，與神同行動，為人謙和，忠信不怠。（接副一）

三、又撒母耳成為祭司事奉神，討神喜悅，向神絕對；
　　甘心獻上自己作拿細耳人，脫離死亡、世界和罪。（接副一）

四、但以理和同伴喫喝神的話，聖別自己，堅定站立；
　　迫切向神禱告並聯結於祂，為神子民，顧神心意。

（副二）
　　主，我今選擇作今時代得勝者，並不以愛耶穌為恥，
　　我心更加火熱，喫生命樹而活著，並飲於生命水河；
　　主，我今選擇作今時代得勝者，屬天異象使我靈焚燒，
　　如火挑旺顯赫，為轉移這時代，將自己全捨。

　　註：譯自二〇一五年美國大專聖徒特會新詩。

得勝的，我要叫他在我神殿中作柱子，他也絕不再從那裏出去；我又要將
我神的名，和我神城的名，（這城就是由天上從我神那裏降下來的新耶路
撒冷，）並我的新名，都寫在他上面。

　　　　　　　　　　　　　　　　　　　　　　　　——啟三12

㉚ 復活的早晨

一、復活的早晨,迎來一道耀眼的光芒,
　　黑暗已盡,帶給人們全新的盼望;
　　我心不再冷沉,聽見眾天使歌唱,
　　我靈立即起身,趕赴新造的聚集,久所嚮往。

（副）

　　神的子民無比歡欣,一同迎接復活的早晨,
　　蒙神悅納,因我們是神全新創造的一部分;
　　主說的話都已成真,賜我新心新靈,我成新人,
　　直等那日穿上榮耀之身,飛入光明無夜之門。

二、復活的溫馨,處處迷漫在我們中間,
　　全然相信,見證愛與生命同掌權;
　　我們一同有分,神聖新造的起點,
　　個個靈裏振奮,唱著得勝的詩歌,高聲頌讚。

天使就對婦女說,不要怕,我知道你們是尋找那釘十字架的耶穌。祂不在
這裏,照祂所說的,已經復活了;你們來看安放祂的地方。
因此,若有人在基督裏,他就是新造;舊事已過,看哪,都變成新的了。
就是在一剎那,眨眼之間,末次號筒的時候;因號筒要響,死人要復活,
成為不朽壞的,我們也要改變。因這必朽壞的,必要穿上不朽壞;這必死
的,必要穿上不死。

　　　　　　　　　　　　——太二八5-6,林後五17,林前十五52-53

㉛ 新耶路撒冷—神和祂的贖民

一、三一神和祂所救贖的人，擁有一個婚姻的故事，
　　自從創世以來就在進行，這宇宙配偶的羅曼史；
　　神在基督裏，作他們獨一的丈夫，
　　蒙救贖的人是祂團體新婦，豫備、妝飾整齊，衷心切慕，
　　那日，在新耶路撒冷終極顯出。

二、這聖城是神與人的居所，是會幕和殿的集大成，
　　神歷代經營的完滿結果，使神萬般智慧得顯明；
　　神要安居在祂所有贖民的裏面，
　　祂的贖民要住在祂的裏面，如此得享安息，歡樂無限，
　　我們與神同得滿足，直到永遠。

我又看見聖城新耶路撒冷由神那裏從天而降，豫備好了，就如新婦妝飾整齊，等候丈夫。我聽見有大聲音從寶座出來，說，看哪，神的帳幕與人同在，祂要與人同住，他們要作祂的百姓，神要親自與他們同在，作他們的神。

——啟二一2-3

情深細語
鬻與願

11月 November

除非透過禱告，我們無法接受基督，相信祂的聖名。（約一12～13。）

祂帶我進入筵宴所，以愛為旗在我以上。

——歌 二4

基督徒信仰的本質，乃是與耶穌建立個人情深、親密的關係。

⓪1 只想對你說

一、我在自己裏面活，常是任性、放蕩、怠惰，
　　當時少不更事的我，自己以為豪邁、灑脫；
　　也曾經失敗、失意過，也曾經得勝、得意過，
　　如今罪人蒙恩的我，常在救主面前安坐。
　　恩主，我只想對你說，但願你每天得著我，
　　多方保守、扶持、帶領我，哦，以你的慈繩愛索；
　　我不會因為試煉、剝奪，就心裏作難、退縮，
　　我不會因為困難、逼迫，就靈裏膽怯、頓弱。

二、我在基督裏面活，那是多麼自在、穩妥，
　　有祂時刻與我相佐，一切變得美好、寬闊；
　　恩典是越過越增多，平安是不停，不消沒，
　　有祂日夜陪我生活，一生歡喜自在、豐碩。
　　愛主，我只想對你說，願你完全的佔有我，
　　因我是你手中的工作，全照你的模樣雕琢；
　　我不會因為世福、誘惑，就心裏動搖、失措，
　　我不會因為白眼、冷漠，就靈裏黯淡、消磨。

（尾聲）
　　主，我願完全被你得著，哦主，我只想對你說。

耶和華聽了我的懇求；耶和華收納我的禱告。

耶和華阿，我用聲音呼籲的時候，求你垂聽，並求你恩待我，應允我。

你說，你們當尋求我的面；那時我的心向你說，耶和華阿，你的面我正
要尋求。

——詩六9，二七7-8

⎛02⎞ 我聽得見你

一、非言語也非思想，能描述或能想像，
　　非人世也非凡間，能比擬或能替換；
　　你的恩處處是愛，全備無量，歷久不衰，
　　你看著我，我望著你，彼此相屬，聯合為一。

（副）
　　就是這樣熟悉的聲音，一次次敲動我的心，
　　自然也是這原因，情不自禁，我愛袖，自在、歡欣。
　　主阿，我聽得見你，你也懂得我的心意，
　　我們心心相聯，常相憶，
　　地久天長，永不分離。
　　主阿，我聽得見你，是你滿足我心我意，
　　我們心心相印，常相惜，
　　直等那日，親眼見你。

二、在海上或在曠野，同星光或同日月，
　　在低谷或在高處，同安息也同歡呼；
　　你的心顯為純潔，將我吸引，將我聖別，
　　你帶領我，我順從你，願我一生全在於你。

若不是耶和華幫助我，我的魂早已住在寂靜之中了。
我正說我失了腳，耶和華阿，那時你的慈愛扶持了我。
我裏面思慮繁多，那時你的安慰使我的魂歡樂。

—— 詩九四17-19

03 帶我進入筵宴所

一、主耶穌，我心深深切慕，你的自己和你的恩愛，
　　謝絕了訪客，離開事務，我將世界摒除心門外；
　　單單尋求你，與你親近，我的良人，你富有吸引，
　　你白而且紅，遠超萬人，惟有你，主，最滿我情心。

二、主，你的愛情比酒更美，在我胸懷如一袋沒藥，
　　當我珍賞你一切恩惠，我心頌讚而滿了榮耀；
　　無人能像你可愛、饒優，葡萄園中像一束鳳仙，
　　願我作個殿給你居留，以滿我心對你的依戀。

（副）
　　哦，祂帶我進入筵宴所，以愛為旗在我以上，
　　盡情享受祂愛的提握，我心因祂灼灼發亮；
　　嘗祂果子，便覺甘甜，歡喜坐在祂的蔭下，
　　使我不禁心喜靈滿，我們的愛如詩如畫。

（尾聲）
　　主，帶我進入筵宴所，你那豐滿愛的筵宴所，
　　惟願我能與你相佐，主，我屬你，你也屬於我。

他帶我進入筵宴所，以愛為旗在我以上。

我以我的良人為一袋沒藥，夜裏留在我的胸懷間。我以我的良人為一束鳳
仙花，在隱基底的葡萄園中。

我的良人白而且紅，超乎萬人之上。

—歌二4，一13-14，五10

04　注目祂默想祂

一、為何污穢的罪人，可以朝見聖潔的神，
　　無他，因耶穌的血，已經洗去我們罪孽；
　　為何人憑己而活，神還顧念他的輭弱，
　　無他，因主作中保，在神右邊擔負、代禱。

二、我雖硬心又失信，祂仍可信，前來施恩，
　　祂所應許的諾言，從不改變，總會實現；
　　我常任性又獨行，未曾叫祂厭倦、灰心，
　　祂是愛我愛到底，為使我能像祂自己。

（副）
　　注目祂，那為我而死的，祂使我抬頭唱歌，
　　注目祂，那默然愛我的，祂因我歡欣、喜樂；
　　默想祂為我所給所作，心中油然生起愛火，
　　默想祂話語和祂承諾，不顧一切為祂而活。

（尾聲）
　　我的心時常注目祂，默想祂，願一生全然被祂佔有。

何況基督藉著永遠的靈，將自己無瑕無疵的獻給神，祂的血豈不更潔淨我
們的良心，使其脫離死行，叫我們事奉活神麼？所以，祂作了新約的中
保，既然受死，贖了人在第一約之下的過犯，便叫蒙召之人得著所應許永
遠的產業。
耶和華你的神在你中間，是施行拯救的大能者；祂必因你歡欣喜樂，默然
愛你，且因你喜樂而歡呼。

——來九14-15，番三17

05 夜之語

一、我躺下，睡覺，我醒著，靜看時間忘記了流動，
　　我早晨起身，我頌讚，我的心願都在你面前；
　　求聽我唉哼的聲音，我的罪常在我面前。

（副）
　　我的主，我的神阿，讓我緊緊跟隨你行，
　　我獻自己，纔覺缺欠、平庸，願為你活，卻感卑下、力窮；
　　我的父，親愛阿爸，深深擁我在你胸懷，
　　單單享受你親密的同在，以你事為念，傳揚你的愛。

二、我輾轉難眠，我自責，揮別往日情懷和舊夢，
　　我夜間醒來，我細算，我的歎息不向你隱瞞；
　　你前來示愛並施恩，主十架照耀我心間。

我躺下睡覺，我醒過來，因為有耶和華扶持我。
主阿，我的心願都在你面前，我的歎息不向你隱瞞。
因為我知道我的過犯，我的罪常在我面前。
我魂緊緊的跟隨你；你的右手扶持我。

　　　　　　　　　　　　　——詩三5，三八9，五一3，六三8

06 你知道我愛你

一、遠望群山，我沉思岸邊，過往美好，已不復可見，
　　失敗、軟弱，回到了從前，若我見主，能否得赦免；
　　重操舊業，燈火照湖面，徒勞之中，竟發生轉變，
　　重新下網，看漁獲滿滿，原來是主，祂親來顯現。

二、生起炭火，我靠近取暖，貼心服事，已備好早飯，
　　愛的對話在我倆之間，去除了我良心的重擔；
　　所有虧欠都已成過去，與祂建立真實的關係，
　　真心愛祂，哦，此生不渝，就算捨命，主，我也願意。

（副）
　　祂對我說，你愛我麼？主阿，是的，你知道我愛你，
　　我是自私、軟弱、自大，曾經多次讓你失望不已；
　　主阿，你是無所不知的，說，我愛你，我說不出口，
　　你的愛恩，我真不配得，一生愛你，跟隨你而走。

（尾聲）
　　我的心愛你，今只能這樣，主阿，這是我真實景況；
　　惟有祂是愛，我暗自追想，遵行祂囑咐，牧養群羊。

他們喫完了早飯，耶穌對西門彼得說，約翰的兒子西門，你愛我比這些更深麼？彼得對祂說，主阿，是的，你知道我愛你。耶穌對他說，你餧養我的小羊。耶穌第二次又對他說，約翰的兒子西門，你愛我麼？彼得對祂說，主阿，是的，你知道我愛你。耶穌對他說，你牧養我的羊。耶穌第三次對他說，約翰的兒子西門，你愛我麼？彼得因為耶穌第三次對他說，你愛我麼？就憂愁，對耶穌說，主阿，你是無所不知的，你知道我愛你。耶穌對他說，你餧養我的羊。

—— 約二一15-17

07 照亮我的心

一、人的道路都在神眼前，祂也考量人所有路徑，
　　祂從遠處知道我的意念，也知道我一切所行；
　　我將你的話在心裏珍藏，免得我得罪你，
　　繫在頸項上，寫在心版上，到老也不偏離。

二、人心籌算自己的道路，我的腳步但求神指引，
　　主說，清心的人何等有福，因為他們必得見神；
　　但願你時刻點亮我的燈，照明我的黑暗，
　　人是看外貌，神是看內心，鑑察人心意念。

（副）
　　求你光照我，除去我罪孽，來顯明我的心如何，
　　一心向著神單一並純潔，選擇你和你的喜樂；
　　從你的手中接受這一切，沒有閒言、假冒和苛責，
　　保守我的心，與你永聯結，賜我每日彀用恩澤。

人心籌算自己的道路，惟耶和華指引他的腳步。
我將你的話珍藏在心裏，免得我得罪你。
清心的人有福了，因為他們必看見神。
因為要緊的不是人怎樣看；人是看外貌，耶和華是看內心。
　　　　　　　　——箴十六9，詩一一九11，太五8，撒上十六7下

08 保守我的心

主阿，我心尊你為大，我靈以神我的救主為樂，
你扶助了我，又施恩救拔，主，我天天要向你唱新歌；
我的神阿，我一心尋求你，我的好處不在你以外，
我今將自己全然獻給你，惟有你是我的主，我的愛。

（副）

主阿，甚願你賜福與我，又願你能擴張我的境界，
願你與我同在常相佐，求保佑我免去試探，不失跌；
主阿，求你眷顧我全人，保守我的心，勝過保守一切，
好叫我的一生，全靈和全魂，能以愛你，與你永聯結．

馬利亞說，我魂尊主為大。我靈曾以神我的救主為樂。
神阿，求你保守我，因為我投奔於你。我對耶和華說，你是我的主；我的
好處不在你以外。
你要切切保守你心，因為生命的果效發之於心。

——路一46-47，詩十六1-2，箴四23

09 引導我心

一、回頭的浪兒，父親抱著頭，返家的孩子，母親牽著手，
　　出海的船兒，有指南領航，我的心哪，你需要有方向。

（副）
　　引導我心，主，引導我心，進入神的愛，安息祂胸懷，
　　引導我心，主，引導我心，進入基督忍耐，只想祂同在。

二、我不怕黑暗，若必須經過，我只會歎息，祂知我輭弱，
　　求主修直我心中的途徑，不管路多長，向你永堅定。

三、茫茫人海中，心常受搖動，撒但頻試誘，我無力爭勝，
　　但有主作伴，祂是我領港，在回家途中，我滿懷希望。

願主修直你們心中的途徑，引導你們的心，進入神的愛以愛神，並進入基
督的忍耐以忍耐。

——帖後三5

⑩ 哦主求你佔有我心

一、哦主，求你佔有我心，使它全然聖別屬你，
　　願在你裏逐日更新，與你更為親近，
　　完全順服，歸主管理。

二、廣闊基督，純潔的你，讓我單單作你容器，
　　更多盛裝你的自己，作我生命、能力，
　　直到從我一再滿溢。

三、救我脫離己的監禁，和它一切罪的勢力，
　　惟你作我生命成分，因你滿足、歡欣，
　　天天活在自由境地。

四、你這神的榮耀奧祕，神聖豐富住在你裏，
　　你充滿我，我彰顯你，你我合併是一，
　　但願我活著就是你。

（副）
　　哦，主，願你施情並吸引，奪我眼目，佔有我心。

因為神格一切的豐滿，都有形有體的居住在基督裏面，你們在祂裏面也得
了豐滿。祂是一切執政掌權者的元首。

並且穿上了新人；這新人照著創造他者的形像漸漸更新，以致有充足的
知識。

　　　　　　　　　　　　　　　　　　　　——西二9-10上，三10

⑪ 印記

一、你以愛為印記，將我放在你心上，
　　你帶著我不離不棄，因為愛如死之堅強；
　　你銘刻的印記，同樣印在我心上，
　　我跟隨你不稍偏離，因烈焰所閃的火光。

二、每一天我向己死，向神而活，擁抱真實，
　　我有聖靈作基業憑質，我得豫嘗神的恩賜；
　　所有所是獻上為祭，我真羨慕活你樣式，
　　時刻儆醒離開不義，一心盼望得贖的日子。

（尾聲）
　　憑著主印記的持守，不叫神的聖靈憂愁，
　　我心順服，豫備、等候，求你來把我提走。

你將我放在你心上如印記，帶在你臂上如戳記；因為愛如死之堅強，嫉妒
如陰間之殘忍。

然而，神堅固的根基立住了，上面有這印記說，主認識屬於祂的人。又
說，凡稱呼主名的人，總要離開不義。

並且不要叫神的聖靈憂愁，你們原是在祂裏面受了印記，直到得贖的日子。

——歌八6上，提後二19，弗四30

⑫ 我將主常擺在我面前

一、我將主耶穌常擺在我面前，當我面臨重大抉擇，
　　懇求主施恩，使我更加敬虔，我的靈與你緊緊聯合；
　　我心渴望與你面對面，全然信託，受你恩澤，
　　如此享受你自己作恩典，成為我力量、救恩、詩歌。

（副）

　　主，我的心尊崇你，主，我的口稱頌你，
　　在我一切所行的事上認定你；
　　主，我的心尊崇你，主，我的口稱頌你，
　　在你旨意命定的路上榮耀你。

二、我將主耶穌常擺在我面前，我們的愛沒有間隔，
　　世上的事物，雖好卻是有限，惟有祂是愛，如同江河；
　　祂的旨意比前更甘甜，我心順服，歡喜負軛，
　　求將我聖化變得更屬天，時常親近你，是我所樂。

我將耶和華常擺在我面前；因祂在我右邊，我便不至搖動。
在你一切的道路上，都要認定祂，祂必修直你的途徑。

──詩十六8，箴三6

13 主阿！我肯

一、黎明的光總在最暗時綻放，寒冬的雪常在最冷時溶解，
　　我這疲困流蕩的心，要到那裏纔歡欣，
　　每當最是需要急迫，是主，你來遇見我；
　　不記得多少次，我的懊悔你從不輕視，
　　數不盡你的恩，使我堅定至今仍站穩。

（副）
　　是你旨意，禍福不問，無須要求，主阿，我肯！
　　惟願我主心滿意足，我將自己歡然交出。

二、我並不好主竟來向我呼召，我雖無能卻能靠主常得勝，
　　為使神的聖靈水流，一直向前不停留，
　　我的一切由祂接收，好作踏腳的石頭；
　　曠野中開道路，有祂同在，愁雲變歡呼，
　　沙漠裏開江河，隨祂而走，一路唱凱歌。

馬利亞說，看哪，我是主的婢女，情願照你的話成就在我身上。

——路一38上

⑭ 牽引

一、我當如何跟從我的主，我的雙手四處抓空，
　　我履履嘗試向前舉步，我身卻仍在其中；
　　我看不見我的未來，我已不常思想我的存在，
　　我回顧所蒙的恩召和情愛，我心不禁感傷又無奈。

（副）
　　求你就來用手緊握，以你的愛牽引我方向，
　　我願憑信再次交託，因你知道我所有景況；
　　我是要你權益和榮耀，來鑑察我肺腑心腸，
　　主，惟有你是可信、可靠，我要單單注視、仰望。

二、我曾多次問我的朋友，似乎也有相同感觸，
　　他們用主話排困、解憂，我心仍有所缺如；
　　主阿，你是我的未來，我因有你，所以纔能存在，
　　不變的是你的恩召和情愛，阿們，我主，你今仍主宰。

因為神的恩賜和呼召，是沒有後悔的。

——羅十一29

⑮ 數算主的恩典

一、今我安坐在主面前，——數算我主的恩典，
　　纔知恩典多而溢漫，超越了我的記憶空間；
　　危難時，祂看顧、眷憐，試煉中，祂保守、記念，
　　扶持、供應從不間斷，代禱、加力未見缺欠。

（副）
　　主的恩典真是豐滿完全，一面數算，一面感念，
　　我就脫離自愛與自憐，單單享受祂的美善、甘甜；
　　微小如塵，何竟蒙神恩眷，一面數算，一面奉獻，
　　求得著我更為堅貞、敬虔，不再是我，乃是主恩典。

二、回顧一生，來回數算，細細數算我主的恩典，
　　大事小事，滴滴點點，都是恩所賜，越發增添；
　　灰心時，我向祂仰臉，歎息中，我倚祂胸間，
　　祂的愛情比山崖堅，祂的信實高過諸天。

然而因著神的恩，我成了我今天這個人，並且神的恩臨到我，不是徒然的；反而我比眾使徒格外勞苦，但這不是我，乃是神的恩與我同在。

——林前十五10

(16) 作你恩愛奇珍

一、主，求你開恩可憐我，因罪擔使我難抬頭，
　　是我的不堪與過錯，願你能赦免並收留；
　　惟你是信實永不變，向罪人守約施慈愛，
　　願你來施情並恩眷，求救我救我這無賴。

二、主，求你施恩眷憐我，我願意跟隨你而走，
　　但我的肉體與軟弱，卻時常羈絆並試誘；
　　但你已得勝，掌王權，是我的山寨和高臺，
　　你必能救我到完全，我投身投身在你懷。

三、主，求你賜恩愛憐我，激勵我為愛常守候，
　　惟因你滿足而快活，願許配給你作佳偶；
　　這世界終究要逝去，其上的情慾正衰敗，
　　我對你的愛永不渝，主，願你願你快回來。

（副）
　　哦，你憐憫，極大憐憫，我越經歷越深，
　　如同江河延展無盡，一直漫過我身；
　　哦，你的恩，豐滿的恩，我越享受越真，
　　佔有我整個全心全人，一生作你恩愛奇珍。

因為你是歸耶和華你神的聖別子民；耶和華你神從地上的萬民中揀選你，
作祂自己的珍寶，作祂的子民。耶和華鍾情於你們，揀選你們，並非因你
們多於別民，原來你們在萬民中是最少的；乃因耶和華愛你們，又因要守
祂向你們列祖所起的誓，就用大能的手領你們出來，把你們從為奴之家，
從埃及王法老的手中救贖出來。

　　　　　　　　　　　　　　　　　　　　　　　　——申七6-8

17 乘著詩歌的翅膀

從很高很高的地方你看見我，
從很深很深的心房你鑑察我，
我的所有思想意圖，我的每一心腸肺腑，
你都知道，你都明瞭。

從很久很久的已往你記念我，
從很遠很遠的去向你帶領我，
我的軟弱、過錯、失敗，我的需要、前程、未來，
你都體恤，你都參與。

許多的話在心中靜默，許多的感動不知怎麼說，
無人像你如此懂我，無人像你完全愛我。
我要乘著詩歌的翅膀，自由翱翔無垠天際，
遠離了喧嚷，脫去了重量，我的靈與你聯合為一；
我要乘著詩歌的翅膀，自由翱翔飛到地極，
滿懷著盼望，享受著安詳，在那裏與你永遠親密。

但我要歌唱你的力量；早晨我要歡唱你的慈愛；因為你作過我的高臺，在
我急難的日子，作過我的避難所。
我的力量阿，我要歌頌你，因為神是我的高臺，是向我施慈愛的神。

——詩五九16-17

⑱ 寫一首情歌給你

一、是你來將我提攜，正當我軟弱、不起，
　　是你背負我不辭心力，親自承擔我的難題；
　　是你陪伴我依依，我常孤獨又失意，
　　是你無視我的反覆、悖逆，始終不離不棄。
　　我的生命經死復起，由黑暗轉入神光明國裏，
　　我的人生變得多美麗，處處都是愛的奇蹟；
　　喜樂與平安是我天地，信心和盼望使我堅定不移，
　　主，我成為你骨肉、肢體，永遠與你聯合為一。
　　愛主，我滿心感激，但願我全然屬你，
　　愛主，願我成為你愛的標記，求成全我此生最大心意。

二、回顧這一生經歷，我不禁感動、淚滴，
　　讓我寫一首情歌給你，其上復刻愛的印記；
　　是你先捨棄自己，作我罪人的代替，
　　是你一路施恩保守、護庇，好拯救我到底。
　　為我所作美好、希奇，施恩又憐恤，有誰能像你，
　　為我所給恩典和實際，享受不盡，豐滿、洋溢；
　　就算全宇宙逐漸更易，萬事和萬物也都變遷、離異，
　　主，你真愛我，永不止息，我也愛你，全心全意。
　　但願能親眼見你，但願能立刻被提，
　　那時，再也沒有距離和遮蔽，我今切望你不久的歸期。

我心裏湧出美辭，講說我論到王的作品。我的舌頭是快手的筆。

　　　　　　　　　　　　　　　　　　　　　——詩四五1

⑲ 再寫一首情歌

一、自從遇見了你，我心有了平安、喜樂，
　　還好認識了你，我的日子再不苦澀；
　　因為有了你，我可以走過崎嶇、坎坷，
　　深願與你心同意合，千山萬水，跋涉。

二、自從遇見了你，我就喜歡吟詩、唱歌，
　　豫備那日見你，披上榮身，天唱地和；
　　愛主，謝謝你，我真是幸福，滿被恩澤，
　　若能為你背重、負軛，即或捨身，值得。

（副）
　　於是再寫一首情歌，述說你愛有如江河，
　　配上各種樂器、琴瑟，時時刻刻哼著、唱著，
　　全心獻上這首情歌，代替我的拙口笨舌，
　　主，願我心始終火熱，一生不改，愛你和你的。

早晨傳揚你的慈愛，夜間傳揚你的信實，彈奏十弦的樂器和瑟，用琴彈出
幽雅的聲音；這本為美事。

——詩九二2-3

20 我在此靜聽

一、神阿，我的心渴想你，我幾時纔能見你的面，
　　求你就來扶持加力，惟你能使我心喜靈歡；
　　人情世故再不要纏我，因我已嘗過天恩滋味，
　　地樂世福都已變淡泊，但主屬於我，其他退位。

（副）
　　求主每晨向我發言，使我得聽你慈愛聲音，
　　你話穿透我心思意念，終日享受你供應並指引；
　　當我進入你的同在，主阿，請說，我在此靜聽，
　　虔誠的心向你敬拜，深願與你同行在光中。

二、神阿，我的心切慕你，最好能時刻與你親近，
　　瞻仰你的可愛自己，你生命給我享用不盡；
　　真願我能和你面對面，如同你朋友亞伯拉罕，
　　今在肉身雖不能看見，但在我靈裏何其美善。（接副歌）

（尾聲）
　　不可見的比見更親近，不可摸的比摸更傾心，
　　恩主，你的慈聲和愛語，是我心中力量和歡愉。

我的魂渴想神，就是活神。我幾時纔可以來朝見神呢？

——詩四二2

㉑ 耶穌的烙印

一、我不能再信靠自己，不再隨己意，以為作甚麼都可以，
　　各種的努力加上各方的算計，換來一時得意，卻都是肉體；
　　不忍父神的旨意被遺棄，惟恐恩典之靈也失去餘地，
　　求你用愛時常題醒並激勵，將我放在你心上如印記。

（副）
　　主耶穌，你是我的主人，我是你永遠委身的奴僕，
　　我今因著愛歡然承認，全心全意愛主，事奉我主；
　　耶穌的烙印烙在我身，奴僕的傷痕，主人的心，
　　在我不配之身顯你恩，我的安息全繫於你歡欣。

二、我不能再任憑自己，我若失去祂，作甚麼都是無意義，
　　再美的事情配上再好的利益，與你相比，不過是虛空玩意；
　　我這人既已受了主割禮，還須經過十架一再的浸洗，
　　我當跟隨我主受死的蹤跡，逐日得像你，並得神歡喜。

從今以後，人都不要攪擾我，因為我身體上帶著耶穌的烙印。

——加六17

㉒ 將自己獻給神

一、主阿，我今伏俯你腳前，虔誠的向你獻上自己，
　　對我你有絕對的主權，我整個生命完全屬你；
　　凡過去不受義的約束，今看來不過盡是羞恥，
　　從此後，我已無別的主，一切事都遵照你意思。

（副）
　　今天起，我不是自己的主，所有所是交由你接管，
　　願聖靈的能力不受攔阻，榮耀之主在我身掌權；
　　求我主且不要向我讓步，當我與你有任何爭執，
　　仍施恩眷顧我，等我降服，來嘗你愛，擁抱你真實。

二、我將肢體單單獻給神，作義的器具，以致成聖，
　　就像從死裏復活的人，惟願我全人供神使用；
　　不再從我的揀選、愛好，不容罪在我身體管轄，
　　親愛主，我只受你遣調，順從靈，活在恩典之下。（接副歌）

（尾聲）
　　除你以外，在天上我有誰呢？在地上我也沒有愛慕的，
　　你以聖言引導我並賜恩力，以後必接我到榮耀裏。

倒要像從死人中活過來的人，將自己獻給神，並將你們的肢體獻給神作義
的兵器。罪必不能作主管轄你們，因你們不在律法之下，乃在恩典之下。
你要以你的勸言引導我，以後必接我到榮耀裏。除你以外，在天上我有誰
呢？除你以外，在地上我也沒有所愛慕的。

──羅六13下-14，詩七三24-25

㉓ 打破玉瓶

一、我的主將不久人世，為祂機會已經不多，
　　失去祂，心如同已死，真願一直與祂相佐；
　　多香珍藏玉瓶香膏，我今因愛惟祂是配，
　　欣然打破全都傾倒，無人像祂美而可貴。
　　在祂腳前破碎一切，沒有一事比這更美，
　　盡我所能得祂喜悅，為我心愛，何來枉費；
　　估量生命不在用處，而是看見我主價值，
　　惟願祂能心滿意足，獻上所有，不計得失。

二、我的主必快要再來，滿帶威榮從天而降，
　　那是我盼望的所在，縈繞我心，不住思量；
　　除祂以外，無所欲喜，我將所有放祂腳前，
　　為主捨棄毫不足惜，豫先回應祂的加冕。
　　在祂腳前破碎一切，沒有一事比這更美，
　　盡我所能得祂喜悅，為我心愛，何來枉費；
　　估量生命不在用處，而是看見我主價值，
　　惟願祂能心滿意足，獻上所有，不計得失。

（尾聲）

　　經過十架流出的生命，如同為主打破的玉瓶，
　　作主心愛，在各處顯揚，因認識祂而有的香氣。

耶穌在伯大尼患痲瘋的西門家裏，有一個女人拿著一玉瓶極貴的香膏，到
祂跟前來，趁祂坐席的時候，澆在祂的頭上。門徒看見，就惱怒說，何必
這樣枉費？
耶穌知道了，就對他們說，為甚麼難為這女人？她在我身上作的，是一件
美事。
感謝神，祂常在基督裏，在凱旋的行列中帥領我們，並藉著我們在各處顯
揚那因認識基督而有的香氣。

　　　　　　　　　　　　　　　　　——太二六6-8，10，林後二14

(24) 是一件美事

一、在我這　生，有太多愛的神蹟，我得出死入生，轉危為安；
　　在我身上，數不盡恩典希奇，時常供應、保守，享受無限；
　　我主為我，經歷人世坎坷，費心費力，勞碌不懈，
　　我主愛我，忍受譏誚、苛責，受苦受難直到命絕。

（副）
　　哦！愛祂永遠不會太多，永遠不會太火熱或太過，
　　願祂在我卑微之身顯為寶貴，不是枉費，祂全然是配；
　　哦！愛祂機會已經不多，我的心阿！要緊緊把握，
　　作耶穌熱愛的情人，今生今世，主對我說：是一件美事。

二、就在這一次，我深受主愛激勵，為祂打破玉瓶，全然傾倒；
　　在主身上，有芬芳香氣四溢，用膏尊榮祂頭，並抹祂腳；
　　我為我主，情願不顧一切，盡心盡意，不再保留，
　　我愛我主，惟願與祂聯結，盡其所能奉獻所有。

耶穌知道了，就對他們說，為甚麼難為這女人？她在我身上作的，是一件
美事。因為常有窮人和你們同在，只是你們不常有我。她將這香膏澆在我
身上，是為安葬我作的。我實在告訴你們，普天之下，無論在甚麼地方傳
揚這福音，也要述說這女人所行的，作為對她的記念。

——太二六10-13

25 揀選

一、當我正為世務忙碌，主對我說：「來，跟從我！」
　　疲乏之中我仍躊躇，祂又呼召不肯放過；
　　喜樂光明立即湧出，在我答應之時，
　　榮耀安息加上歡呼，在我一路跟隨日子。

二、世間雖有亨通大路，眾人蜂擁，汲汲營求，
　　只是我心早有所屬，讓他們去盡力佔有；
　　主，我已經蒙你聖別，專一為神用途，
　　你手掌管我的一切，全用於你命定之路。

三、一人不能事兩個主，要神又要世界賞賜，
　　不是保留，就是傾注，香膏只能枉費一次；
　　主，你對我乃是真愛，無悔愛你不改，
　　讓我天天向你表白：惟你配得我命我愛。

（尾聲）
　　我在此築起奉獻的祭壇，求賜炭火將我鍛煉，
　　主，你揀選我，是因恩憐，我揀選你是為償願。
　　這一生歲月看似無希奇，竟是把地聯結於天，
　　主，你的笑容是我歡喜，定睛奔向永世冠冕。

約書亞對百姓說，你們自己選擇耶和華，要事奉祂，你們向自己作見證
罷。他們說，我們願意作見證。
這樣，你們每一個人，若不捨棄一切所有的，就不能作我的門徒。
沒有一個家僕能事奉兩個主；因為他不是恨這個愛那個，就是忠於這個輕
視那個。你們不能事奉神，又事奉瑪門。

——書二四22，路十四33，十六13

㉖ 獻

一、當主掛在十架，我的舊人同釘，
　　我歡然從罪得釋放，
　　在復活裏祂來賜我神聖生命，我活出神生命的新樣；
　　我今在基督裏，與主聯合生長，
　　向罪死了，向神活著；
　　我是如此相信，又將自己獻上，渴望達到成聖的結果。

二、如果不把布匹交給巧匠裁縫，
　　它就不能裰成衣裳，
　　若要　團泥土塑成貴重器皿，惟有放在窯匠的手上；
　　主，是的，我這人也願意獻給你，
　　讓你掌管，自由定意；
　　我的主權轉移，我的愛情歸依，我已不再屬於我自己。

三、我從自己手中，欣然轉讓出來，
　　何安息，能完全屬你，
　　從此我無別主，心中已無他愛，恩主耶穌是我的惟一；
　　所有肢體歸你，當作義的兵器，
　　天天活在成聖境地；
　　願我向著己死，一生作你奴隸，甘心順服遵行你旨意。

所以不要讓罪在你們必死的身體裏作王，使你們順從身體的私慾，也不要
將你們的肢體獻給罪作不義的兵器；倒要像從死人中活過來的人，將自己
獻給神，並將你們的肢體獻給神作義的兵器。罪必不能作主管轄你們，因
你們不在律法之下，乃在恩典之下。

——羅六12-14

27 交換

一、我曾蒙神豫定，被祂揀選，卻因過犯，墮入了罪的深淵，
　　但祂為尋得我重回祂面前，甘願捨棄愛子，向我施救援；
　　在這蒙恩年間，我心感念，數不盡的是祂白白的恩典，
　　祂是完全愛我，完全無條件，而我對祂卻是有限。

二、我應算是愛神，也願奉獻，受祂吸引，跟隨祂一路進前，
　　我是時常祈求並時常稱羨，好能討祂喜歡，顯出這敬虔；
　　只是走到今天，我靈感歎，所付出的多是口頭和心願，
　　原來我是自我、自愛與自憐，和祂相比天地之遠。

（副）
　　今聖靈點亮我心眼，我蒙救主光照，看得更明顯，
　　惟有祂纔是那「永遠」，其他只是短暫的出現；
　　我就願意欣然來交換，以我全部的有限換無限，
　　我以此生餘下的時間，換得我神的永遠，
　　我就願意欣然來交換，以我全部的有限換無限，
　　主，我願交出我人的主權，求得著我完完全全。

不但如此，我也將萬事看作虧損，因我以認識我主基督耶穌為至寶；我因
祂已經虧損萬事，看作糞土，為要贏得基督。

弟兄們，我不是以為自己已經取得了，我只有一件事，就是忘記背後，努力
面前的，向著標竿竭力追求，要得神在基督耶穌裏，召我向上去得的獎賞。

——腓三8，13-14

28 時刻記念我主十架

一、主你是那永遠「我是」，穿上人性甘受限制，
　　你是惟一全能、全知、全有，為行父旨不肯自救；
　　人中之人倍受愛戴，何竟被神擊打、苦害，
　　原來是為我的過犯、罪孽，虛己、捨身，直到命絕。

（副）
　　主，是你先愛我，救我，你所作所是全都為我，
　　為我你竟犧牲，全給、全捨，我的一生滿被恩澤；
　　既蒙神救贖並稱義，就不再是我，不再屬己，
　　就願從此愛你、事你、活你，渴望配得過你心和你意。

二、我心應當時刻記念，我主十架沽盡眼前，
　　記念你是如何降卑、順服，嘗盡苦杯，成為咒詛；
　　全然顯明神愛、神心，使我罪人得救、歡欣，
　　當我靈裏注視這餅、這杯，心中珍賞，惟祂是追。

因為我曾定了主意，在你們中間不知道別的，只知道耶穌基督，並這位釘十字架的。

　　　　　　　　　　　　　　　　　　　　　　——林前二2

29 再救一個靈魂

一、回首過往，主，你的愛何大，你所施憐憫何其深，
　　恩典慈愛化成救恩無價，顯在我這不配之身；
　　滿心感激，主，認識你真好，我一生滿足且歡欣，
　　全靈敬拜，我無以回報，願我能貼近你的心。

二、舉目觀看，主，滿地是莊稼，呼召我作你的工人，
　　去向人群，照耀生命之話，為你再救一個靈魂；
　　懇求恩主，用聖愛充滿我，能像你給人而捨身，
　　隨你腳蹤，靠福音生活，願我能觸動你的心。

（副）

　　一百隻羊內中缺一隻，遠離父家流蕩的浪子，
　　失喪靈魂仍飢渴不止，哦！主，差遣我，僕人在此。

無論對希利尼人還是對化外人，無論對智慧人還是對愚拙人，我都是欠債
的。所以在我，我已經豫備好，要將福音也傳給你們在羅馬的人。

——羅一14-15

㉚ 讓我與你同行

一、讓我與你同行，經高山，過低谷，
　　讓我與你同行，走曠野，奔天路；
　　只要有你同在，我不怕受苦、危害，
　　若失去你同在，我只得憂愁、驚駭。

（副）
　　在我敵人面前，你為我擺設筵席，
　　我遇大山阻攔，憑信將它移為平地；
　　有你親自為伴，我投進愛的懷抱裏，
　　神賜祝福滿滿，我一生歡喜洋溢。

二、還要與你同行，經風暴，過黑夜，
　　還要與你同行，手牽引，心聯結；
　　願你親切同在，常在我四圍安營，
　　跟從我主領帥，神恩典滿我途徑。（接副歌）

（尾聲）
　　讓我與你同行，直到見主榮形。

你以你的恩惠為年歲的冠冕，你的路徑都滴下脂油。

在我敵人面前，你為我擺設筵席；你用油膏了我的頭，使我的福杯滿溢。

人哪，耶和華已指示你何為善；祂向你所要的是甚麼呢？無非是要你施行
公理，喜愛憐憫，謙卑的與你的神同行。

　　　　　　　　　　　　　　　　　　──詩六五11，二三5，彌六8

命定
榮耀的盼望

12月 December

基督是我們的生命，祂顯現的時候，你們也要與祂一同顯現在榮耀裏。

——西三4

啟示錄是整本聖經的完結，也是神聖啟示和神工作的總結，揭示了萬事、萬物和萬人的最終結局。在此特別選編了一系列的詩辭，從「團體的神人」到「湧流之三一神的日的地」，共有十二首，關於新耶路撒冷作神永遠經綸的終極結果。另外，特別標示聖經最後二章重要的事項。

日出日落一世過去又一代　　　　你的聖徒生活等候安睡
一位一位他們已逐漸離開　　　　一次一次我們望你快回

來罷我主這是教會的求呼　　　　來罷我主請聽聖徒的催促
來罷歷世歷代累積的共鳴　　　　我主能否求你今天一起聽

——倪柝聲

主耶穌阿，我願你來！

——啟二二20

01 盼望

一、這個世界並不是我家，我如客旅寄居此地，
　　其上一切盡都是虛華，逐漸變陳像一外衣；
　　主已應許我永恆盼望，常在靈裏歡喜而嚮往，
　　引我憑信從遠處眺望，神所豫備更美的家鄉。

（副）
　　求主助我至死忠誠，能以打那美好的仗，
　　跑盡當跑的賽程，守住當守的信仰；
　　主耶穌，我願你來，接我進入你同在，親眼見你風采；
　　耶穌，我願你來，願你快來！

二、外面的人雖然在毀壞，常感病痛，負重歎息，
　　這必死的日漸的衰敗，我得活著靠主恩力；
　　主已應許我活的盼望，今雖暫住地上帳幕裏，
　　引我憑信從深處著想，神所豫備復活的身體。

他們卻羨慕一個更美、屬天的家鄉；所以神稱為他們的神，並不以為恥，
因為祂已經給他們豫備了一座城。
因為我們在這帳幕裏的人，負重歎息，是因不願脫下這個，乃願穿上那
個，好叫這必死的被生命吞滅了。
那美好的仗我已經打過了，當跑的賽程我已經跑盡了，當守的信仰我已經
守住了。

　　　　　　　　　　　　　　——來十一16，林後五4，提後四7

02 交託

一、細數往事，回首前塵，從我出生就被交託給神，
　　幾經憂患，苦難來臨，無人幫助，惟有求你開恩；
　　我日夜呼求未得應允，但你使我仍存倚靠的心，
　　因你是以讚美為寶座，我要將我的事向你全交託。

二、再要交託，沒有牽掛，全交託神和祂恩典的話，
　　祂的信實堅定、廣大，遠勝日月，是我磐石、堅崖；
　　世界的財寶短暫、虛假，何況其他人們平常所誇，
　　我真知道所信的是誰，祂必能保全我所託都完備。

（副）
　　神，你是一切眾善之源，賜下各樣完備的恩賜，
　　樂意滿足我們心之所願，我靈讚美你恩不置；
　　哦，你是萬有眾光之父，在你沒有轉動的影兒，
　　深信你能保守我所託付，都必成全，直到那日。

我從出生就被交託給你；從我母腹中，你就是我的神。

然而我不以為恥，因為知道我所信的是誰，也深信祂能保守我所託付的，
直到那日。

——詩二二10，提後一12下

03 面向未來

一、對於過去，我當如何交待，我的無知、悖逆，種種敗壞，
在主寶血之下全心悔改，因愛，我願交出每個現在；
原來我早就在神的計畫，創世之前就已豫知、定下，
又來呼召、稱義、施恩、救拔，賜我兒子名分，歸神的家。

二、我的前途因祂何其光采，向著永遠，持續前進，不怠，
靠著神那不能隔絕的愛，握住神的應許面向未來；
沒有一事使我腳步受阻，患難、貧窮，甚或逼迫、困苦，
直到那日，身體就要得贖，披上永世榮耀，全然像主。

（結）
我永遠是神的蒙愛兒女，主已施恩拯救，多方保守，
使我在凡事上得勝有餘，在主的盼望中，終必得救。

還有，我們曉得萬有都互相效力，叫愛神的人得益處，就是按祂旨意被召
的人。因為神所豫知的人，祂也豫定他們模成神兒子的形像，使祂兒子在
許多弟兄中作長子。祂所豫定的人，又召他們來；所召來的人，又稱他們
為義；所稱為義的人，又叫他們得榮耀。
然而藉著那愛我們的，在這一切的事上，我們已經得勝有餘了。
——羅八28-30，37

(04) 不屬世界

一、我的人已不屬這世界，因我蒙了神的救贖，
　　想到過往種種一切，我慶幸我現在有主；
　　救我脫離罪中的享樂，不再受奴役而蒙羞，
　　我今吟唱摩西之歌，我已得到真正自由。

二、我的心已不屬這世界，因為神已將我聖別，
　　基督十架將我斷絕，我只求我救主喜悅；
　　因我知道在我裏面的，遠比這世界的更大，
　　時常高唱得勝凱歌，仇敵已被踏在腳下。

三、我的國原不屬這世界，因我已經被神選召，
　　投入加略聖軍行列，主增加我這人減少；
　　雖要經過患難與坎坷，祂是我喜樂的原因，
　　那日歡唱羔羊新歌，迎接我王從天降臨。

（副）
　　無何比這更榮耀，無何比這更美好，
　　能夠不再屬於這世界，今我與主合併，永聯結；
　　這種人生真豪邁，這種生活真多采，
　　向人照耀主生命的光，定睛向上去得主獎賞。

我不求你使他們離開世界，只求你保守他們脫離那惡者。他們不屬世界，
正如我不屬世界一樣。
這世界和其上的情慾，正在過去；惟獨實行神旨意的，永遠長存。
　　　　　　　　　　　　　　　　　　——約十七15-16，約壹二17

一、童女若真是精明，迎接新郎的婚期，
　　就當儆醒拿著燈，豫備油在器皿裏；
　　僕人若向來忠信，就會盡力的擺上，
　　按時分糧給家人，豫備向主人交帳。

（副）
　　那日子那時辰，沒有人知道，是半夜或是破曉，
　　總要儆醒，全人豫備好，豫備迎接那日的來到；
　　那日子那時辰，沒有人知道，或清醒或已睡著，
　　遇見我主作王的榮耀，我要儆醒，時刻豫備好。

二、信徒若要被選上，承受諸天的國度，
　　就當活出主模樣，豫備赴筵的禮服；
　　那日我要面見祂，當祂在雲中降臨，
　　將我一切事表達，豫備在臺前受審。

這樣，誰是那忠信又精明的奴僕，為主人所派，管理他的家人，按時分糧
給他們？

在想不到的日子，不知道的時辰，那奴僕的主人要來。

那時，諸天的國好比十個童女，拿著她們的燈，出去迎接新郎。其中五個
是愚拙的，五個是精明的。愚拙的拿著她們的燈，卻沒有帶著油；但精明
的拿著她們的燈，又在器皿裏帶著油。

所以你們要儆醒，因為那日子、那時辰，你們不知道。

——太二四45，50，二五1-4，13

06 出死入生的盼望

一、如果死亡是未知的異鄉，逝者已矣，總叫人憂傷，
　　但主在拉撒路墳前曾說：復活在我，生命也在我；
　　面對死亡，祂以權能對抗，將人憂傷注入了盼望，
　　藉著死敗壞那掌死權的，祂曾死過，如今又活了。

（副）

　　　永活救主戰勝死亡，帶來出死入生的盼望，
　　　齊心讚美，高聲歌唱，我們在救恩的洋海徜徉；
　　　離地上升，脫去捆綁，心中燃起炙熱的盼望，
　　　憑主的話悠遊神往，彼此勸慰，顯出復活的模樣。

二、惟有耶穌從死亡中回頭，祂是首先，祂也是末後，
　　死亡已被主的得勝吞滅，它的權勢被主已斷絕；
　　祂是先鋒，我的救恩元帥，永活之路為信者而開，
　　我不再受死挾制而畏懼，隨祂而走，進榮耀裏去。

耶穌對她說，我是復活，我是生命；信入我的人，雖然死了，也必復活。

兒女既同有血肉之體，祂也照樣親自有分於血肉之體，為要藉著死，廢除那掌死權的，就是魔鬼，並要釋放那些一生因怕死而受挾於奴役的人。

關於睡了的人，弟兄們，我們不願意你們無知無識，恐怕你們憂傷，像其餘沒有盼望的人一樣。因為我們若信耶穌死而復活了，神也必照樣將那些已經藉著耶穌睡了的人與祂一同帶來。

所以你們當用這些話彼此安慰。

　　　　　　　　　　——約十一25，來二14-15，帖前四13-14，18

07 家引晨光來

一、主，你賜福何其多，且將自己全給我，
　　最大是成全我立家室，從此人生新又活；
　　這家願作神居所，讓神榮耀來寄託，
　　神、人在此常相會，天地之主來歇臥。
　　自從我把家打開，愛光聖義湧進來，
　　罪擔憂苦盡消散，平安喜樂滿心懷；
　　全是憐憫全是愛，神、人同居同喝采，
　　有何財富能換此幸福，全家大小獻敬拜。

二、這大救恩真豐厚，但願你我能享有，
　　當一家一家來歸向神，主的應許正成就；
　　同心合意常聚首，作神往前的站口，
　　立在彎曲世代中，生命之話照明透。
　　每當夜影罩地面，挨家挨戶聚主前，
　　蒙恩樂歌唱不盡，家家一片光明天；
　　如同點點繁星顯，顯在每個人世間，
　　不久，夜盡天明主臨近，榮耀破曉在眼前。

使你們無可指摘、純潔無雜，在彎曲悖謬的世代中，作神無瑕疵的兒女；
你們在其中好像發光之體顯在世界裏，將生命的話表明出來，叫我在基督
的日子，好誇我沒有空跑，也沒有徒勞。
至於我和我家，我們必定事奉耶和華。

——腓二15-16，書二四15下

08 新耶路撒冷─團體的神人

一、歷經漫長的過程，獨自的神歡欣如願，
　　看哪，一座碧玉城，顯在所有時代的終點；
　　這是神人集其大成，神完全救恩的表現，
　　萬萬千千和聲頌稱，永遠將祂完滿來彰顯。

二、祂已擴大並繁增，神人完全聯調為一，
　　成為新耶路撒冷─神人二性構成的實體；
　　在她，神計畫完全實現，神與人永遠享安息，
　　因她，神榮耀得著稱讚，有她，我們人生滿意義。

三、為她，我獻上自己，交在這神聖過程裏，
　　脫離單獨和孤僻，天天活出這神聖實際；
　　步步成聖，榮上加榮，主，我願有分那聖城，
　　至終與你完全相同，同顯在那神聖榮耀中。

城中有神的榮耀；城的光輝如同極貴的寶石，好像碧玉，明如水晶。
並且，大哉！敬虔的奧祕！這是眾所公認的，就是：祂顯現於肉體，被稱義
於靈裏，被天使看見，被傳於萬邦，被信仰於世人中，被接去於榮耀裏。
　　　　　　　　　　　　　　　　　　　　　　　──啟二一11，提前三16

09 新耶路撒冷—伊甸園的應驗

一、我來自遙遠的伊甸樂園，那裏有神的心願；
　　祂按自己形像和樣式造人，好成為祂的複本；
　　賜給他們權柄，好能代表祂，給他們造了靈，得以盛裝祂，
　　又將永遠安置在人心裏，渴望尋得祂自己。

二、在教會，我彷彿回到伊甸，神與人心愛樂園，
　　我看見神生機建造的藍圖，是如何細細部署；
　　同來喫生命樹，喜悅又滿足，同來喝生命水，全人都暢舒，
　　逐日變成金子、珍珠、寶石，作祂安居的宮室。

三、我嚮往永遠的生命之城—聖城新耶路撒冷，
　　與神同享美妙婚姻的生活，出自祂心愛傑作；
　　我們盡情享受，神美好無限，作祂團體配偶，將祂來彰顯，
　　如此活在伊甸園的應驗，直到神滿足心願。

耶和華神在東方的伊甸栽植了一個園子，把所塑造的人安放在那裏。耶和華神使各樣的樹從地裏長出來，可以悅人的眼目，也好作食物；園子當中有生命樹，還有善惡知識樹。有一道河從伊甸流出來滋潤那園子，從那裏分為四道。

天使又指給我看在城內街道當中一道生命水的河，明亮如水晶，從神和羔羊的寶座流出來。在河這邊與那邊有生命樹，生產十二樣果子，每月都結出果子，樹上的葉子乃為醫治萬民。

——創二8-10，啟二二1-2

⑩ 新耶路撒冷─神新造的終極完成

一、我原墮落在過犯中，隨從肉體舊性情，
　　但我信主，靈裏得重生，有神生命；
　　我今在基督裏，成為神的新造，
　　看哪，舊事已過，都變成新的了，
　　有分聖城撒冷宇宙建造─神人聯調。

二、要緊的乃是作新造，其他都無關緊要，
　　惟願基督加增我減少，活出新造；
　　我們憑靈而行，向著那靈撒種，
　　在生命新樣中，與主一同行動，
　　經過神的更新、變化歷程，成為聖城。

三、我們是神團體器皿，作神新造的新人，
　　祂是一切，在一切之內，一切所歸；
　　我們穿上新人，天天向神而活，
　　至終成為撒冷─神新造的傑作，
　　顯現在復活裏，到處是新，到處是神。

坐寶座的說，看哪，我將一切都更新了。又說，你要寫上，因這些話是可信的，是真實的。

——啟二一5

11　新耶路撒冷—終極完成的書拉密女

一、願祂與我親嘴，因你愛情比酒更美，
　　願你吸引我，我們就快跑跟隨；
　　你我常在內室，嘗你的愛，甜美真實，
　　我得逐日聖別，與你相似。

（副）
　　因祂不變的追求，我們向祂傾投，渴望隨祂而走，
　　作祂團體的王后，同祂成為宇宙的對耦；
　　願你施愛並保守，引我生命逐日成熟，
　　求記念你佳偶這被提守候。

二、我的良人，來罷！往田間去，同心配搭，
　　隨同你作工，在各處村莊住下；
　　清晨同往園裏，看看生命成長美麗，
　　在彼，我要將我愛情給你。

三、我從曠野上來，因你如死堅強的愛，
　　求使我常聽見你，哦，願你快來；
　　我今求你將我放在你心上如印記，
　　將我帶在你臂上如戳記。

我的佳偶，你全然美麗，毫無瑕疵。

求你將我放在你心上如印記，帶在你臂上如戳記；因為愛如死之堅強，嫉妒如陰間之殘忍；所閃的光是火的閃光，是耶和華的烈焰。

我的良人哪，願你快來，如羚羊或小牡鹿在香草山上。

我又看見聖城新耶路撒冷由神那裏從天而降，豫備好了，就如新婦妝飾整齊，等候丈夫。

——歌四7，八6，14，啟二一2

12 新耶路撒冷—神恩典的展示

一、讚美神，你是恩典化身，藉成為人，豐豐滿滿賜給我們，
　　為救我，竟上十架被戮，捨了自己，將我救活，同坐寶座；
　　我要唱，全心歌唱，恩典已作王，
　　我歡暢，全靈歡暢，恩典真無量，
　　何喜悅，我的所有了結，
　　有祂真好，有祂無缺，作我一切。

二、感謝神，在你神聖經綸，所得福分完完全全是本於恩，
　　我因信，藉著應許而生，同來得著兒子名分，出於撒冷；
　　來享受，父、子、聖靈，價值益顯明，
　　來湧流，神聖生命，便人得供應；
　　我一生，必須經過路程，
　　有祂同在，直到路終，恩典夠用。

三、敬拜神，今我成何等人，我要見證，全是因著神的宏恩，
　　從開始，盡是恩典故事，樣樣是神恩典所賜，無限展示；
　　願今後，向著我們更洋溢擴增，
　　到永久，終極完成新耶路撒冷；
　　願恩典榮耀得著稱讚，
　　藉著聖城神得彰顯，永永遠遠。

從祂的豐滿裏我們都領受了，而且恩上加恩。

按著祂意願所喜悅的，豫定了我們，藉著耶穌基督得兒子的名分，歸於祂
自己。

——約一16，弗一5

13 新耶路撒冷—永遠的伯特利

一、雅各在流浪中曾夢見，有一梯子立地且頂天，
　　他因敬畏向神許心願，立起枕石為作神的殿；
　　在我深處也有一個夢，我們成為一座活的城，
　　永遠顯立在全宇宙中，神人合併，天地永相通。

（副）
　　新耶路撒冷，神與人的夢，
　　相互作住處，彼此為滿足；
　　基督作天梯，神與人聯結為一，
　　永遠享安息，我的夢：永遠的伯特利。

二、不再漂泊，四處去尋覓，我今安家神的教會裏，
　　天天享受伯特利實際，生活在這夢的應驗裏；
　　我願時時轉向我的靈，讓神的靈澆灌且變化，
　　經歷基督被祂來構成，同被建造成為神的家。

我是伯特利的神；你在那裏用油抹過柱子，向我許過願。現在你起來，離
開這地，回你的出生地去罷。
又對他說，我實實在在的告訴你們，你們將要看見天開了，神的使者上去
下來在人子身上。

　　　　　　　　　　　　　　　　　　　　　——創三一13，約一51

⑭ 新耶路撒冷—宇宙的金燈臺

一、四圍盡都是黑暗，日光月光也已隱藏，
　　惟見一金燈臺堅立不變，始終灼灼的發亮；
　　照耀在神帳幕裏，也曾在聖殿裏發光，
　　今在教會最深黑夜的時期，加倍顯耀更輝煌。

（副）
　　黑夜的火燈，榮耀何神聖，
　　耶穌的見證— 新耶路撒冷。

二、她是純金所打造，表徵父神聖別性情，
　　像臺子形狀作子神豫表，燈是靈神的說明；
　　這七靈如七盞燈，要將我焚燒並煉淨，
　　也是羔羊七眼，注視並搜尋，將神傳輸我內衷。

三、這獨一的金燈臺，要在各地向外繁殖，
　　眾教會要如此建造起來，作三一神的複製；
　　我要持守這實際，逐日脫離自己樣式，
　　有分這見證，直到新天新地，神榮光照耀不止。

論到你所看見在我右手中的七星，和七個金燈臺的奧祕，那七星就是七個
召會的使者，七燈臺就是七個召會。
那城內不需要日月光照，因有神的榮耀光照，又有羔羊為城的燈。

——啟一20，二一23

15 新耶路撒冷—基督身體建造的終極完成

一、感謝神，用愛帶我歸回，不再世界中徘徊，
　　願一生活在祂心愛的教會，
　　這裏有數不盡的恩愛，肢體溫馨的關懷，
　　我所有的好處不在這以外；
　　長到主裏面，我逐日衰減，
　　恩賜得成全，好被主差遣；
　　求主得著我這樣心志：站立在這踏腳石，
　　向著聖城撒冷我全心注視，
　　如此活在基督身體裏，竭力保守那靈的一，
　　同享受神聖三一活的實際。

二、同來盡新約祭司職分，獻上得救的罪人，
　　供應基督生命好餧養他們，
　　在靈裏照耀神聖的光，禱告中獻上馨香，
　　如此顧到主權益，是我願望；
　　主，願你擴增，在我身作工，
　　好終極完成新耶路撒冷；
　　看，我們眾人同心合意，在主裏全然是一，
　　向著榮耀目標同魂來努力，
　　不久基督身體得實現，神的帳幕顯在人間，
　　神與人互為居所，直到永遠。

為要成全聖徒，目的是為著職事的工作，為著建造基督的身體，直到我們
眾人都達到了信仰上並對神兒子之完全認識上的一，達到了長成的人，達
到了基督豐滿之身材的度量。

我聽見有大聲音從寶座出來，說，看哪，神的帳幕與人同在，祂要與人同
住，他們要作祂的百姓，神要親自與他們同在，作他們的神。

——弗四12-13，啟二一3

16　新耶路撒冷—永遠的錫安山

一、神使我滿心喜笑，生出以撒，凡祂所應許信實，必不差，
　　活在神的交通中，看見他逐日長大，因我居住在美妙別是巴；
　　栽上一棵垂絲柳，生命如江河湧流，
　　贖回一口活水井，作我源頭，
　　呼求以利俄拉姆，沒有比這更真實，享受神同在並一切所是。

二、一日，神把我擺在試驗之下，聽從祂指示上到摩利亞，
　　為何神賜我心愛，如今卻要歸還祂，且要作燔祭，代價何等大；
　　讚美神，必有豫備，復活裏，使他歸回，
　　好能完全為著神，惟祂是配，
　　我今客居在此地，想念屬天的家鄉，錫安大逍，我要忠心前往。

三、我們生活在教會，神的帳棚，向著永遠的目標而前行，
　　願神旨意得完成，同得勝者盡旅程，進入那聖城新耶路撒冷；
　　不管旅程多崎嶇，跟隨信心的腳蹤，
　　憑神恩典來竭力達到高峰，
　　主，求你將我成全，所有盼望變眼見，敬拜我神，在永遠錫安山。

　　　　註：以撒豫表基督；別是巴意盟誓之井；
　　　　　　以利俄拉姆意奧祕、隱藏卻又真實、永活的神；
　　　　　　摩利亞乃亞伯拉罕獻以撒之地，至終成了神的錫安山。

這些事以後，神試驗亞伯拉罕，對他說，亞伯拉罕。他說，我在這裏。神
說，你帶著你的兒子，就是你獨生的兒子，你所愛的以撒，往摩利亞地
去，在我所要指示你的山上，把他獻為燔祭。
我在靈裏，天使帶我到一座高大的山，將那由神那裏從天而降的聖城耶路
撒冷指給我看。

　　　　　　　　　　　　　　　　　　　——創二二1-2，啟二一10

⑰ 新耶路撒冷—三一的構成

一、三一神已成那靈，滿帶神聖的生命，
　　像一道水河，可白白取用，每當我歡然呼求主名；
　　還有一棵生命樹，供應新鮮又豐富，
　　祂就是萬有、內住的基督，藉著主話作我們食物。
　　我們喫祂並喝祂，天天享受祂，作我們內在元素，
　　得以像祂並活祂，同來彰顯祂，好成為祂活的建築；
　　有父聖別的性情，有子復活的生命，
　　加上靈多方變化並作工，步步進入榮耀中。

二、主，我愛你的定旨，願出代價買金子，
　　因你，將萬事都看為損失，憑你大能，模成你的死。
　　那靈藉萬事管治，除掉我天然雜質，
　　好構成精金、珍珠和寶石，像你，純淨而沒有瑕疵。
　　我們供應三一神給需要的人，作他們內在元素，
　　活在生命交通中，跟隨主行動，將人帶進這活建築；
　　這是新耶路撒冷，我們正在建構中，
　　神與人聯調、建造的工程，全由三一所構成。

信入我的人，就如經上所說，從他腹中要流出活水的江河來。耶穌這話是
指著信入祂的人將要受的那靈說的；那時還沒有那靈，因為耶穌尚未得著
榮耀。

天使又指給我看在城內街道當中一道生命水的河，明亮如水晶，從神和羔
羊的寶座流出來。在河這邊與那邊有生命樹，生產十二樣果子，每月都結
出果子，樹上的葉子乃為醫治萬民。

城中有神的榮耀；城的光輝如同極貴的寶石，好像碧玉，明如水晶。

——約七38-39，啟二二1-2，二一11

⑱ 新耶路撒冷—神的榮耀

一、榮耀的日子快來到，我們完全像神，
　　神的眾子都進榮耀，作神的奇珍；
　　我們答應這神聖呼召，按著神命定來得榮耀，
　　哦，我們前進，朝著目標：新耶路撒冷！

二、榮耀的盼望我有分，得享美妙之光，
　　主要浸透我整個人，並從我顯彰；
　　我們成為神團體彰顯，彰顯神形像直到永遠，
　　使神的榮耀得著稱讚：新耶路撒冷！

三、榮耀的種子撒找裏，願它天天長大，
　　直到那日成熟之際，它就要開花；
　　那時我們要透出光輝，宇宙全都要發出讚美，
　　列國將一切榮耀歸給新耶路撒冷！

城中有神的榮耀；城的光輝如同極貴的寶石，好像碧玉，明如水晶。
列國要藉著城的光行走，地上的君王必將自己的榮耀帶進那城。

　　　　　　　　　　　　　　　　　——啟二一11，24

一、一道生命水的河，流自天上的寶座，
　　凡這水河所經過，百物都必活；
　　為著完成神定旨，從伊甸園就開始，
　　一直湧到撒冷城，未停止；
　　如今在我們裏面湧流，將我們全然浸透，
　　作我們真實的供應和享受，
　　如此產生寶貴的材料，顯在撒冷的建造，
　　神與人合併永聯調，充滿了榮耀。

二、這道生命水的河，誰都可以來白喝，
　　祂已解除我乾渴，我向主唱歌：
　　「父是永活生命源，子是湧流活水泉，
　　靈是水河且流進我裏面；」
　　神阿，我要投身在流中，與主聯合同作工，
　　讓這水流向外擴展並流通，
　　直到湧入永遠的生命，歸入新耶路撒冷，
　　神的心願就要完成，榮耀永無終。

―――

有一道河從伊甸流出來滋潤那園子。

節期的末日，就是最大之日，耶穌站著高聲說，人若渴了，可以到我這裏
來喝。信入我的人，就如經上所說，從他腹中要流出活水的江河來。耶穌
這話是指著信入祂的人將要受的那靈說的；那時還沒有那靈，因為耶穌尚
未得著榮耀。

天使又指給我看在城內街道當中一道生命水的河，明亮如水晶，從神和羔
羊的寶座流出來。

　　　　　　　　　　　　　　──創二10上，約七37-39，啟二二1

⑳ 活在得救的盼望中

一、行在這敗壞世界，常有試誘、爭戰和苦難，
　　雖有人偏離、退卻，我要靠主堅定而放膽；
　　愛使我蒙了憐憫，得著重生，有活的盼望，
　　這盼望助我前進，定睛在主十架的光芒。

二、同受苦，要同得榮，盼望神的榮耀而誇耀，
　　即便是在患難中，如魂的錨堅固不動搖；
　　忍耐著熱切期待，神所賞賜兒子的名分，
　　得著主為我帶來，在末世要顯現的救恩。

（副）
　　我因信蒙神能力保守，與神合作而聽命、順服，
　　因我是在盼望中得救，保守自己不沾染世俗；
　　今為祂撇下世界、歡娛，有祂領我，我一路唱詩，
　　何歡騰，披上榮耀身軀，在平安中顯為無瑕疵。

（尾聲）
　　緊緊跟隨主的腳蹤，活在得救的盼望中。

所以，親愛的，你們既期待這些事，就當殷勤，得在平安中給主看為無斑點、無瑕疵的。

我們主耶穌基督的神與父是當受頌讚的，祂曾照自己的大憐憫，藉耶穌基督從死人中復活，重生了我們，使我們有活的盼望。

就是你們這因信蒙神能力保守的人，得著所豫備，在末後的時期要顯現的救恩。

——彼後三14，彼前一3，5

21 在聖別中與主同行

一、從那天，因耶穌的血，我心有了平安、自由，
　　我與神已不再隔絕，常在祂前感謝、祈求；
　　有分神的義和聖潔，享受神的完全救恩，
　　願今後與祂永聯結，哦，我全人向祂投奔。

（副）
　　主正尋找有誰彀格，將來與祂一同治理，
　　在聖別上無可指摘，完成神的選召目的；
　　無論是否主來延遲，總要時時謹守、儆醒，
　　站立得穩，盡力堅持，在聖別中與主同行。

二、當存心討神的喜悅，主的再來已經緊近，
　　生活中我追求聖潔，憑主聖愛行事為人；
　　婚姻上持守著盟約，互信互愛顯為忠貞，
　　工作時我勤奮不懈，結出美果而榮耀神。

這一切既然都要如此銷化，你們該當怎樣為人，有聖別的生活和敬虔。
神的旨意就是要你們聖別，禁戒淫亂。

——彼後三11，帖前四3

(22) 聖徒所行的義

一、信而得救，在剎那之時，我生命因此得以改變，
　　被神稱義是一生的事，至終要按行為受審判；
　　既是兒女便是神後嗣，遵守主誡命而敬虔，
　　在地活出天國的樣式，像天父那樣的完全。

二、我們蒙召是為了行義，惟讓主事事居中、掌權，
　　今天得享國度的實際，在那日得有分其顯現；
　　主且供應，但也有要求，要將我模成祂形像，
　　凡主吩咐都應當遵守，彰顯神國度的景象。

（副）
　　主來是要成全律法，我們遵行將祂顯大，
　　天天作主忠信門徒，跟隨祂的每一步武；
　　那日同赴羔羊婚筵，得穿明淨的細麻衣，
　　何等有福，同樂在天，因有「聖徒所行的義」。

（尾聲）
　　我們迎向新天和新地，處處都有義顯彰，
　　那時義人在父的國裏，要發光如同太陽。

我們要喜樂歡騰，將榮耀歸與祂；因為羔羊婚娶的時候到了，新婦也自己
豫備好了。又賜她得穿明亮潔淨的細麻衣，這細麻衣就是聖徒所行的義。
天使對我說，你要寫上，凡被請赴羔羊婚筵的有福了。又對我說，這是神
真實的話。
那時，義人在他們父的國裏，要發光如同太陽。有耳可聽的，就應當聽。
　　　　　　　　　　　　　　　　　　　　　　　——啟十九7-9，太十三43

㉓ 憑信愛望等候主來

一、信使我與世界斷絕，離棄偶像歸向了神，
　　蒙拯救並與神聯結，行在光中，恩上加恩；
　　主的話在心裏運行，使我忠信，盡我職分，
　　配合神勤作主事工，面對患難，站立得穩。

二、愛使我感激而樂意，服事又活又真的神，
　　祂是我追求的目的，奉獻所有，勞苦、堅忍；
　　生活中憑著愛而行，日復一日更為聖潔，
　　遵從主命令：「愛弟兄」，甘心捨己，討主喜悅。

三、望使我想見祂的面，心存忍耐，等候主臨，
　　愛慕祂不久的顯現，喜樂心滿，榮耀無盡；
　　在那日，見到我心愛，全然成聖，得以像祂，
　　不再有痛苦和悲哀，同在祂的「巴路西亞」。

（副）

　　我們穿上信和愛的胸甲，戴上救恩之望的頭盔，
　　儆醒謹守，不理謊言虛假，豫備自己好與主相會；
　　住在主裏，常常喜樂，不住禱告，凡事謝恩，
　　在聖別上無可指摘，坦然迎見主的來臨。

（尾聲）

　　我們憑信愛望等候主來，阿們！主耶穌阿，我願你來。

但我們既是屬於白晝，就當謹慎自守，穿上信和愛的胸甲，並戴上救恩之
望的頭盔。
且願和平的神，親自全然聖別你們，又願你們的靈、與魂、與身子得蒙保
守，在我們主耶穌基督來臨的時候，得以完全，無可指摘。
你們也當恆忍，堅固你們的心，因為主的來臨近了。

——帖前五8，23，雅五8

(24) 活在主再來的光中

一、我們得贖的日子，比初信的時候更近了，
　　世界、情慾正消逝，現今是該睡醒的時刻；
　　黑夜已深，白晝將近，就當脫去黑暗的行為，
　　儆醒、謹守等候主臨，顯在祂前便不致羞愧。

二、天地萬物得更新，當主從天降臨的時候，
　　世上萬民來歸順，審判要從神的家起首；
　　故當留意主的豫言，照在心裏，直等天發亮，
　　祂所應許並不耽延，凡得勝的要同祂作王。

（副）

　　行事為人當配得過所蒙的呼召和揀選，
　　聖別自己與祂同活，顯出主聖別和敬虔；
　　豫備自己進入榮耀，信靠祂，立定不搖動，
　　盼望那日得祂稱好，活在主再來的光中。

（尾聲）

　　我們期待新天新地，看哪！有義居住在其中，
　　完滿實現神的旨意，何其榮耀、輝煌，永無終。

再者，你們曉得這時期，現在就是你們該睡醒的時刻了，因為我們得救，
現今比初信的時候更近了。黑夜已深，白晝將近，所以我們當脫去黑暗的
行為，穿上光的兵器。
我們並有申言者更確定的話，你們留意這話，如同留意照在暗處的燈，直
等到天發亮，晨星在你們心裏出現，你們就作得好了。
但我們照祂的應許，期待新天新地，有義居住在其中。

──羅十三11-12，彼後一19，三13

(25) 祂要迎見我

一、行走在死蔭幽谷，踩著艱難腳步，
　　人疲憊，深感虛無，
　　看不清前面出路，像一盞將殘燈火，
　　晨光中祂來尋見我，滿帶愛將我纏裹，
　　信入祂我願意交託。

二、跟隨主走這一路，時有喜樂、滿足，
　　也不免患難、困苦，
　　有祂在安慰、扶助，我全人放心振作，
　　一次次祂來遇見我，加我力親切提握，
　　吸引我跟隨祂領帥。

（副）
　　再大的困苦、艱辛，我也要跟隨緊緊；
　　再痛的剝奪、虧損，我只要得祂歡欣；
　　等我穿過時空屏障，站在祂榮耀寶座，
　　被提或當號筒吹響，我主祂要迎見我。
　　被提或當號筒吹響，我主祂要迎見我。

願你裂天而降，願山嶺在你面前震動，好像火燒乾柴，又像火將水燒開；
使你敵人知道你的名，使列國在你面前發顫！
因為主必親自從天降臨，有發令的呼叫，有天使長的聲音，又有神的號聲，
那在基督裏死了的人必先復活，然後我們這些活著還存留的人，必同時與他
們一起被提到雲裏，在空中與主相會；這樣，我們就要和主常常同在。

——賽六四1-2，帖前四16-17

(26) 早安！復活

一、我知道我的救主——主耶穌已經復活，
　　我確信死亡和陰間由祂掌握；
　　祂曾說：復活在我，生命也在我；
　　信祂的人雖然死了，也必復活！

二、親愛的，依偎主懷，是何等安息、穩妥，
　　主心愛與主同在，美好又超脫；
　　在朽壞中所種下，在不朽壞中復活，
　　在羞辱中所種下，在榮耀中復活。

（副）

　　今天在此泣別，暫時離散，有如日落；
　　經過漫漫長夜，就要通往來世接駁；
　　直等天使號筒吹響，我主基督凱旋領率，
　　看見可愛晨曦光芒，互道早安，處處復活！

死人的復活也是這樣。在朽壞中所種的，在不朽壞中復活；在羞辱中所種
的，在榮耀中復活；在輭弱中所種的，在能力中復活。所種的是屬魂的身
體，復活的是屬靈的身體。若有屬魂的身體，也就有屬靈的身體。
因為主必親自從天降臨，有發令的呼叫，有天使長的聲音，又有神的號聲，
那在基督裏死了的人必先復活，然後我們這些活著還存留的人，必同時與他
們一起被提到雲裏，在空中與主相會；這樣，我們就要和主常常同在。

——林前十五42-44，帖前四16-17

27 在神造的新天新地

一、從創世以來，神就已定意，要重新創造一新天新地，
　　要將一切全都更新，在祂面前永遠常存；
　　無論是天上地上全宇宙，都在基督裏歸於一元首，
　　萬事萬物回到正軌，神看樣樣甚好，甚美。

二、先前的天地已經過去了，海和其中的也不再有了，
　　已過的事不被記念，沒有咒詛、死亡、罪愆；
　　神救贖計畫已大工告成，神造的新人得住在其中，
　　照神應許，哦，神的義永遠住在新天新地。

（副）
　　諸天必轟然一聲的過去，地和其上的也都要燒盡，
　　全新的天地，全新的秩序，惟有祂是主，是獨一的神；
　　日頭不再作白晝的光，月亮也不再發出光譜，
　　耶和華必作全地的王，同祂的贖民安然居住。

（尾聲）
　　天地連一起，神與人合一，在神造的新天新地。

我又看見一個新天新地；因為第一個天和第一個地已經過去了，海也不再
有了。

看哪，我創造新天新地，從前的事不再被記念，人心也不再追想。

　　　　　　　　　　　　　　　　　　　　——啟二一1，賽六五17

28 神的帳幕在人間

一、永遠的神要與人同住，這個心意從未更改，
　　祂且創造、呼召並救贖，都出自祂不變的愛；
　　曾經住在曠野的會幕，同祂的子民漂流、前行，
　　縱有聖殿宏偉的建築，也非祂所要美好情形。

二、太初有話，話成了肉體，支搭帳幕親自來地，
　　豐豐滿滿有恩典、真理，祂是耶穌，以馬內利；
　　在父家裏有許多住處，祂去是為了豫備地方，
　　死與復活是祂的道路，再來接我們與祂同往。

（副）
　　看哪，神的帳幕在人間，祂要永遠與人同住，
　　神的長久心願已實現，聖城撒冷在地顯出；
　　神要擦去我們的眼淚，再也沒有疼痛、哀吟，
　　祂賜我們生命泉的水，我們要作祂的子民。

我聽見有大聲音從寶座出來，說，看哪，神的帳幕與人同在，祂要與人同住，他們要作祂的百姓，神要親自與他們同在，作他們的神。神要從他們眼中擦去一切的眼淚，不再有死亡，也不再有悲哀、哭號、疼痛，因為先前的事都過去了。

——啟二一3-4

29 到生命樹那裏

一、在神園子有一生命樹，是神在子裏具體顯出，
　　神造的人被安置其中，有權利享受所有供應；
　　但人必須從心裏接受神所吩咐的，確實遵守，
　　他們受引誘而悖逆了神，被逐出園子，失去福分。

（副）
　　從此，生命樹的道路，因人犯了罪被封住，
　　但祂是神，必不失敗，要在那日重新打開；
　　從此，到生命樹那裏，是洗得淨者的權利，
　　飽嘗主的佳美、真實，新鮮、營養，甘甜之至。

二、在神聖城又見生命樹，在水河兩岸生長處處，
　　樹上結滿十二樣果子，每月都產出，供應不止；
　　樹上葉子為醫治萬民，可保持健康，享神福分，
　　生命樹充飢，生命水解渴，使全人飽滿，神前活著。

那些洗淨自己袍子的有福了，可得權柄到生命樹那裏，也能從門進城。

——啟二二14

30 祂的僕人都要事奉祂

一、看哪，億萬被贖群眾，神用羔羊的血所買來，
　　從門進入神的聖城，在神殿中事奉而敬拜；
　　額上都有神的名字，聖別歸神，永遠屬於祂，
　　成為國度，作神祭司，要將感謝、榮耀歸給祂。

二、來阿，同到神寶座前，享受與祂有福的交通，
　　坦然無懼見神的面，晝夜在祂殿中來事奉；
　　得蒙羔羊親自牧養，隨祂引領到生命水泉，
　　不再飢渴，不再悲傷，因有主神在覆庇、恩眷。

（副）
　　哦，神心意是何其美，因愛，完成這救贖計畫，
　　穹蒼之中，羔羊是配，祂的僕人都要事奉祂；
　　再也不需燈光、日光，因為主神要光照無限，
　　我們高舉救恩無量，愛祂，事祂，直到永遠。

一切咒詛必不再有。在城裏有神和羔羊的寶座；祂的奴僕都要事奉祂，也
要見祂的面；祂的名字必在他們的額上。不再有黑夜，他們也不需要燈光
日光，因為主神要光照他們；他們要作王，直到永永遠遠。

──啟二二3-5

31 在城的光中行走

一、撒冷聖城並非人手所造，乃是神所設計並建設，
　　以精金、珍珠、寶石為材料，賜給所有蒙寶血洗淨者；
　　無需日月，光輝更加四佈，因有神的榮耀在照亮，
　　作神全能者的永久住處，由神那裏降在新的地上。

二、地上萬國要來就你的光，萬民也要屈身來敬拜，
　　尊崇耶和華為全地的王，凡屬祂者要與祂永同在；
　　終結過往，一切全新起始，神以公義、和平來掌權，
　　全地要充滿對神的認識，就好像水充滿洋海一般。

（副）

　　主神是光，羔羊為城的燈，列國要在城的光中行走，
　　君王必將榮耀帶進這城，永遠歸神，以色列的拯救；
　　城中有神和羔羊的寶座，處處白晝，城門總不關閉，
　　這是我主基督永遠的國，充滿榮耀、歡騰，無邊無極。

那城內不需要日月光照，因有神的榮耀光照，又有羔羊為城的燈。列國要
藉著城的光行走，地上的君王必將自己的榮耀帶進那城。城門白晝總不關
閉，在那裏原沒有黑夜。

——啟二一23-25

後記

　　詩歌是詩辭配上歌賦；詩辭是內容，歌賦是承載，好比寶石在寶盒內。我們的神是一位說話的神，而基督是神成肉身的生命之道，聖經是寫出來的神之道，是可聽見、可看見、可觸摸的；藉此，我們能認識神，經歷祂並與祂有交通。在神聖啟示的傳揚、傳遞與傳承之中，我們所有的都是領受來的；（林前四7；）因此，我們能與父並與祂兒子有交通。如今，藉著這本書的問世，也能與凡聽見、看見的人有交通。（約壹一1～3。）阿們。

　　這本書能美好的呈現在眾人面前，並傳遞到您的手中，全是出於神諸般的憐憫，見證祂逾格的恩典。同時，若不是藉著我親愛的家人，妻子李盈，以及二位女兒，天愛和天昕，對我所作的付出、協助和代禱，是無法順利完成的；在此，我要由衷的感謝她們。

書中的：

＊真愛、信的故事—寫我的得救

＊你是我的喜樂冠冕、願我作你榮耀冠冕—為記念我的屬靈父親，龐弟兄

＊恩典夠我用—寫在病痛期間

＊我們一起走過、信心賽程中的雲彩—寫大學時期的教會生活

＊遇見你們、愛使我們相聚一起、來看今日的伊甸—寫成家之後
的教會生活

＊願恩典與平安隨著你—寫給我的二位女兒，天愛、天昕姊妹

＊為你守候、我的神我的父—寫給我的妻子，李盈姊妹

＊愛要趁現在—寫給大女兒，天愛

＊黑暗中的光—寫給二女兒，天昕

＊我的主我的至愛—寫給我的母親，王愛連姊妹

＊服在神大能的手下、夜之語—寫於神的試驗之期

＊親愛父神我的阿爸—寫給親愛的父神

＊寫一首情歌給你、再寫一首情歌—寫給愛我救我的主耶穌

＊在瓦器裏有寶貝—藉以描述我在主裏的一生

編著　覃瑞清

PA0114

 清晨的日光

編　　著	覃瑞清
整理校對	李　盈
責任編輯	鄭伊庭
圖文排版	陳彥妏
內文背景圖	邱欣晨、翁佩妤、黃令媛、蔣韋玲
封面設計	王嵩賀

出版策劃	釀出版
製作發行	秀威資訊科技股份有限公司
	114 台北市內湖區瑞光路76巷65號1樓
	電話：+886-2-2796-3638　傳真：+886-2-2796-1377
	服務信箱：service@showwe.com.tw
	http://www.showwe.com.tw
郵政劃撥	10563868　戶名：秀威資訊科技股份有限公司
展售門市	國家書店【松江門市】
	104 台北市中山區松江路209號1樓
	電話：+886-2-2518-0207　傳真：+886-2-2518-0778
網路訂購	秀威網路書店：https://store.showwe.tw
	國家網路書店：https://www.govbooks.com.tw
法律顧問	毛國樑　律師
總 經 銷	聯合發行股份有限公司
	231新北市新店區寶橋路235巷6弄6號4F
	電話：+886-2-2917-8022　傳真：+886-2-2915-6275

| 出版日期 | 2023年10月　BOD一版 |
| 定　　價 | 490元 |

讀者回函卡

國家圖書館出版品預行編目

清晨的日光 / 覃瑞清編著. -- 一版. -- 臺北市：
釀出版, 2023.10
　　面；公分
BOD版
ISBN 978-986-445-845-5(精裝)

863.51   112012130